좁은 문

좁은 문

앙드레 지드 지음 | 김동호(단국대 교수) 옮김

좋은 책 좋은 독자를 만드는 ─
(주)신원문화사

차 례

좁은 문

1

좁은 문으로 들어가기를 힘써라.

〈누가복음〉 13장 24절

다른 사람이라면 여기서 내가 하려는 이야기를 한 권의 책
으로 엮을 수도 있겠지만, 나는 그 이야기를 체험하는 데 내
온 힘을 기울였고, 그렇게 함으로써 기력은 모두 떨어졌다. 그
래서 나는 내 추억들을 조금도 꾸밈없이 적어 보려고 한다. 설
사 그 기억들이 곳곳에 조각나 있다 할지라도 그것을 깁거나
잇기 위해 사실이 아닌 새로운 이야기를 꾸며대는 그런 짓은
결코 하지 않을 것이다. 추억들을 손질하려는 노력은 그것을
이야기하는 데에서 찾기 원했던 마지막 즐거움마저 깨뜨려 버
릴 것이기 때문이다.

아버지를 여의었을 때, 내 나이는 12살도 채 안 되었다. 아
버지가 의사로 계시던 르아브르에 더 이상 머물러 있을 이유
가 없게 되자, 어머니는 보다 나은 내 학업을 위해서라도 파리
로 와서 살기로 작정하셨다. 어머니는 뤽상부르 공원 근처에
있는 조그마한 아파트를 빌리셨고, 그곳에 애슈버튼 양이 와

서 우리와 함께 살았다. 이미 가족이라곤 아무도 없던 플로라 애슈버튼 양은 애당초 어머니의 가정교사였지만 곧 어머니의 말벗이 되고 오래지 않아 친구가 되었다. 그리하여 나는 한결같이 온화하고 슬픈 표정을 한, 지금도 상복 차림 외에는 기억나는 것이 없는 이 두 여인 곁에서 자라야 했다.

어느 날 아침—아마 아버지가 돌아가신 지 꽤 오랜 뒤의 일이라 생각되지만—어머니는 모자에 다는 검정 리본을 주홍빛 리본으로 바꾸어 다셨다. 그래서 나는 큰 소리로 외쳤다.

"엄마! 그 색은 정말이지 엄마한테 어울리지 않아요!"

그 다음날 어머니는 도로 검정 리본을 달고 계셨다.

나는 몸이 연약했다. 그래서 어머니와 애슈버튼 양은 나를 피곤하지 않게 하려고 온갖 정성을 기울였다. 그럼에도 불구하고 내가 한낱 게으름뱅이가 되지 않을 수 있었던 것은 내가 공부하는 데에 정말로 재미를 붙였기 때문이다.

초여름 맑은 날씨로 접어들자, 두 부인은 드디어 내가 도회지를 떠날 시기가 되었다고 생각하셨다. 도회지에서는 내가 파리해져 간다고 생각하셨기 때문이다. 그래서 우리는 해마다 유월 중순경이 되면 뷰콜렝 외삼촌이 불러 주시는, 르아브르 부근의 퐁그즈마르로 출발했다.

그리 크지도 아름답지도 않은, 노르망디 지방의 다른 정원과 다를 바 없는 그런 정원 안에 있는 하얀 3층 집인 뷰콜렝 댁은 18세기 시대의 별장과 거의 흡사했다. 동쪽으로는 약 20

개 남짓한 큼직한 창들이 나 있었고, 뒤쪽으로도 그 정도 창이 나 있었다. 양쪽 옆으로는 창이 하나도 없었다. 창에는 조그마한 유리가 끼워져 있었는데, 최근에 갈아 끼운 그중 몇 장은 녹색을 띤 해묵은 유리창 사이에서 유난히도 투명해 보였다. 어떤 것들은 집안 사람들이 '거품'이라 부르는 홈이 있었는데, 그것을 통해 밖을 내다보면 나무가 비틀거리거나, 그 앞을 지나가는 우편 배달부에게는 난데없이 혹이 달린 것처럼 보이기도 했다.

직사각형의 정원은 담으로 둘러싸여 있었다. 정원은 집 안쪽에 꽤나 넓게 그늘져 있는 잔디밭을 이루었고, 모래와 자갈이 깔린 좁은 길이 그 잔디밭 둘레를 돌고 있었다. 이쪽에서는 담이 낮아져서 정원을 둘러싸고 있는, 게다가 이 지방 식으로 너도밤나무가 늘어선 길로 경계가 지어져 있는 농가의 안마당을 들여다볼 수 있게 된다.

집의 뒷면인 서쪽으로는 정원이 한결 훤히 트여 있었다. 꽃이 한창인 오솔길은 남쪽에 있는 나무 울타리 앞쯤에서 포르투갈 산 계수나무의 두꺼운 장막과 몇 그루의 나무에 가려져 바닷바람을 피하고 있었다. 또 하나, 이 오솔길은 북쪽 담을 따라 나뭇가지 사이로 사라져 갔다. 외사촌 누이들은 이 오솔길을 '어두운 길'이라 불렀다. 그래서 누구도 황혼이 스러진 후에는 좀처럼 이 길로 들어서려 하지 않았다.

이 뒷길은 채소밭으로 통했다. 이 채소밭은 층계를 몇 발짝 내려선 낮은 곳에서 정원으로 이어졌다. 그리고 이 채소밭 맨

끝, 그러니까 조그만 비밀 문이 뚫려 있는 담 건너편에는 벌채림이 있었고, 너도밤나무가 늘어선 길이 양쪽으로 그곳에 다다랐다. 서쪽 현관 층계에서는 이 숲 너머로 고원이 보였고, 그 위를 뒤덮은 농장 수확물도 바라볼 수 있었다. 지평선 쪽으로는 그리 멀지 않은 곳에 자그마한 마을의 교회가 있었고, 저녁 무렵 바람이 잔잔할 때면 몇몇 집에서 연기가 피어올랐다.

여름철 아름다운 해질녘이면, 우리는 식사 후 아래 정원으로 내려가곤 했다. 그러고는 조그만 비밀 문을 나서서 얼마간 부근이 잘 둘러 뵈는 큰길가 벤치까지 가 보았다. 그러면 폐광이 된 이회암 채굴터의 이엉 지붕 근처에 있는 벤치에 외삼촌과 어머니 그리고 애슈버튼 양이 걸터앉았다. 우리 앞에 있는 작은 계곡에는 안개가 가득 들어차 있었고, 하늘은 저 너머 숲 위에서 금빛으로 물들어 갔다. 그런데도 우리는 이미 어두워진 정원 깊숙한 데서 늦게까지 시간을 보냈다. 다시 집 안으로 들어가면 여전히 응접실에 앉아 있는 아주머니를 볼 수 있었다. 아주머니는 한 번도 우리와 함께 나가는 법이 없었다. 여기까지가 우리 아이들에게는 하루 일과가 끝나지만, 대부분 잠들기 전까지 제 방에서 어른들이 올라오는 발자국 소리가 들릴 때까지 책을 읽곤 했다.

정원에서 지내는 시간 외에는 외삼촌의 서재에 꾸며 놓은 글방에서 거의 하루를 보냈다. 외사촌 동생 로베르와 나는 나란히 앉아 공부했고, 우리 등뒤에서는 쥘리에트와 알리사가 공부를 했다. 알리사는 나보다 2살 많았고 쥘리에트는 1살 아래였으며 넷 중에서 로베르의 나이가 제일 적었다.

여기서 내가 쓰려는 것은 맨 처음에 되살아난 추억들이 아니라, 다만 이 이야기와 연관이 있는 부분만이다. 이 이야기가 여기서 시작되는 것에 굳이 이유를 대자면 사실 아버님이 돌아가신 그해의 일들이기 때문이다. 아마도 내 감수성이 집안의 불행과 나 자신의 슬픔으로써가 아니라 적어도 어머니의 슬픔을 보는 것으로써 많은 자극을 받은 나머지 새로운 감정을 스스로 일으켰음인지, 나는 눈에 띄게 변했다. 그해 퐁그즈마르에 다시 왔을 때 쥘리에트와 로베르는 그만큼 더 어려 보였다. 하지만 알리사를 보았을 때, 갑자기 우리 둘은 이제 더이상 아이가 아님을 느낄 수 있었다.

그렇다. 그것은 역시 아버님이 돌아가신 해이다. 우리가 도착한 직후 애슈버튼 양과 어머니가 주고받은 몇 마디 대화가 내 기억을 확인해 준다. 나는 어머니와 애슈버튼 양이 이야기하고 있던 방 안으로 갑자기 들어갔다. 어머니는 아주머니께서 복(服)을 지키지 않았다는 등, 설령 복을 지켰다 하더라도 벌써 그만두고 말았다는 등 그런 일들로 역정을 내고 계셨다(사실 내게 소복 차림을 한 뷰콜렝 아주머니를 그려보는 일이란 화려한 차림의 어머니를 그려보려는 것만큼이나 불가능하다). 우리가 도착하던 그날 뷰콜렝 아주머니는 모슬린 옷을 입고 계셨다. 내가 기억하는 한에는 말이다. 언제나 그렇듯이 능글능글한 애슈버튼 양은 어머니의 마음을 가라앉히려 애쓰면서 조심스럽게 항의했다.

"아무튼 흰색도 상복 차림이기는 하잖아요?"

"그렇다면 그 사람 어깨에 걸친 빨간 어깨걸이도 과연 상복 차림이라고 할 수 있을까? 플로라, 내 화를 그만 좀 돋워."

하고 어머니는 소리치셨다.

내가 아주머니를 만나 볼 수 있는 것은 여름 방학 동안뿐이 었으니, 언제나 내 기억에 익숙한 그 목선이 깊게 파인 웃옷 차림은 여름철 더위 탓이었을 게다. 그러나 아주머니의 드러 난 어깨 위에 걸치던 어깨걸이의 타는 듯한 색깔보다도 더욱 어머니의 눈을 거슬리게 한 것은 바로 목을 그토록 드러내 놓 은 모습이었다.

루실르 뷰콜렝은 무척이나 예뻤다. 내가 지금도 간직하고 있는 아주머니의 조그마한 초상은 그 무렵의 아주머니의 모습 을 보여 주고 있다. 당신 딸들의 맏언니로 보일 만큼 젊은 모 습, 언제나 다름없는 그런 맵시로 좀 기운 듯이 앉아서 얼굴을 왼손으로 비스듬히 괴고, 새끼손가락을 일부러 멋있게 입술가 로 구부리고 있는 모습의 초상이다. 올이 굵직한 머리의 망은 목덜미 위로 자연스럽게 흘러내린 머리카락을 누르고 있다. 유난히 긴 목에는 검정 우단으로 만든 헐거운 목걸이에 이탈 리아식 모자이크의 메달이 달려 있다. 큼직한 매듭이 흔들거 리는 검정 우단으로 만든 띠, 모자 끈으로 의자 등에다 달아 내린 차양이 넓은 부드러운 밀짚모자, 이런 모든 것이 아주머 니의 모습을 한결 앳되게 한다. 오른손은 아래로 내려뜨려진 채 접힌 책을 한 권 들고 있다.

루실르 뷰콜렝은 식민지 태생이었다. 사람들은 양친이 누군 지 모른다고도 하고, 아주 어려서 여의었다고도 했다. 그 뒤에 어머니가 내게 들려주신 이야기에 의하면 내버려졌거나 고아 였는데, 마침 아이가 없던 보티에 목사 부부가 데려왔다가 마 르티니크를 떠나자, 그 무렵 뷰콜렝 댁이 살고 있던 르아브르 로 데려왔다는 것이다. 보티에 댁과 뷰콜렝 댁은 자주 왕래했 다. 외삼촌은 그 당시 외국에 있는 은행에 근무하고 있었다. 앳된 루실르를 만나게 된 것은 그로부터 삼 년째 되던 해, 비 로소 집으로 돌아왔을 때였다. 외삼촌이 그만 홀딱 반해 구혼 하는 바람에 양친께서는, 그중에서도 특히 어머니께서는 어지 간히 속을 태웠다고 한다. 루실르는 그때 16살이었다. 그때까 지 보티에 부인은 어린애를 둘이나 낳았다.

　부인은 날이 갈수록 괴팍스러운 성격으로 변하는 수양딸이 애들에게 미치는 영향에 대해 두려워하기 시작했다. 게다가 살림살이도 넉넉지 않은 형편이었다. 이런 것들은 모두 보티 에 댁이 자기 동생의 요청을 기꺼이 받아들인 연유라고 어머 니께서 내게 들려주셨다. 덧붙여 내 짐작으로는 처녀가 다 된 루실르가 그들을 모두 난감하게 했을 것이다. 르아브르 사회 를 잘 아는 나로서는, 그처럼 매혹적인 처녀에게 남들이 어떻 게 대했을지 쉽사리 짐작이 간다. 나중에야 알게 된 분이지만, 보티에 목사는 온유하고 조심성 깊은, 그러면서도 순박해서 속임수에는 도무지 이겨 내지 못하고, 악의 앞에 놓여도 도사 리지 못하는 분으로, 이 어진 호인은 분명히 진퇴유곡이셨을 것이다. 보티에 부인에 관해서는 아무것도 말할 것이 없다. 부인은 넷째 아이, 즉 나와 거의 동년배로 그 후에 내 친구가 된 아들을 낳은 후 돌아가셨기 때문이다.

루실르 뷰콜렝은 우리 생활에 거의 참여하지 않았다. 점심 때가 지난 다음이 아니면 방에서 내려오지도 않았다. 그리고 이내 안락의자나 해먹에 길게 누워 저녁 무렵까지 있다가는 지친 듯이 일어나는 게 전부였다. 그녀는 이따금 땀을 닦으려는 듯 윤기라곤 전혀 없는 이마에 손수건을 갖다 대곤 했다. 이 손수건의 화사한 맵시와 꽃향기라기보다는 과일 냄새 같은 향기가 내게는 극히 신기했다. 그녀는 가끔 시계줄에 여러 가지 노리개와 함께 매달려 있는 은제 뚜껑이 달린 조그마한 거울을 허리춤에서 꺼내곤 했다. 그녀는 거울에 얼굴을 비쳐 보면서 손가락으로 침을 조금 묻혀 눈꼬리를 축이곤 했다.

그녀는 대부분 책을 들고 있었지만 그것은 언제나 거의 접힌 채였고, 책 사이사이에 거북 껍질로 만든 서표가 끼어 있었다. 누가 곁으로 다가가도 그녀의 눈길은 그대로 몽상에 잠긴 채 누군지 보려고도 하지 않았다. 그리고 힘이 풀리고 나른해진 손에서, 또는 소파의 팔걸이나 치마폭 주름 사이에서 번번이 손수건이나 책, 무슨 꽃, 또는 서표가 떨어지곤 했다. 나는 어느 날 그런 책을 주워 본 일이 있는—이런 건 어린 시절의 추억이겠지만—그 책이 시집인 것을 보고 얼굴을 붉혔다.

저녁 무렵, 식사가 끝난 후면 루실르 뷰콜렝은 우리가 있는 가족 테이블 가까이로는 오지 않고, 피아노 앞에 앉은 채 흥겨운 듯 쇼팽의 〈마주르카〉를 느리게 치곤 했다. 이따금 박자가 틀리면 어느 한 가지 화음만을 꼭 누른 채 꼼짝하지 않고 가만히 있기도 했다.

나는 아주머니 곁에서 야릇한 거북함, 일종의 탄미와 두려움이 뒤섞인 불안한 감정을 느끼기 일쑤였다. 아마도 알 수 없는 본능이 아주머니를 경계하게 했는지도 모른다. 게다가 나는 아주머니가 플로라 애슈버튼 양과 어머니를 경멸한다는 것, 애슈버튼 양은 그녀를 두려워하고, 어머니는 어머니대로 그녀를 좋아하지 않는다는 것을 짐작하고 있었다. 루실르 뷰콜렝 아주머니, 나는 이제 당신에게 원망을 품고 싶지 않습니다. 또한 당신이 얼마나 큰 잘못을 저질렀는가 하는 것도 잠시 잊고 싶은 마음입니다. 적어도 나는 노여움 없이 당신에 관한 이야기를 해 보렵니다.

그해 여름 어느 날―어쩌면 그 이듬해였을지도 모른다. 항상 똑같은 무대 장치였으므로, 겹쳐진 내 기억은 가끔 혼동을 일으킨다―책을 한 권 찾으려고 응접실에 들어갔더니 아주머니가 거기에 계셨다. 그래서 나는 곧장 돌아 나오려고 했다. 그런데 여느 때면 나를 거들떠보지도 않던 아주머니가 나를 부르셨다.

"왜 그렇게 바로 내빼니, 제롬? 내가 무섭니?"

나는 두근거리는 가슴을 안고 그녀 곁으로 갔다. 나는 억지로 미소를 지어 보이며 그녀에게 손을 내밀었다. 아주머니는 한 손으로 내 손을 쥐고 다른 손으로 내 볼을 어루만지셨다.

"어쩜 네 어머니는 이처럼 옷을 흉하게 입히니. 가엾기도 해라……."

그때 나는 깃이 넓은 세일러복 같은 것을 입고 있었다. 아주머니는 세일러복을 구기적거리기 시작했다.

"세일러복은 깃을 훨씬 젖혀 입는 거란다."

그녀는 내 셔츠의 단추 하나를 빼면서 말했다.

"자, 보렴. 이렇게 하는 게 훨씬 낫지 않니?"

그러고는 조그만 거울을 꺼내면서 자신의 얼굴에 내 얼굴을 끌어당기고, 드러낸 팔로 내 목을 감더니 반쯤 젖혀진 내 셔츠 속으로 손을 미끄러뜨려 간지럼을 태웠다. 그러면서 간지럽지 않느냐고 웃는 얼굴로 물었다. 그러더니 자꾸만 손을 아래로 밀어 넣었다. 내가 너무 갑자기 펄쩍 뛰는 바람에 세일러복은 그만 찢어지고 말았다. 나는 얼굴이 홍당무처럼 되었다.

"어머나! 이런 바보 좀 봐!"

아주머니가 외치는 사이에 나는 달아났다. 정원 구석까지 곧장 뛰어가서 채소밭 옆의 조그마한 빗물 통에 손수건을 적셨다. 그리곤 이마와 볼, 목 할 것 없이 아주머니가 손을 댄 데는 모두 닦고 문질렀다.

때때로 루실르 뷰콜렝에게는 '발작'이 일어나곤 했다. 발작은 그녀를 불시에 사로잡아 온 집안을 시끄럽게 했다. 애슈버튼 양이 부랴부랴 아이들을 데리고 가며 서둘렀지만 침실이나 응접실에서 들려오는 무시무시한 고함 소리를 그 아이들이 듣지 않도록 막을 수는 없었다. 그럴 때마다 삼촌은 미친 사람이다 되어 수건이나 오드 콜로뉴, 에테르 등을 찾느라고 복도를 이리저리 뛰어다녔다. 저녁때 아직도 아주머니의 모습이 보이지 않는 식탁에서 삼촌은 줄곧 걱정에 잠겨 있는 듯 힘없이 보였다.

발작이 거의 끝날 쯤이면 루실르 뷔콜랭은 당신의 아이들을 곁으로 불러들였다. 적어도 로베르와 쥘리에트만큼은……. 그러나 유독 알리사만은 한 번도 부른 적이 없었다. 그러한 슬픈 날이면 알리사는 줄곧 제 방에 틀어박혀 있었고, 가끔 그녀의 아버지만이 그녀를 보러 가곤 했다. 삼촌은 알리사와 곧잘 이야기하는 편이었다. 아주머니의 발작은 하인들에게도 큰 충격을 주었다.

어느 날 저녁, 발작이 유난히 심해 응접실에서 벌어지는 일이 잘 들리지 않는 어머니 방에 꼼짝하지 말고 들어가 있으라는 말을 듣고, 어머니와 내가 들어앉아 있을 때였다.

"주인님, 얼른 내려오세요. 지금 마님이 위급해요!"

하녀가 고래고래 소리치면서 복도를 뛰어가는 소리가 들려왔다.

삼촌은 알리사 방에 올라가 계셨다. 어머니가 삼촌을 부르러 가신 지 15분쯤 지나서, 내 방의 열려 있는 창 앞으로 두 분이 무심히 지나갈 적에 어머니의 말소리가 내게 들렸다.

"내가 똑바로 말해 드릴까요? 이건 다 연극이에요."

어머니는 계속해서 몇 번씩이나 '연극이에요'라고 힘주어 말씀하셨다.

이것은 방학이 끝날 무렵의 일이었고, 우리가 상복을 입은 지 이태가 지난 때였다. 그 이후로 오랫동안 다시는 아주머니를 만나지 않았다. 그러나 우리 집안을 이처럼 흔들어 놓은 그 슬픈 사건은 잊을 수가 없다. 그리고 또 그 사건의 결말에 조금 앞서서, 그때까지 내가 루실르 뷰콜렝에게 느꼈던 복잡하고도 막연한 감정을 그만 미묘한 증오심으로 바꾸어 놓은 자그마한 일을 밝혀야 할 것 같다. 때문에 우선 내 외사촌 누이에 대한 이야기를 서두에 꺼낸다.

나는 알리사 뷰콜렝이 예뻤는지 그때까지도 잘 느끼지 못했다. 내가 그녀에게 이끌리고 그녀 가까이 머무른 것은 단순한 미의 매력이라기보다는 좀 더 색다른 매력 때문이었다. 물론 그녀는 자기 어머니를 무척 닮은 모습이었다. 그러나 그 눈매가 자기 어머니와는 매우 달랐기 때문에 나는 그들이 서로 닮았다는 사실을 훨씬 뒤에야 깨달았다. 나는 지금 그녀의 얼굴 모습을 도저히 표현할 수가 없다. 얼굴 윤곽이며 눈망울마저도 생각해 낼 수가 없다.

내가 지금도 기억하고 있는 것은 그 무렵에 벌써 슬픔이 서린 듯한 미소와 커다란 반원을 그리며 그처럼 유별나게 눈과 떨어져서 올라붙은 눈썹의 선뿐이다. 그러한 눈썹은 어디서도 본 적이 없다. 그저 단테 시대 플로렌스의 조그마한 조상(彫像)에서나 보았다고나 할까. 그래서 나는 어린 시절의 베아트리체도 그런 눈썹처럼 아주 널따랗게 반원을 그린 눈썹이었으리라 생각한다. 그 눈썹은 그녀의 눈길에 그리고 그녀의 전신에 근심어린 듯, 그러면서도 신뢰감 있는 듯한 질문의 표정, 그렇다, 열정적인 질문의 표정을 풍겼다. 그녀에게는 다만 모든 것이 물음이었고, 기다림이었을 뿐이다. 나는 그런 물음이 어떻게 나를 매료시켰으며, 내 인생을 어떻게 움직였는지를 지금 이야기하려고 한다.

  그렇지만 사람에 따라서는 쥘리에트를 예쁘게 보는 사람도 있었을 것이다. 기쁨과 건강이 그녀에게서 눈부시게 빛을 내고 있었기 때문이다. 그러나 그녀의 미모는 언니의 고상함에 비하면 외형적이고 누구에게나 대번에 그대로 드러났다. 외사촌 동생 로베르로 말하면 특이한 점이라곤 전혀 없는 성격이었다. 그는 단지 내 또래의 사내아이였다고 할 수밖에 없다. 나는 쥘리에트와는 그저 어울려서 뛰놀았을 뿐이지만, 알리사와는 늘 이야기를 했다. 알리사는 우리의 장난에 거의 끼는 일이 없었다. 아무리 오래된 과거를 거슬러 올라가 생각해 보아도 내 머릿속에 떠오르는 알리사의 모습은 항상 단정하고 의젓하게 미소를 머금은, 생각에 잠긴 듯한 모습뿐이다. 우리가 무슨 말을 했던가? 아이들 둘이서 무엇에 관한 이야기를 했을까? 지금 그것을 말하겠지만, 그보다 다시는 아주머니에 관한 이야기를 꺼내지 않기 위해 그녀에 관한 이야기를 끝내도록 하겠다.

아버지가 돌아가신 지 두 해 되던 때, 어머니와 나는 르아브르로 부활절 휴가를 보내러 갔다. 시내에서 조금 어렵게 사시는 삼촌 댁에는 머무르지 않기로 하고 집이 한결 넓은 큰 이모님 댁에서 지내기 위해서였다. 내가 좀처럼 만나 본 일이 없던 플랑티에 이모님은 오래 전부터 과부로 지내고 계셨다. 나보다 훨씬 손위고 성격도 아주 다른 이모의 아이들과는 겨우 얼굴이나 아는 정도였다. 르아브르의 사람들이 '플랑티에 댁'이라고 부르는 이모 댁은 시내에 있는 것이 아니라, '산기슭'이라고 불리는, 시내가 내려다보이는 언덕배기 중간 부분에 있었다. 뷰콜렝 외삼촌네는 상가 근처에 살고 계셨는데, 가파른 언덕길로 두 집 사이를 순식간에 왕래할 수 있었다. 나는 하루에도 몇 번씩이나 이 길을 뛰어내려갔다가는 다시 올라오곤 했다.

그날은 삼촌 댁에서 점심을 먹었다. 식사가 끝나고 얼마 되지 않아 외삼촌이 외출하셨다. 나는 외삼촌의 사무실까지 따라갔다가 어머니를 찾으러 플랑티에 댁으로 올라갔다. 하지만 어머니는 이모와 함께 외출중이었고, 저녁 무렵에야 돌아오실 거라는 말을 들었다. 나는 곧장 시내로 다시 내려갔다. 거리를 마음껏 쏘다니는 일이란 좀처럼 자주 있는 일이 아니었다. 나는 부두로 나갔다. 부두는 바다의 안개 때문에 어둡고 구슬프게 보였다. 나는 한두 시간쯤 선창가를 서성거렸다. 그런데 불현듯, 알리사를 찾아가 깜짝 놀라게 해주고 싶은 생각이 들었다. 하기야 방금 헤어지기는 했지만……. 나는 한달음에 시내를 지나 뷰콜렝 삼촌 댁의 벨을 눌렀다. 벌써 나는 층계 위를 뛰어올라가고 있었다. 문을 열어 준 하녀가 말렸다.

"올라가지 마세요, 제롬 도련님! 올라가지 마시라니까요! 마님께서 발작이 나셨어요."

그러나 나는 막무가내로 올라갔다. 나는 아주머니를 만나러 온 것이 아니었기 때문이다. 알리사 방은 4층에 있었다. 2층에는 응접실과 식당이 있고, 3층에는 아주머니 방이 있었는데, 그곳에서 말소리가 새어 나왔다. 방문이 열려 있었기 때문에 나는 그 앞을 지나가지 않으면 안 되었다. 한 줄기 불빛이 방에서 흘러나와 층계참을 꺾어 비치고 있었다. 들킬 것만 같아 나는 잠시 머뭇거리다가 몸을 숨겼다. 잠시 후 다음과 같은 광경을 보고 나는 어리벙벙했다. 커튼이 쳐 있기는 했지만 촛대에 꽂혀 있는 촛불이 아름다운 밝은 빛을 방 한가운데에 뿌리고 있었고, 아주머니는 긴 의자에 누워 있었다. 그 발밑에는 로베르와 쥘리에트가 있었다. 그리고 아주머니 뒤에는 중위 군복을 입은 젊은 사내가 있었다. 그 두 아이가 그곳에 있었다는 사실은 지금 생각하면 망측한 일이지만, 그 무렵 순진했던 내게는 오히려 그것이 안심되었다. 부드럽고도 맑은 목소리로 이런 말을 되풀이하는 낯선 사내를 아이들은 웃으면서 쳐다보았다.

"뷰콜렝, 뷰콜렝! 내게 양 한 마리가 있다면 틀림없이 뷰콜렝이라는 이름을 지어 줄 거야."

그 말에 아주머니마저 깔깔대며 웃었다. 아주머니가 젊은 사내에게 담배 한 대를 내밀자 그 사내가 불을 붙이고 아주머니가 몇 모금 빠는 것이 보였다. 담배가 땅바닥에 떨어지자 사내는 담배를 주우려고 냉큼 나서더니, 아주머니의 숄에 발이 감긴 체하며 아주머니 앞으로 무릎을 꿇었다. 이 우스꽝스러운 연극 덕분에 나는 아무에게도 들키지 않고 알리사의 방까지 갈 수 있었다.

드디어 알리사의 방문 앞에 다다랐다. 나는 잠시 그대로 서 있었다. 웃음소리와 법석대는 소리가 아래층에서 들려왔다. 그 소리 때문에 내 노크 소리가 들리지 않았는지 아무런 대답이 없었다. 나는 문을 밀었다. 문이 조용히 열렸다. 방 안이 컴컴해서 금방 알리사를 찾아낼 수 없었다. 저녁 햇살이 스며드는 창문을 등지고 알리사는 침대머리에 무릎을 꿇고 있었다. 내가 가까이 가자 알리사는 내게 고개를 돌렸지만 일어서지 않은 채 속삭이듯 말했다.

"어머! 제롬, 왜 돌아왔니?"

나는 그녀에게 입을 맞추기 위해 몸을 굽혔다. 그녀의 얼굴은 눈물에 젖어 있었다.

바로 그 순간이 내 일생을 결정해 버렸다. 오늘날까지도 나는 괴로움 없이 그 순간을 회상할 수가 없다. 물론 나로서는 어렴풋이 그녀의 슬픔의 원인을 짐작할 뿐이었다. 그러나 그 슬픔은, 팔딱거리는 조그마한 영혼과 흐느낌으로 온통 흔들리는 연약한 육신에게는 너무나도 힘겨운 것임을 나는 뼈저리게 느꼈다.

나는 여전히 무릎을 꿇고 있는 알리사 곁에 그대로 서 있었다. 내 마음속에서 새로이 솟구치는 격정을 어떻게 표현해야 할지 몰랐다. 그저 그녀의 머리를 내 가슴에 지그시 대고 내 마음이 담긴 입술을 그녀의 이마에 대고 있을 뿐이었다. 사랑과 연민에 취하여, 감격과 희생과 정성이 뒤섞인 걷잡을 수 없는 감정에 잠겨, 나는 온 힘을 다해 하느님을 불렀고, 내 인생의 목적이 이제는 다만 공포와 악과 생활로부터 그녀를 보호하는 것뿐이라 생각하면서 스스로 내 몸을 바치기로 했다. 기원이 마음에 가득 차서 나는 마침내 무릎을 꿇었다. 나는 그녀를 감싸안았다. 어렴풋이 그녀의 목소리가 들렸다.

"제롬, 들키지 않았어? 자, 빨리 가. 들켜선 안 돼."

그리곤 조금 낮은 목소리로 말했다.

"제롬, 누구한테도 말하지 마! 가엾은 아버지는 아무것도 모르셔……."

그래서 나는 어머니께도 말씀드리지 않았다. 하지만 플랑티에 이모님께서 어머니와 줄곧 수군거리시며 두 분이 무언가 감추는 듯 안절부절못하시고 근심스러워하던 모습, 또 밀담하는 곳에 내가 가까이 갈 때마다,

"애야, 좀 저만치 가서 놀려무나."

하시면서 나를 멀리하시던 일, 이런 모든 것이 나로 하여금 뷰 콜렝 댁의 비밀에 대해 두 분이 전혀 모르시지는 않는다는 것을 짐작하게 했다.

우리가 파리로 돌아오자마자 한 장의 전보가 어머니를 르아브르로 다시 불러들였다. 아주머니가 달아났다는 것이다.

"남자하고요?"

나는 어머니가 나를 맡긴 애슈버튼 양에게 물어보았다.

"얘, 그건 어머님께나 여쭈어 보렴. 나는 아무것도 대답할 수가 없구나."

하고 이 사건에 어리둥절해진 그녀가 말했다.

이틀 후, 그녀와 나는 어머니 뒤를 쫓아 떠났다. 토요일이었다. 따라서 나는 그 다음날에는 외사촌 누이들을 교회에서 만날 작정이었다. 그리하여 내 마음은 오직 이 생각으로 꽉 차 있었다. 어린 내 마음에는 우리가 이런 장소에서 만나는 것이 우리의 재회를 신성시한다며 대견스러워했다. 아무튼 나는 아주머니 일은 거의 생각하지 않았다. 그리고 어머니께도 이 일을 캐묻지 않는 것이 어떤 체면이 서는 것이라 생각되었다.

자그마한 예배당에는 그날 아침따라 사람이 별로 많지 않았다. 보티에 목사님은 아마 일부러 그러셨겠지만 묵도를 위한 인용구로써 그리스도의 이 말씀을 인용하셨다.

'좁은 문으로 들어가기를 힘써라.'

알리사는 나보다 조금 앞자리에 앉아 있었다. 내게는 그녀의 옆모습이 보였다. 그녀를 뚫어지게 바라보느라고 내 자신을 잊고 있었기 때문에, 나는 온 정신을 기울여 듣고 있는 목사님의 말씀을 그녀를 거쳐서 듣는 듯싶었다. 외삼촌은 어머니 곁에 앉아 눈물을 흘리고 계셨다.

목사님은 우선 앞의 구절을 읽으셨다.

"좁은 문으로 들어가기를 힘써라. 멸망으로 인도하는 문은 크고 그 길은 넓어 그곳으로 들어가는 자가 많고, 생명으로 인도하는 문은 좁고 협착하여 찾는 이가 적음이니라."

그러고는 주제를 분명하게 가르치시면서 우선 첫째로 '넓은 길'에 대한 말씀을 하셨다. 어렴풋이 나는 아주머니의 방을 다시 그려보았다. 드러누운 채 웃고 있는 아주머니가 또 보였다. 웃음이니 즐거움이니 하는 것 자체가 바로 불쾌하고 모욕적인 것으로 생각되고, 죄악의 징그러운 과장인 것처럼 여겨졌던 바로 그 광경⋯⋯.

"그리로 들어가는 자가 많고⋯⋯."

보티에 목사님은 다음 구절을 읽으셨다. 그리고 자세히 설명할수록, 싱글벙글하며 앞으로 나아가면서 행렬을 이루는 화려한 차림새의 군중을 보았다. 그런 행렬에는 낄 수도 없겠지만 나는 끼고 싶지도 않다고 느껴졌다. 내가 그런 사람들과 발을 같이하는 동안 알리사에게서 떨어져야 하기 때문이다. 그러자 목사님은 인용구의 첫마디를 되풀이하셨다. 나는 힘써 들어가야 한다는 그 좁은 문을 보았다.

잠겼던 꿈속에서 나는 그 문을 흡사 압착기로 착각하고는 내가 거기로 힘써 들어가는 것이거나, 무척 힘든 것이기는 하지만 하느님의 축복의 예감이 섞여 있는 그러한 고통을 맛보며 들어가는 것이라고 생각했다. 그러자 그 문은 다시 알리사의 방문이 되었다. 나는 그리로 들어가려고 스스로를 억제하며 내 속에 이기심으로 남아 있는 모든 것을 비워 버렸다.

"생명으로 인도하는 문은 좁고 협착하여……."

보티에 목사님은 계속 말씀하셨다. 그리고 나는 온갖 고통과 슬픔을 넘어서서 또 다른 하나의 맑고 신비롭고 거룩한 기쁨을, 내 영혼이 이미 갈망하고 있는 기쁨을 상상하고 예감했다. 내게는 그 기쁨이 날카로우면서도 다정스러운 바이올린의 연주와 같았고, 알리사의 마음과 내 마음이 한데 녹아드는 거센 불꽃과도 같이 상상되었다. 우리는 둘이 〈묵시록〉에 적혀 있는 것과 같은 흰옷을 차려 입고서, 손에 손을 잡고 똑같은 하나의 목표를 바라보고 나아갔다. 어린아이의 이러한 몽상이 미소를 자아낸들 그것이 무슨 상관이 있으랴. 나는 지금 조금도 다름없이 이야기하고 있다. 혹시 분명하지 않은 점도 있겠지만, 그것은 오직 하나의 뚜렷한 감정을 그려내기 위한 언어와 불완전한 비유에 있어서만 그럴 것이다.

"찾는 이가 적음이니라."

보티에 목사님은 끝을 맺었다. 목사님은 어떻게 하면 좁은 문을 찾아낼 수 있는지를 설명하셨다.

'……찾는 이가 적음이니라.'

나는 그중 한 사람이 되리라.

설교가 끝날 무렵 나는 너무나 긴장해 있었기 때문에 예배가 끝나자 알리사를 찾아보려고도 하지 않고 뛰어나와 버렸다. 자랑스러운 마음으로 벌써부터 내 결심(나는 이미 결심했다)을 시련에 부대끼게 하고 싶었고, 당장에 그녀에게서 내 몸을 멀리함으로써 한결 더 그녀에게 알맞은 사람이 되는 것이라고 생각했다.

2

이 준엄한 교훈은 의무를 받아들일 준비가 되어 있을 뿐 아니라, 선천적으로 의무에 대한 터전이 마련되어 있는 하나의 영혼을 발견했다. 게다가 또한 부모님이 보여 주신 모범은 내 마음에서 일어나는 어린 충동을 억눌러 주던 청교도적 규율과 결합해서 이 영혼을 '덕'이라고 부르는 것에게로 이끌어 갔다. 자신을 억제하는 것은 내게는 남들이 자기 자신을 돌보지 않는 것과 마찬가지로 자연스러운 일이었고, 나를 붙들어 매고 있던 이러한 엄격한 규율도 나를 진저리나게 하기는커녕 오히려 나를 기쁘게 했다. 내 미래에 대한 꿈은 행복이라기보다 행복을 이루려는 노력이었다.

그처럼 나는 행복과 덕을 벌써부터 혼동하고 있었다. 물론 14살의 소년인 나로서는 아직 모호한 것이었고 그저 어떤 가르침이 있기를 기다리는 상태였다. 그러나 이윽고 알리사에게 품은 내 사랑은 거침없이 나를 그런 방향으로 이끌어 갔다. 그것은 갑작스러운 마음의 계시였고, 그 때문에 나는 내 자신을 의식했다.

즉 나는 내성적이고, 활달하지 못하며, 늘 무엇인가를 기다리고 있고, 남의 일에는 별로 마음을 두지 않으며, 무엇을 해보겠다는 생각이 별로 없었다. 또 자기 자신을 이겨 낸다는 것 외에는 아무런 승리도 생각하지 않는 그런 사람으로 보였다. 나는 공부를 좋아했고, 장난을 해도 머리를 쥐어짜야 하는 것이나 힘든 것이 아니면 열중하지 않았다. 내 나이 또래의 친구들은 별로 사귀지 않았고, 설사 그들과 어울려 장난을 친다 하더라도 그것은 다만 우정이나 호의의 표시일 뿐이었다. 하지만 아벨 보티에와는 곧잘 어울렸다. 그는 그 이듬해 파리로 와서 나와 같은 학급에 있게 된 동급생이었다. 상냥하고 근심이 없는 소년인 그는 존경이라기보다는 정다움을 느끼는 사이이지만, 적어도 그와 어울리면 내 마음이 늘 날아가고 있는 르아브르와 퐁그즈마르 이야기를 할 수가 있었다.

외사촌 동생인 로베르 뷰콜렝은 우리와 같은 중학교 기숙사생으로 들어오기는 했지만 두 학년 아래였다. 나는 일요일에만 그와 만날 따름이었다. 그가 내 외사촌 누이의 동생이 아니었던들—게다가 그는 누이들을 닮은 점도 거의 없었다—나는 그와 더불어 유쾌하게 지낼 생각을 하지 못했을 것이다.

나는 그 무렵 온통 사랑으로 가득 차 있었다. 로베르나 아벨과의 사귐이 내게 중요한 영향을 끼쳤다면, 그것은 오직 이 사랑에 비쳐서일 뿐이었다. 알리사는 복음서에 나오는 그 값진 진주와도 같았고, 나는 진주를 얻기 위해 자기가 소유한 모든 것을 팔아 버리는 장사치였다. 비록 내가 그때까지 어린애이기는 했지만, 지금 그것을 사랑이라 이야기하고, 외사촌 누이에 대해 느끼던 감정을 그렇게 이름짓는다는 것은 잘못된 일일까? 그 뒤로 내가 겪은 그 어느 것도 이보다 사랑이라는 이름에 더 어울린다고 생각한 것은 없었다.

그뿐만 아니라, 내가 육체적인 것으로 가장 고민하고 괴로워하던 나이가 되었을 적에도 내 성격은 별로 달라지지 않았다. 즉 어린 시절에 내가 그녀에게 적합한 사람이 되려고 했던 그녀를 보다 더 직접적인 방법으로 내 것으로 만들겠다고 생각해 본 일은 없었다. 공부, 노력, 경건한 행위 등 이런 모든 것을 나는 신비롭게도 알리사에게 바쳤다. 그리고 다만 그녀를 위해 하는 일조차도 번번이 그녀 모르게 해 두는 것이 한층 더 덕이 되는 것이라고 생각했다. 그처럼 나는 독한 술 같은 겸양에 도취했다. 아아, 내 자신의 즐거움은 별달리 마음에 두지도 않고, 그저 내게 무슨 노력이 요구되는 것이 아니면 어떤 일에도 만족하지 못하는 버릇이 들었다.

나만이 이러한 경쟁심에 몰두했던 것일까? 알리사는 그런 내 마음을 눈치채고 있는 것 같지도 않았고, 모름지기 자기만을 위해 힘을 다하고 있는 나 때문에, 혹은 나를 위해 특별하게 해주는 일이 없는 것 같았다. 순수한 그녀의 영혼 속에서는 모든 것이 아주 단순한 아름다움이었다. 그리고 그녀의 덕마저도 너무나 자유로웠고 우아했기 때문에 그저 아무렇게나 내던져 버리는 것처럼 보일 정도였다. 그 앳된 미소로 해서 그녀의 눈초리에 깃든 엄숙한 빛도 오히려 매력적이었다. 그처럼 아늑하고, 그처럼 다정스러운, 무언가를 묻고 있는 듯한 그녀가 시선을 살며시 위로 치켜올리는 모습을 나는 지금도 다시 그려본다. 그러고 보면 삼촌이 마음이 뒤숭숭할 때마다 맏딸 곁에서 도움과 의견과 위안을 구하시던 까닭도 이해할 수 있을 것 같다. 그 이듬해 여름, 나는 삼촌이 그녀와 이야기하고 있는 것을 자주 보았다. 외로움으로 말미암아 삼촌은 무척 겉늙으셨다. 식사 때도 삼촌은 말씀이 통 없으셨고, 이따금씩 불쑥 즐거운 표정을 억지로 지어내곤 하셨지만 묵묵히 계시는 것보다 더 가슴 아프게 느껴졌다. 저녁에 알리사가 모시러 갈 때까지는 서재에 틀어박혀 담배만 피우셨고, 알리사가 빌다시피 해야 겨우 방에서 나오셨다.

알리사는 삼촌을 어린애처럼 모시고 정원으로 이끌었다. 둘이서 꽃이 피어 있는 오솔길을 내려가서 채소밭 층계 근처, 몇 개의 의자가 놓인 둥그런 갈림길 터에 가서 앉았다.

어느 날 저녁 무렵, 내가 적갈색의 우람스러운 너도밤나무가 빽빽이 들어서 있는 곳에서 한 그루의 그늘이 깊게 지는 잔디밭에 드러누워 늦도록 책을 읽고 있던 때였다. 꽃이 피어 있는 그 오솔길과 나 사이에는 계수나무 울타리가 있을 뿐이어서 보이지는 않아도 소리는 그대로 들려오는 곳이었는데, 알리사와 외삼촌의 말소리가 들려왔다. 아마 로베르에 관한 이야기를 하고 난 듯싶었다. 그때 알리사가 내 이름을 말하는 소리가 들렸다. 그러고는 내가 그들의 대화를 알아듣기 시작했을 때에 외삼촌이 큰 소리로 말씀하셨다.

"음! 그 애는 영원히 공부를 좋아할 거야."

자신도 모르게 엿듣고 만 나는 그 자리를 피해 버리거나, 최소한 내가 있다는 것을 그들이 알 수 있도록 무슨 기척을 내고 싶었다. 하지만 어떻게 기침을 할까? 나, 여기 있습니다. 말소리가 들리는데요 하고 소리를 칠까? 그런데 내가 잠자코 있었던 것은 더 듣고 싶은 호기심이라기보다는 오히려 난처함과 수줍음 탓이었다. 더구나 그들은 그저 지나갔을 따름이고, 나 또한 희미하게 그들의 이야기를 들었을 뿐이니……. 그러나 두 사람의 걸음은 매우 느렸다. 아마도 알리사는 평상시처럼 팔목에 예쁜 바구니를 들고서 시든 꽃을 따 버리기도 하고, 자주 끼는 바다 안개로 인해 아직 푸릇푸릇한 상태로 떨어지고만 열매를 울타리 밑에서 줍기도 했을 것이다. 그녀의 맑은 목소리가 들렸다.

"아버지, 팔리시에 아저씨는 훌륭한 분이었어요?"

외삼촌의 목소리는 낮고 희미했다. 나는 그의 대답을 알아들을 수가 없었다. 알리사는 다시 물었다.

"아주 훌륭하셨어요?"

마찬가지로 희미한 대답에 알리사가 다시 물었다.

"제롬은 머리가 좋지요, 그렇죠?"

어찌 내가 귀를 곤두세우지 않을 수 있었을까? 그러나 나는 한마디도 알아들을 수가 없었다. 알리사가 다시 말을 이었다.

"제롬이 훌륭한 사람이 되리라 생각하세요?"

이번에는 삼촌의 음성이 높아졌다.

"하지만 애야, 우선 알고 싶은 게 있구나. 너는 어떤 뜻으로 '훌륭한'이란 말을 쓰고 있는 거니? 보기에는 그렇지도 않고, 적어도 인간의 눈에는 그렇게 보이지 않는데 사실은 아주 훌륭한 사람이 있는 법이야. 하느님의 눈으로 보면 아주 훌륭한 사람이……."

"저도 그런 뜻으로 말한 거예요."

하고 알리사가 말했다.

"그렇기도 하거니와…… 어디 벌써부터 그걸 알 수가 있니? 제롬은 아직 너무 어리다. ……그래, 분명 유망한 애야. 하지만 그것만으로 성공할 수 있는 것은 아니란다."

"그럼 또 뭐가 필요하지요?"

"글쎄, 뭐라고 할까? 신뢰나 도움이나 사랑이나……."

"도움이라뇨?"

알리사가 되물었다.

"내게는 주어지지 않았던 애정과 존경, 그런 것 말이다."

삼촌은 씁쓸하게 대답하셨다. 그리곤 둘의 말소리가 전혀 들리지 않았다.

저녁 기도 때, 나는 뜻하지 않게 저지른 지각없는 행동을 반성하고 알리사에게 고백하리라 결심했다. 그때에는 필경 좀 더 캐 보려는 호기심도 섞여 있었을 게다.

이튿날, 내가 말을 꺼내자마자 알리사가 나무랐다.

"그래도 제롬, 그렇게 엿듣는 것은 아주 나쁜 짓이야. 기적을 내든지 그 자리를 피했어야 할 게 아니니?"

"정말이지, 나는 엿듣지 않았어. 들으려고 하지 않았는데 저절로 들려왔을 뿐이야. 그리고 그쪽도 그냥 지나쳐 버리던 걸."

"천천히 걷고 있었는데, 뭐."

"그래. 아무튼 내게는 겨우 들릴락 말락한 정도였어. 그리곤 곧 듣지 못했어. ……그런데 말이야, 성공하려면 무엇이 필요한가 물었을 때 외삼촌이 뭐라고 대답하셨지?"

"제롬."

알리사가 웃으며 말했다.

"다 들었으면서 그러니. 내게 한 번 더 되풀이시키고 싶어?"

"정말이지 첫 마디밖에는 듣지 못했대도 그래. 신뢰니 사랑에 대해 말씀하셨을 때 말이야."

"그러시고는 그것 말고도 여러 가지가 더 필요하다고 그러셨어."

"그래, 너는 뭐라고 대답했는데?"

알리사는 갑자기 정색을 했다.

"인생에서의 도움을 말씀하시기에, 네게는 어머니가 계시다고 그랬지 뭐."

"저런! 알리사, 어머니가 언제까지나 나와 함께 계시는 건 아니잖아. 그리고 그건 좀 다른 일이고…….."

알리사는 고개를 숙였다.

"아버지가 내 말에 대답하신 것도 바로 그거야."

나는 떨면서 그녀의 손을 잡았다.

"내가 장차 뭐가 되든 그건 오직 너를 위해서야."

"하지만 제롬, 나 또한 너를 떠날지 모르잖니?"

나는 진심으로 그녀에게 말했다.

"나는, 나는 결코 너를 떠나지 않을 거야."

그녀는 양 어깨를 약간 위로 추켰다.

"혼자서 나갈 만큼 강하지 못한 거야? 하느님께 다다르려면 누구든 혼자 나가야 해."

"그렇지만 내게 길을 가르쳐 주는 건 알리사야."

"제롬, 왜 주님 말고 또 다른 인도자를 찾으려고 하니? 우리가 가장 가까이 있을 수 있는 것은 우리 둘이 저마다 서로를 잊고 하느님께 기도드리는 때문이라고 생각되지 않니?"

"그래, 우리를 결합해 주십사 하고 기도하는 거 말이지."

나는 말을 가로챘다.

"아침마다, 밤마다 내가 하느님께 기도하는 것이 바로 그거야."

"아니, 너는 하느님 품 안에서 결합한다는 게 무슨 말인지도 모르니?"

"나는 진정으로 다 알고 있어. 그건 두 사람이 말이야, 자기들이 찬양하는 어떤 하나의 것 안에서 서로를 다시 열심히 찾는 걸 뜻해. 알리사가 찬양하는 것을 나 또한 찬양하는 것은, 바로 너를 다시 찾아보려는 생각에서인 것 같아."

"제롬, 네 찬양은 도무지 순수하지 못해."

"내게 너무 바라지 마. 천국이라도 그곳에서 알리사, 널 다시 찾아보지 못한다면 나는 그만둘 테야."

그녀는 손가락 하나를 입술에 갖다 대더니 약간 엄숙하게 말했다.

"너희는 먼저 하느님의 나라와 그 의를 구하라."

우리가 주고받던 말을 여기에 옮기면서, 아이들이 얼마나 심각한 이야기를 하는지 모르는 사람에게는 이런 말들이 전혀 어린애답지 못하다고 생각할 것이다. 그렇다고 해서 어쩌란 말인가? 변명이라도 하라는 건가? 우리가 하던 말을 더 자연스럽게 여겨지도록 꾸며대고 싶지 않은 것과 마찬가지로 나는 그런 변명을 하고 싶지 않다.

우리는 라틴 어 판의 복음서를 구해 긴 구절들을 외곤 했다. 동생 로베르를 도와 준다는 구실로 알리사와 나는 함께 라틴 어 공부를 했다. 그러나 지금 생각해 보면 오히려 그것은 내 독서에 따라오기 위한 것 같았다. 그리고 사실 그녀가 따라오지 않을 것이라 생각되는 공부는 나 역시 재미를 붙이려 하지 않았다. 그런 것이 간혹 내게 방해가 되었다 할지라도 남들이 쉽게 생각하듯이 내 정신의 비약을 가로막는 요인은 아니었다. 오히려 그 반대로 그녀는 어디서나 자유로이 나를 앞서는 듯 보였다. 나는 그녀를 따라 그녀의 길로 접어들었으며, 그 무렵 우리 마음을 차지하고 있던 것, 우리가 '사색'이라고 부르던 것도 좀 더 그럴 듯한 마음의 일치에 대한 하나의 구실, 즉 감정의 가장 또는 사랑의 겉치레에 지나지 않을 경우가 많았다.

어머니는 아직 그 깊이를 깨닫지 못하던 내 그러한 감정을 우려하셨던 모양이다. 그러나 기력이 점점 쇠약해져 감에 따라 우리 두 사람을 어머니로서 포옹해 주고 싶어하셨다. 오래전부터 앓고 계시던 심장병이 점점 악화되었다. 발작이 특히 심하던 언젠가 어머니는 나를 곁으로 부르셨다.

"얘야, 나도 이제는 꽤 늙었구나."

어머니는 말씀하셨다.

"언제 갑자기 너를 두고 가 버릴지 몰라……."

숨이 가빠진 어머니는 도중에 말씀을 끊으셨다. 그때 나는 더 이상 참지 못하고 어머니가 기다리시는 듯한 말을 꺼내고 말았다.

"어머니…… 아시지요? 나는 알리사와 결혼하고 싶어요."

그러자 내 말이 정녕 어머니의 가장 깊은 곳에 있던 생각과 일치했음인지 어머니는 곧 내 말을 받으셨다.

"그래, 네게 말하려는 것도 바로 그거다, 제롬."

"어머니!"

나는 흐느끼면서 말했다.

"알리사가 나를 좋아하나요?"

"그럼, 얘야."

어머니는 몇 번이고 다정스럽게, '그럼, 얘야'라고 되풀이하셨다. 말씀하시기가 매우 힘드셨지만 어머니는 덧붙여 말씀하셨다.

"모든 것은 주님께 맡겨야 하는 법이다."

어머니께서는 고개를 숙인 내 머리 위에 손을 얹으시고,

'주님께서 너희들을 보호해 주시길……."

하고 말씀하시더니 이내 잠이 드셨다. 나는 일부러 깨우지 않았다.

그 이야기는 두 번 다시 어머니께 꺼내지 않았다. 그 다음날에는 어머니도 기분이 좀 좋아지셨다. 나는 강의 때문에 학교로 돌아왔고, 절반밖에 하지 못한 마음속 이야기는 침묵 속으로 묻었다. 게다가 그 이상 내가 무엇을 알 수 있었을 것인가? 알리사가 나를 사랑한다는 것은 조금도 의심할 여지가 없었다. 설령 그때까지는 내가 미심쩍어했다 할지라도, 그 뒤에 일어난 슬픈 사건에 즈음하여서는 그러한 의심도 영원히 내 마음속에서 사라지고 말았다.

어느 날 저녁, 어머니는 애슈버튼 양과 내가 지켜보는 가운데 조용히 운명하셨다. 어머니의 생명을 앗아간 마지막 발작도 처음에는 그전 발작에 비해 그다지 심한 것 같지 않았다. 마지막 무렵이 되어서야 위험한 증세를 나타내기 시작했기 때문에 친척 중 어느 누구도 임종하실 것이라고는 예측하지 못했다. 나는 어머니의 옛 친구 곁에서 그리운 어머니의 시신을 지키면서 첫날밤을 새웠다. 나는 어머니를 너무나 사랑했다. 그러나 흐르는 눈물에도 불구하고 슬픔을 마음으로 느끼지 못했다는 것은 놀라운 일이다. 내가 눈물을 흘린 것은, 자기보다

40

나이가 훨씬 적은 지기가 자기보다 앞서 하느님 곁으로 가는 것을 보아야 하는 애슈버튼 양이 측은했기 때문이다. 어머니의 운명이 사촌 누이를 내게로 서둘러 오게 한다는 숨은 생각이 내 슬픔을 끝없이 억눌렀다.

이튿날, 외삼촌이 오셨다. 삼촌은 당신 딸의 편지를 내게 전해 주셨다. 그녀는 그 다음날에야 플랑티에 이모님과 함께 집으로 왔다.

제롬, 내 벗, 내 동생에게.

커다란 만족을 드릴 수 있었을 몇 마디 말을 돌아가시기 전에 하지 못하고 만 것이 얼마나 섭섭한지 몰라. 이제는 어머니께서 나를 용서해 주시기를! 그리고 이제부터는 오직 주님께서 우리를 인도해 주시기를 빌 뿐이야. 안녕, 내 가엾은 벗이여.

어느 때보다도 더욱 다정한 너의 알리사

이 편지는 무엇을 의미하는 걸까? 말하지 못해 섭섭하다는 그 몇 마디 말이란 바로 우리 두 사람의 앞날을 기약하는 말이 아니고 무엇이겠는가? 그러나 나는 아직도 너무 어린 나이였기 때문에 선뜻 청혼하려 들지 않았다. 게다가 내게 그녀의 맹세 같은 것이 굳이 필요할까? 우리는 이미 약혼자나 다름없지 않은가? 우리의 사랑은 이미 친척들에게도 더 이상 비밀이 아니었다. 외삼촌 역시 어머니와 마찬가지로 우리의 사랑을 방해하는 분은 아니었다. 오히려 외삼촌은 벌써부터 나를 당신의 아들처럼 다정스럽게 대해 주셨다.

며칠 후에 시작된 부활절 휴가를 나는 르아브르에서 지냈다. 플랑티에 이모님 댁에서 묵었지만 식사는 거의 뷰콜렝 외삼촌 댁에서 하곤 했다.

펠리시 플랑티에 이모님은 더할 나위 없이 훌륭한 분이셨지만, 내 외사촌 누이들이나 나로서는 아주 허물없이 지내는 사이는 아니었다. 이모님은 노상 무엇을 서두르시는 듯 숨이 가쁘셨다. 몸가짐에는 상냥함이 없었고, 음성 역시 부드러움이란 없었다. 아무 때나 우리가 귀여워서 견딜 수 없다는 듯 마구 쓰다듬어 주셨는데, 그것이 우리에게는 오히려 귀찮았다. 뷰콜렝 외삼촌은 이모님을 무척 좋아하셨지만, 이모님과 이야기하는 목소리만으로도 얼마나 어머니를 더 좋아하셨는지 넉넉히 짐작할 수 있었다.

"얘야."

어느 날 저녁, 이모님이 말씀하셨다.

"네가 올 여름에 무엇을 할 생각인지는 모르겠다만, 내가 할 것을 작성하기 전에 우선 네 계획부터 좀 듣고 싶구나. 혹내가 무슨 도움이 될 수만 있다면 말이다."

"뭐, 아직 다른 생각을 해 보지 않았어요."

나는 대답했다.

"글쎄, 여행이나 할까 해요."

이모님이 말을 이었다.

"잘 알겠지만 우리 집도 퐁그즈마르와 마찬가지로 네가 오는 걸 언제든지 환영한단다. 하긴 그쪽으로 가면 외삼촌과 쥘리에트가 반가워할 테지만……."

"알리사 말씀이겠죠."

"참, 그렇구나. 미안하다. 얘야. 네가 좋아하는 애를 글쎄 쥘리에트라고만 짐작하고 있었거든. 외삼촌이 말해 주기 전까지는 말이야. 그게 아직 한 달도 안 되었지만……. 너도 알다시피 나는 말이다. 너희를 정말 사랑한다만 너희의 성격에 대해서는 잘 모르겠어. 너희를 만나 볼 기회가 별로 없었잖니? 더구나 나는 뭘 꼼꼼히 살펴보는 성격도 아니고. 내게 상관없는 일을 살펴보려고 가만히 서 있을 시간이 어디 있니. 네가 놀 때 늘 쥘리에트와 함께 있기에 나는 그렇게 생각하고 있었던 거야. 그 애는 정말 예쁘고 명랑하지 않니?"

"그래요, 쥘리에트하고는 지금도 잘 지내요. 하지만 제가 좋아하는 건 알리사예요."

"아무렴, 아무렴. 네가 좋아하는 사람이어야 하지. 나야 뭐, 알리사를 전혀 모른다고 할 정도지 않니. 그 애는 제 동생보다 말이 적고 해서 말이야. 아무튼 네가 그 애를 택했을 때는 무슨 훌륭한 이유가 있었겠지."

"이모, 제가 알리사를 좋아하는 것은 선택했기 때문이 아니에요. 무슨 이유라고 생각해 본 적도 없는 데다……."

"역정낼 건 없다, 제롬. 내가 무슨 나쁜 뜻을 가지고 말한 건 아니잖니? 네 말을 듣다 보니 무슨 말을 하려던 참인지 잊어버렸구나. 옳지, 그러니 결국 만사는 결혼을 해야 해결이 나는 건데, 네가 상(喪)중이라 아직은 예법상 정혼을 할 수는 없고……. 그런 데다 너는 아직 너무 어리고 해서……. 내 생각으로는 이제는 어머니하고도 함께 가 있지는 못하게 되고 했으니까 말이야, 네가 퐁그즈마르에 가 있는 것도 좀 눈에 거슬릴지도 모르고……."

"글쎄, 이모. 여행 이야기를 한 것도 바로 그것 때문이에요."

"그래. 그러니 말이다, 얘야. 나는 이렇게 생각했단다. 내가 함께 가 있으면 모든 일이 잘될 거라고 말야. 그래서 올 여름 잠깐 동안 나도 좀 짬을 낼 수 있도록 계획을 세웠단다."

"한마디만 부탁하면 애슈버튼 양이 곧 와 줄 텐데요, 뭐."

"그 여자가 와 주리라는 것은 나도 알고 있다. 그래도 그것으로 다 되는 게 아냐. 나도 함께 가겠다. 그렇다고 내가 가엾은 네 어머니 노릇을 하겠다는 건 아니야."

이모님은 갑자기 흐느끼면서 말씀하셨다.

"나는 그저 집안일이나 도울까 하고……, 그렇게 되면 너나 네 삼촌이나 알리사가 거북스럽지는 않을 게 아니냐?"

펠리시 이모님은 당신이 와 계시는 일의 효과를 잘못 생각하셨다. 사실을 말하자면, 우리가 거북스럽게 된 것은 바로 이모님 때문이었다. 말씀하신 대로 이모님은 7월부터 퐁그즈마르에 와 계셨고, 애슈버튼 양과 나도 뒤따라갔다. 집안일도 알리사를 도와 준다는 명목 아래 이모님은 그처럼 조용한 집안을 매일같이 온통 소란스럽게 하셨다. 우리의 마음을 편안하게 해주시려고, 이모님 말씀처럼 '만사를 손쉽게' 해주시려고 수선을 피우시는 게 너무도 극성스러웠기 때문에, 알리사와 나는 이모님 앞에 서 있는 것이 오히려 늘 거북했고 거의 반벙어리가 되고 말았다. 이모님은 우리가 무척 쌀쌀맞다고 느끼셨을 게다. 하지만 설사 우리가 잠자코 있지 않았다고 한들 이모님은 우리의 사랑이 어떤 성질의 것인지 이해하실 수 있었을까? 쥘리에트의 성격은 우리와는 반대로 이러한 수다스러움과 매우 잘 융화되었다. 그래서 이모님이 막내 조카딸을 유난히 귀여워하시는 것을 보는 데서 오는 어떤 반감이 이모님에 대한 내 정을 가로막지 않았나 생각되기도 한다.

어느 날 아침, 우편물이 도착하자 이모님이 나를 부르셨다.

"제롬, 정말 딱하게 되었구나. 딸애가 아프다고 나를 불렀단다. 아무래도 너를 두고 가야겠구나."

쓸데없는 걱정이 들어 나는 이모님이 떠나신 뒤에도 그대로 퐁그즈마르에 남아 있어도 좋은지 물으러 외삼촌을 뵈러 갔다. 그러나 외삼촌은 첫마디에 이내 언성을 높이셨다.

"당연한 일을 가지고서 누님은 왜 또 복잡하게 생각하시니? 그래, 너는 무엇 때문에 떠나겠다는 거냐, 제롬? 너는 이미 내 자식이나 다름없다."

이모님이 퐁그즈마르에 머무르신 건 겨우 이 주일밖에 되지 않았다. 이모님이 떠나시자마자 집안은 다시 잠잠해졌다. 행복과도 같은 고요함이 다시 집안에 감돌기 시작했다. 내 상복은 우리의 사랑을 식게 하기는커녕 오히려 더욱 깊게 해주었다. 단조로운 생활이 시작되었다. 그러한 생활 속에서는 메아리가 울리는 곳에서처럼 우리 마음의 가장 작은 움직임도 서로에게 또렷하게 전달되었다.

이모님이 떠나신 지 며칠이 지난 어느 날 저녁, 식탁에서 우리는 이모님 이야기를 하고 있었다. 지금도 기억하는 일이다.
"그게 무슨 법석이람!"
우리는 말했다.
"이제는 삶의 파동이 이모님 마음을 쉬게 할 수 없는 것일까? 아름다운 사랑의 모습이여, 그대 그림자는 이제 무엇이 되었느냐?"
이건 괴테가 슈타인 부인을 두고 "이 영혼 속에 비치는 세상은 보기에도 아름다우리라"고 한 말이 생각났기 때문에 한 말이었다. 우리는 대번에 어떤 계급 같은 것을 정하고 명상의 능력을 가장 높은 위치에 올려놓았다. 그때까지 잠자코 계시던 외삼촌은 쓸쓸히 미소를 지으며 우리가 하던 말을 이으셨다.
"애들아, 비록 부서져 있다 하더라도 하느님은 거기에서 당신의 모습을 알아보신단다. 인간의 생애 중 어느 한 시기만을 놓고서 그 사람을 판단하지 않도록 조심하자. 이모만 하더라도, 너희가 이모를 싫어하는 이유 중의 몇 가지는 여러 가지 사건 때문에 그렇게 된 것이고, 그런 사건을 너무나 잘 아는

46

나로서는 너희들처럼 가혹하게 이모를 비난할 수가 없구나. 젊은 시절에는 누구나 좋아하던 성격도 나이가 들면 나쁘게 변할 수 있는 거란다. 지금 너희가 '법석'이라고 표현하는 펠리시 이모도 처음에는 귀엽게 깡충깡충 뛰어다닌다든가, 생각하는 대로 행동한다든가, 무사태평이라든가, 애교가 있다든가, 그렇게만 여겨졌단다. 우리도 지금의 너희나 별반 다를 게 없었던 거야. 그때의 나는 너와 비슷했지, 제롬. 아마 지금 내가 생각하는 것보다는 훨씬 더 너를 닮았을 거야. 펠리시 이모는 지금의 쥘리에트와 아주 흡사했단다. 그래, 몸맵시조차도 말이야."

외삼촌은 당신 딸을 돌아다보시며 덧붙여 말씀하셨다.

"네 목소리를 듣고 있으면 꼭 누님이 거기 있는 듯하구나. 네 고모도 너 같은 미소를 가졌지. 그리고 곧 없어진 자세이지만 꼭 너처럼, 가끔 의자에 앉아서는 팔꿈치를 앞에 대고 양손가락을 깍지 끼어 이마를 받친 채 가만히 있곤 했지."

애슈버튼 양은 나를 돌아다보더니 거의 소곤거리는 듯한 음성으로 말했다.

"네 어머니 모습을 지니고 있는 건 알리사야."

그해 여름은 희한하기도 했다. 온갖 것에 푸른 하늘이 스며 있는 것 같았기 때문이다. 우리의 열정은 불행도 죽음도 이겨내고 말았다. 어두운 그림자가 우리 앞에서는 물러섰다. 아침마다 기쁨이 나를 깨워 주었다. 동이 틀 무렵이면 일어나 해를 맞으러 뛰어나가곤 했다. 지금도 그 무렵을 생각해 보면 흠뻑 이슬에 젖어 있던 새벽, 그 시각이 눈앞에 떠오른다. 늦은 시각까지 자지 않던 언니에 비해 이른 아침에도 일찍 깨는 쥘리에트는 나와 정원으로 내려가곤 했다. 언니와 나 사이에서 그녀는 전달자 역할을 했다. 나는 그녀에게 끊임없이 우리의 사랑 이야기를 들려주었고 그녀 또한 내 이야기를 재미있어 하는 듯했다. 알리사 앞에서는 가슴이 벅차 늘 망설여지고 어색해져서 말하지 못하던 것도 쥘리에트에게는 곧잘 털어놓았다. 알리사는 내 이런 장난을 짐작하는 듯했고, 우리가 말하던 것이 그녀에 관한 얘기임을 모르는지 모르는 척하는 것인지, 아무튼 내가 아주 신이 나서 자기 동생과 이야기하는 것이 재미있는 모양이었다.

오, 벅찬 사랑의 미묘함이여! 너는 비밀의 통로로 우리를 웃음에서 눈물로, 가장 천진난만한 환희에서 덕행의 요구로 이끌어 갔는가!

그 여름이 그토록 맑고 매끄럽게 달아나 버렸기 때문에, 미끄러져 가 버린 그 하루하루에 대해 이제 내 기억은 거의 아무것도 끌어내지 못한다. 그 무렵에 있었던 일이란 다만 이야기와 독서뿐이었다.

"나는 슬픈 꿈을 꾸었단다."

방학이 끝날 무렵의 어느 날 아침, 알리사가 내게 말했다.

"나는 살아 있는데 네가 죽었어. 아냐, 네가 죽는 걸 본 게 아냐. 그저 네가 죽었다는 거야. 정말 무서웠어. 그렇지만 그런 일이 어디 있을 법한 일이니? 그래서 나는 네가 그저 여기 없는 거라고 마음먹기로 했지. 우리가 이렇게 떨어져 있는데도 내게는 너를 따라가서 함께 있을 수 있는 길이 꼭 있다고 생각되었지. 어떻게 하면 될까 하고 그것을 알아내려고 몹시 애쓰는 바람에 그만 잠에서 깨고 말았어. 아침이 되어도 그 꿈은 눈에 선했어. 꼭 그 꿈을 계속 꾸고 있는 것 같았지. 아직도 너와 떨어져 있고 앞으로도 오래 오래……."

하고 그녀는 아주 나지막하게 덧붙여 말했다.

"일생 동안 너와 떨어져 있게 되는 것 같았어. 그리고 일생 동안 몹시 애를 써야 할 것 같고……."

"무엇 때문에?"

"저마다 서로를 만나기 위해 몹시 애를 써야 할 것 같았어."

나는 그녀의 말을 정말로 받아들이지 않았다. 아니 정말로 받아들이기가 두려웠다. 그녀를 반박이라도 하려는 듯 나는 두근거리는 가슴으로 갑자기 용기내어 말했다.

"그건 그렇고. 나도 말이야, 오늘 아침에 꿈을 꾸었는데, 내가 어찌나 너하고 결혼하고 싶어했는지……. 죽음 외에는 그 무엇도 우리를 떼어놓지 못할 것 같았어."

"죽음인들 우리를 떼어놓을 수 있을 것 같아?"

하고 그녀는 말을 받았다.

"말하자면……."

"내 생각에는 오히려 죽음이 우리를 가까이 있게 해줄 수 있을 것 같은데? 그래, 생전에 떨어져 있던 것도 죽음은 가까이 있게 해줄 수 있을 것 같아."

이런 말이 우리 마음에 깊이 배어들었음인지, 나는 지금도 그 말의 억양까지 들리는 듯하다. 그러나 나는 그 말이 지닌 중대한 뜻을 훨씬 뒤에야 깨달았다.

여름은 사라져 가고 있었다. 벌써 들판은 텅 비었고 시야는 한결 시원하게 트였다. 내가 떠나기 전날, 아니 그 전날 저녁, 나는 쥘리에트와 함께 아래 정원의 작은 숲으로 내려가고 있었다.

"어제 알리사 언니한테 읊어 주던 게 뭐야?"

그녀가 말했다.

"언제 말이야?"

"그 폐광 터에 있는 벤치에서 말이야. 둘만 남겨 놓고 우리가 먼저 와 버렸을 때……."

"아아! 보들레르의 시 구절?"

"어떤 시지? 나한테 들려주고 싶지 않나 봐?"

"머지않아 우리는 차가운 어둠 속에 잠기리니……."

나는 어지간히 내키지 않는 기분으로 시를 읊었다. 그러나 그녀는 대뜸 내 말을 막으면서 가늘게 떨리는 음성으로 말을 이었다.

"안녕히, 너무도 짧았던 우리 여름의 싱싱한 빛이여!"

"허, 이런! 알고 있었니?"

나는 놀라서 소리쳤다.

"너는, 시 따위는 좋아하지 않는 줄 알았는데……."

"왜? 오빠가 나한테 읊어 주지 않으니까?"

그녀는 웃으면서, 그러나 좀 어색해진 듯이 말했다.

"오빠는 가끔 나를 아주 바보로 아는 것 같아."

"아주 머리가 좋은 사람도 시를 좋아하지 않는 수가 있어. 네가 시 이야기하는 걸 한 번도 들은 적이 없고, 네가 나한테 시를 읊어 달라고 해 본 적도 없잖아."

"그거야 알리사 언니가 도맡아 하고 있으니까 그렇지……."

그녀는 잠시 말이 없더니 불쑥 이렇게 내뱉었다.

"모레 떠나지?"

"그래야 될 것 같아."

"올 겨울에는 무엇을 할 거야?"

"노르말르(고등 사범 학교) 1학년이지 뭐."

"언니하고는 언제 결혼할 건데?"

"병역을 마치기 전에는 안 되겠지. 그리고 그 후로도 내가 하고 싶은 것을 좀 더 잘 알기 전에는 하지 않을 셈이야."

"아직도 자기가 하고 싶은 걸 몰라?"

"아직은 알고 싶지 않아. 흥미를 끄는 게 너무 많아서 말이야. 그래서 무얼 꼭 선택하고 그것만 붙들고 늘어져야 하는 시기를 될 수 있는 대로 미루는 거야."

"약혼을 미루는 것도 생활이 틀에 박힐까 두려워서 그래?"

나는 대꾸도 없이 어깨만 들썩했다. 그녀는 다시 내게 따져 물었다.

"그럼, 무엇 때문에 약혼을 망설이고 있어? 왜 빨리 약혼을 하지 않는 거지?"

"굳이 약혼해 두어야 할 까닭이 뭐 있어? 세상 사람들에게 일일이 알리지 않더라도 우리가 서로 사랑하고 있으며, 앞으로도 영원히 서로 사랑할 것이라는 것만 알고 있으면 그만이지. 내 모든 삶을 알리사에게 바치고 싶어하는데 말이야. 내 애정을 무슨 약속 따위로 얽어매 두는 편이 더 좋아 뵈니? 나는 그렇게 생각하지 않아. 맹세 따윈 애정에 대한 모욕으로 생각된단 말이야. 내가 알리사를 믿는 한 나로서는 약혼해 두고 싶지 않아."

"내가 믿지 못하는 건 언니가 아니야."

우리는 천천히 걷고 있었다. 그러다가 요전에 내가 뜻하지 않게 알리사와 그녀의 아버지가 하는 이야기를 엿들었던 정원의 그 장소에 이르렀다. 문득 좀 전에 정원 쪽으로 나가던 알리사가 어쩌면 지금쯤 그 둥그런 길 갈림터에 앉아 있을지도 모른다는, 그렇다면 역시 그녀도 우리가 하는 이야기를 듣고 있을지 모른다는 생각이 들었다. 직접 만나서는 감히 하지 못하는 말을 그녀에게 들려줄 수 있을지도 모른다는 가능성이 당장 내 마음을 유혹했다. 제 꾀에 신이 나서 나는 큰 소리로 말했다.

"아아!"

나는 내 나이 또래에서 흔히 볼 수 있는 좀 과장된 표현을 써서 부르짖었다. 그러나 나는 나 자신의 일에만 너무 정신을 쏟았기 때문에, 쥘리에트의 말을 통해 알리사가 하지 않은 모든 이야기를 깨닫지 못했다.

"아아! 사랑하는 이의 영혼 위에 몸을 굽혀 우리가 그 영혼에 비치는 모습이 어떤 것인지, 거울 속을 들여다보듯 볼 수만 있다면 얼마나 좋을까! 상대방의 마음을 자기 자신의 마음처럼, 아니 자기 자신의 마음보다도 더욱 뚜렷이 자기의 모습을 헤아려 볼 수 있다면 얼마나 좋을까! 애정은 또 얼마나 아늑해질까! 사랑은 얼마나 순수해질까!"

쥘리에트의 곤혹스러운 표정을 값싼 서정이 자아낸 효과라고 생각한 것은 내 자만심이었다. 그녀는 갑자기 내 어깨 위에 얼굴을 파묻었다.

"제롬, 제롬! 꼭 알리사 언니를 행복하게 해줘, 응? 혹시 오빠 때문에 언니가 괴로워한다면 나는 정말이지 오빠를 미워할 거야."

"하지만, 쥘리에트."

나는 그녀를 끌어안아 머리를 쳐들면서 말했다.

"내 자신부터 나를 미워할 거야. 네가 내 마음을 알아주기만 한다면……. 내가 아직 앞길을 결정하고 싶지 않다는 것은 알리사와 더불어 보다 나은 삶을 영위하기 위해서야. 아무튼 나는 내 앞날을 모두 알리사에게 걸고 있어. 알리사가 없다면 나는 어떤 것도 되고 싶지 않아."

"이런 이야기를 하면 언니는 뭐라고 하지?"

"이런 이야기는 알리사하고는 하지 않아. 우리가 아직 약혼을 하지 않는 것도 바로 이 때문이야. 결코 결혼 같은 건 문제로 삼지 않아. 또 그 다음에는 무엇을 할 것인가 하는 것도. 오, 쥘리에트! 알리사와 함께 인생을 살아간다는 것이 얼마나 행복한 것인지 나는 감히…… 알겠지? 그녀에게는 감히 이런 말을 하지 못해."

"행복이 갑자기 언니에게 찾아들게 하려고?"

"아니, 그게 아니야. 다만 나는 두려워. 알리사를 겁나게 하는 게 말이야. 알겠니? 내 눈에 어른거리는 이 엄청난 행복이 알리사를 겁나게 할까 봐 두려워. 언젠가 알리사한테 여행하고 싶지 않느냐고 물은 적이 있어. 알리사는 조금도 원하지 않는다고 하더군. 다만 그런 나라가 있고, 그러한 나라가 아름다우며 남들이 가 볼 수 있다는 것만 알면 자기는 더 바라지 않는다고 했지."

"오빠는 여행하고 싶어?"

"방방곡곡 다 가 보고 싶어, 어디든지. 인생이라는 것이 내 생각에는 알리사와 더불어 책이니 사람들이니 그 여러 나라를 거쳐가는 긴 여행 같아. 너는 이런 말이 무엇을 뜻하는지 생각해 본 적 있니? '닻을 올린다'는 것 말이야."

"물론이야. 자주 그런 걸 생각하는데, 뭐."

그녀는 중얼거렸다.

그러나 나는 전혀 그녀의 말에 귀를 기울이지 않았다. 땅에 떨어져 상처 입은 가엾은 새처럼 그녀의 말을 한쪽 귀로 흘리며 다시 말을 이었다.

"밤에 떠난다. 여명의 눈부신 햇살 속에서 잠을 깬다. 불안한 파도 위에서 단 둘이 있음을 느낀다. 그리곤 아주 어렸을 적 지도에서 보았던 어느 항구에 도착한다. 그곳은 모든 것이 낯설다……."

"오빠 팔에 기댄 언니가 배에서 발판을 밟고 내려오는 게 보이는 것 같아."

"우리는 곧장 우체국으로 가서……."

하고 나는 웃으며 덧붙였다.

"쥘리에트가 부쳐 준 편지를 찾고……."

"퐁그즈마르에서 부친 편지를? 오빠한테는 쥘리에트가 남아 있는 퐁그즈마르가 아주 조그맣고 쓸쓸하고 까마득하게 여겨지겠지……."

이것이 분명 그녀의 말이었는지 나는 단언하지 못하겠다. 왜냐하면 다시 말하지만 내 마음이 그토록 사랑으로 가득 차 있었기 때문에 사랑의 표현 말고는 어떤 이야기도 내 귀에 들리지 않았기 때문이다.

우리는 둥그런 길 갈림터 가까이에 다다랐다. 발길을 돌리려는 바로 그때, 그늘에서 별안간 알리사가 나타났다. 알리사의 안색이 얼마나 창백했는지 쥘리에트는 그만 비명을 지르고 말았다.

"사실, 몸이 좀 불편해."

알리사는 허겁지겁 중얼거리듯 말했다.

"바람이 차서 아무래도 들어가는 게 좋을 것 같아."

그러고는 곧 우리 곁을 떠나 빠른 걸음으로 집을 향해 돌아
가 버렸다.

"우리가 하던 이야기를 들은 모양이야."

알리사가 좀 멀어지자마자 쥘리에트가 대뜸 부르짖었다.

"그래도 알리사가 기분 상할 말은 조금도 없었잖아. 오히
려……."

"갈게."

언니의 뒤를 쫓아가면서 쥘리에트가 말했다.

그날 밤 나는 잠을 이루지 못했다. 저녁 식사 때 알리사를
보았지만 식사가 끝나자 이내 머리가 아프다고 하면서 곧 들
어가 버렸기 때문이다. 그녀는 우리가 하던 이야기에서 무엇
을 들은 것일까? 나는 불안한 마음으로 우리가 했던 말을 회
상해 보았다. 그리고 내가 쥘리에트에게 바싹 붙어 걷고 있었
다는 것, 쥘리에트의 몸에 팔을 감고 있었다는 것이 어쩌면 잘
못이었을까 하고 생각해 보았다. 그렇지만 그런 것은 우리가
어렸을 때부터의 버릇 아닌가. 게다가 알리사는 이미 몇 차례
나 우리가 그렇게 걷는 것을 보아 왔다. 아, 나는 스스로 내가
한 말의 잘못을 찾고 있으면서도 내가 귀담아듣지도 않은 쥘
리에트의 말을 알리사가 더 잘 알아들었으리라는 것을 한 번
도 생각하지 못했으니, 나는 얼마나 가엾은 장님이었던가. 마
음이 불안해서 혼란스럽고, 알리사가 나를 의심할지 모른다는
생각에 두려워진 나는 또 다른 위험에 대해서는 생각하지도
않고 이튿날 약혼하기로 결단을 내렸다.

내가 떠나기 전날이었다. 알리사의 슬픈 얼굴도 나는 그 일 탓으로만 돌렸다. 그녀는 나를 피하는 것 같았다. 단 둘이서 만나지도 못한 채 낮이 지났다. 털어놓고 말도 하지 못하고 떠나게 되지 않나 하는 두려움으로 말미암아 나는 저녁 식사 조금 전에 그녀의 방으로 찾아갔다. 산호 목걸이를 걸고 있던 그녀는 그것을 걸어 매려고 두 팔을 든 채 등을 문 쪽으로 돌리고서 불이 켜진 두 촛대 사이에 있는 거울 속을 어깨 너머로 들여다보고 있었다. 그녀가 나를 본 것은 그 거울 속에서였다. 돌아다보지도 않고 그녀는 얼마 동안 거울 속의 나를 바라보았다.

"어머! 방문이 닫혀 있지 않았나 보지?"

그녀가 말했다.

"노크를 했는데 네가 대답을 하지 않았잖아. 알리사, 내가 내일 떠나는 거 알고 있어?"

그녀는 아무런 대답 없이 끝내 걸어 매지 못한 목걸이를 난로 위에 놓았다. '약혼'이라는 말이 너무나 노골적이고 거칠게 느껴졌기 때문에 나는 생각나는 대로 종잡을 수 없이 빗대어 말했다. 말뜻을 알아듣자 그녀는 휘청거리듯 난로에 몸을 기대는 듯했다. 그러나 나 자신부터도 어찌나 몸이 떨리든지 그녀를 똑바로 바라볼 수 없었다.

나는 그녀 곁에 있었다. 눈을 내리깐 채 나는 그녀의 손을 쥐었다. 뿌리치지는 않았지만, 그녀는 고개를 약간 숙이면서 내 손을 들어올려 제 입술에 갖다 대고는 몸을 반쯤 내게 기댄 채 중얼거리듯 말했다.

"아냐, 제롬, 아냐. 약혼은 안 돼. 제발……."

내 심장이 하도 뛰었기 때문에 필경 그녀도 느꼈으리라 생각된다. 그녀는 한결 다정스럽게 말을 이었다.

"아냐, 아직은……."

"어째서?"

내가 물었다.

그녀는 의아스럽다는 표정으로 오히려 반문했다.

"어째서냐고? 아니, 오히려 물어볼 사람은 내가 아닌가? 왜 이 상태를 바꾸려는 거지?"

나는 그 전날의 이야기에 대해서 감히 말을 꺼내지 못했다. 그러나 그녀는 분명히 그것을 내가 생각하고 있다고 느낀 모양이었다. 내 생각에 대한 대답인 것처럼 똑바로 나를 쳐다보며 그녀는 이렇게 말했다.

"잘못 생각하고 있어, 너는. 나는 그렇게까지 행복할 필요가 없어. 우리는 이대로도 행복하지 않니?"

그녀는 일부러 미소를 지으려 애썼다.

"행복하지 않아. 내가 너를 두고 떠나야 하기 때문에 말이야."

"이봐, 제롬. 오늘 저녁에는 너하고 이야기를 하지 못하겠어. 제발 우리의 마지막 시간을 망치지 말자. 정말 이러지 마, 응? 나는 언제나처럼 제롬을 좋아해. 안심해, 제롬. 편지할게. 이유도 설명하고, 편지 꼭 쓸게, 내일이라도 네가 떠나면 당장에. 이제는 가 봐. 어머, 내가 울고 있네. 혼자 있고 싶어."

그녀는 나를 밀더니 부드럽게 몸을 빼냈다. 그것이 바로 우리의 작별이었다. 그날 저녁, 나는 그녀에게 한마디도 하지 못했고 이튿날 내가 떠날 적에도 그녀는 방에서 나오지 않았다. 나를 태운 마차가 멀어져 가는 것을 창가에서 바라보며 작별의 손짓을 보내고 있는 그녀를 나는 보았다.

3

　나는 그해 들어 아벨 보티에를 거의 만나지 못했다. 그는 징집에 앞서서 자원 입대를 했고, 나는 수사학 반에 다시 남아 학사 시험을 준비하고 있었다. 아벨보다 2살 아래인 나는 우리가 그해 입학할 예정이던 에콜르 노르말르의 졸업 때까지 병역을 연기했다.

　우리는 반갑게 다시 만났다. 제대 후 그는 한 달 남짓 여행을 했다. 나는 그가 변하지 않았을까 걱정하고 있었지만, 그는 한결 침착해졌을 뿐 조금도 그의 매력을 잃지 않고 있었다. 개학 전날, 뤽상부르 공원에서 오후를 함께 보낸 나는 내 사랑의 이야기를 간직해 두지 못하고 그에게 들려주었다. 하긴 그는 이미 그 이야기를 알고 있었다. 그해 몇몇 여인들로부터 경험을 얻었던 그는 적지 않게 잘난 체하며 선배 행세를 했지만, 그렇다고 해서 속상한 것은 조금도 없었다. 마지막 말을 내가 할 줄 몰랐다며 나를 빈정대면서, 여자들 마음이 변하도록 내버려두어서는 절대로 안 된다는 것이 하나의 공식이라고 그는 설명했다.

말하는 대로 내버려두기는 했지만, 나는 그의 훌륭한 이론도 내게나 알리사에게는 도무지 부질없고, 그가 우리를 잘 이해하지 못하고 있다는 것을 스스로 드러내고 있을 따름이라고 생각했다.

나는 도착한 이튿날, 이러한 편지를 받았다.

그리운 제롬.
나는 네가 제의한 것을 곰곰이 생각해 보았어(내가 제의한 것이라고? 약혼을 이렇게 부르다니!). 나는 너보다 나이가 더 많은 것이 두려워. 너는 아직 다른 여자들을 사귈 기회가 없었기 때문에 어쩌면 아직은 그런 걸 느끼지 못하겠지만, 내 생각에는 내가 너와 결혼하고 나서 네 마음에 더 들지 못하는 나를 보게 된다면 나중에는 나마저 이런 걸 괴로워할 것 같아. 이 글을 읽으면서 아마 무척 화를 내겠지. 항변이 들리는 듯하구나. 그러나 네가 좀 더 인생을 알게 될 때까지 기다려 달라고 부탁하고 싶어.
이런 말을 하는 것도 오직 너를 위해서라는 걸 이해해 주었으면 좋겠어. 나로서는 내가 너를 사랑하지 않을 수는 결코 없으리라는 것을 잘 알기 때문이야.
알리사로부터

사랑하지 않게 된다! 그렇지만 이런 것이 새삼스럽게 문제

될 수가 있을까? 나는 슬프다기보다는 오히려 어리벙벙했고, 하도 기가 막힌 일이었기 때문에 아벨에게 이 편지를 보이려고 곧장 뛰어갔다.

"그래, 너는 어떻게 할 셈이니?"

입술을 꼭 다문 채 편지를 읽고 난 아벨이 말했다.

"아무튼 답장은 하지 않는 게 좋을 거야. 여자하고 다툴 때는 져 주는 법이야. 토요일에 르아브르에서 밤을 지내면 일요일 아침에는 퐁그즈마르에 닿을 수 있고, 월요일 첫째 강의 시간에 맞추어 이곳으로 되돌아올 수 있어. 군대에 들어간 뒤로 여태 네 친척들을 만나 보지 못했으니까 이것으로도 핑계는 충분히 되거니와 나로서는 인사를 차리는 격이 되지. 혹시 알리사가 이런 걸 핑계에 지나지 않는다고 알아챈다면 일은 잘 되는 거야. 네가 알리사와 이야기할 동안 나는 쥘리에트를 맡고 있을게. 아무튼 어린애 같은 짓은 제발 하지 않도록 해. 사실 네 이야기 속에는 무엇인가 알 수 없는 게 있어. 아무래도 네가 다 털어놓지 않은 이야기가 있는 것 같아. 하지만 상관없어. 내가 알아내고 말 테니까. 무엇보다도 우리가 간다는 사실을 알리지 마. 느닷없이 네 외사촌 누이를 습격해서 깜짝 놀라게 해주어야 한다고."

정원 사립문을 밀면서 나는 사뭇 가슴이 두근거렸다. 쥘리에트는 재빨리 우리를 맞으러 뛰어나왔다. 속옷을 널어 두는 골방에서 일을 하고 있던 알리사는 얼른 내려오지 않고, 외삼촌과 애슈버튼 양은 우리가 이야기를 하고 있을 때에야 비로소 함께 응접실에 들어왔다. 느닷없는 우리의 도착은 그녀의 마음을 뒤흔들었겠지만, 적어도 그녀는 그런 내색을 조금도 드러내지 않았다. 나는 아벨이 하던 말을 생각하고서, 그녀가 이토록 한참 동안 나타나지 않고 있었던 것은 바로 내게 대비할 무장을 하기 위해서라고 생각했다.

신바람이 난 쥘리에트의 태도가 알리사의 차분한 태도를 한층 더 차갑게 보이도록 했다. 내가 돌아온 것을 그녀는 못마땅하게 여기는 듯했다. 적어도 그녀는 못마땅히 여기는 빛을 자기의 태도로써 내보이려는 듯싶었고, 나는 그런 감정의 이면에 숨어 있는 더욱 세찬 감정을 찾아내 볼 용기가 나지 않았다. 그녀는 우리로부터 꽤 떨어진 창가의 한 모퉁이에 앉아 수를 놓는 데에 온통 정신이 쏠린 듯, 입술을 움직이며 바늘 매듭을 세고 있었다. 다행스럽게도 아벨은 이야기를 하고 있었다. 왜냐하면 나로서는 이야기할 기력도 없었고, 따라서 그가 군대 생활과 여행에 대한 이야기를 하지 않았던들, 이 재회의 첫 시간은 침울하게 되었을 것이기 때문이다. 외삼촌마저도 유난히 근심어린 기색이셨다.

점심을 마치자 쥘리에트가 나를 따로 부르더니 정원으로 끌고 나갔다.

"글쎄, 나한테 청혼을 한 사람이 다 있어."

하고, 단 둘이 있게 되자 그녀가 말을 꺼냈다.

"펠리시 고모가 어제 아버지한테 편지를 하셨는데, 님에서 포도 재배를 한다는 사람의 청혼을 전하셨어. 아주 훌륭한 사람이래. 고모 말씀으로는 올 봄에 사교계에서 나를 몇 번 보고선 홀딱 반했다는 거야."

"너도 그 남자를 눈여겨보았니?"

나는 나도 모르게 그 청혼자에 대해 약간 반감이 섞인 어조로 물었다.

"물론이지. 나도 누군지 알아. 사람 좋은 돈키호테 타입이야. 교양도 없고, 아주 못나고, 시시하지만 꽤 재미있는 사람이어서 그 사람과 대면하면 고모도 여느 때처럼 점잔만 빼고 있지는 못한대."

"그래, 그 선생이 유망해 보이니?"

나는 비웃는 투로 말했다.

"어머나, 제롬. 무슨 농담을……. 그 사람은 장사치야. 제롬이 한 번이라도 그 사람을 본다면 그런 말은 하지 않을걸."

"그래서……, 삼촌은 뭐라고 대답하셨지?"

"내가 대답한 그대로야. 시집가기에는 너무 어리다고……. 그런데 골치 아프게도……."

그녀는 웃으며 덧붙였다.

"고모는 반대할 걸 빤히 알면서도 추신에 뭐라고 쓰셨는지 알아? 에두아르 테시에르 씨께서는─이게 그 사람 이름이야─시기를 기다리는 데 찬성하며, 이렇게 대뜸 신청을 넣어두는 것도 다만 차례에 끼려고 하는 것뿐이라고 쓰셨어. 우습지 뭐야. 하지만 달리 어떻게 할 수 있나? 그 사람이 너무 못나서 싫다고 전해 달라고 할 수는 없잖아."

"그럴 수는 없지. 하지만 포도 재배자에게 시집가고 싶지 않다고는 할 수 있잖아."

그녀는 어깨를 으쓱해 보였다.

"고모한테는 통하지 않는 이유야. 이런 이야기 그만해. 그 건 그렇고 알리사 언니가 편지했어?"

그녀는 아주 쉽사리 말을 했지만 무척 흥분되어 있는 듯했다. 내가 알리사의 편지를 넘겨주자 쥘리에트는 얼굴이 빨개지며 읽어 내려갔다.

"그래, 어떡할 셈이야?"

그녀가 물었을 때, 나는 그녀의 목소리에서 노여움의 기색을 느낄 수가 있었다.

"이제는 모르겠어."

하고 나는 대답했다.

"막상 여기에 오고 보니 차라리 편지를 한 편이 더 손쉬웠을 듯도 하고, 그래서 온 것을 벌써부터 후회하고 있어. 알리사가 무엇을 의도했는지 너는 알겠니?"

"내 생각에는 언니가 오빠를 자유롭게 해주려고 그러는 것 같아."

"하지만 내가 뭐 그런 것을 바라기나 하니? 그 따위 자유를……. 그런데 알리사가 왜 이런 편지를 했는지 알겠니?"

"몰라."

그녀의 대답이 너무나도 퉁명스럽고 매몰찼기 때문에 나는 진정한 저의를 짐작할 수는 없었지만, 적어도 이 일을 쥘리에트가 전혀 모르는 건 아니라고 그 순간부터 여겨지기 시작했다. 이윽고 우리가 따라 걷고 있던 오솔길의 돌아가는 굽이에서 그녀는 갑작스럽게 발길을 돌리며 말했다.

"이제는 갈게. 나하고 얘기하러 온 게 아니잖아. 너무 오래 같이 있었어."

그녀는 그렇게 말하고서 집 쪽으로 달려갔다. 응접실에 돌아와 보니, 쥘리에트는 아무렇게나 즉흥적으로 치는 듯한 피아노를 멈추지 않은 채 거기에 와 있던 아벨과 이야기를 나누고 있었다. 나는 둘을 남겨 두고 나왔다. 그러고는 한참 동안 정원 안을 헤매며 알리사를 찾아다녔다.

그녀는 과수원 깊숙한 흙담 밑에서 너도밤나무 숲의 가랑잎 냄새에 그 향기를 뒤섞고 있는 활짝 핀 국화를 꺾고 있었다. 완연한 가을이었다. 햇살도 이제는 나무 울타리에 간신히 훈기를 던져 줄 뿐이었지만 하늘은 동녘의 나라인 양 맑았다. 젤란드(네덜란드의 해안 지방 : 역주) 식의 큼직한 모자로 거의 다 가려진 그녀의 얼굴은 틀에 끼인 듯 네모 반듯했다. 여행 선물로 아벨이 갖다 준 모자를 당장에 써 본 것이었다. 가까이 다가가도 처음에는 돌아보지 않았지만, 억누를 수 없었던 그녀의 가벼운 떨림은 분명히 내 발자국 소리를 알아들었구나 하고 짐작하게 했다. 그래서 나는 그녀의 꾸짖음과 그녀의 눈길이 나를 짓누를 준엄함에 벌써부터 대항하며 용기를 가다듬었다. 그러나 내가 아주 가까이 이르러 이미 두려운 듯 걸음을 늦추자 처음에는 얼굴을 돌리지도 않았지만, 그녀는 토라진 어린애처럼 잔뜩 수그린 채 꽃을 가득 쥔 손을 거의 등뒤로 향해 내밀면서 오라고 청하는 시늉을 해 보였다.

그 몸짓과는 반대로 내가 일부러 멈추어 서자, 그녀는 드디어 몸을 돌려 내게로 몇 걸음 다가오면서 얼굴을 쳐들었다. 얼굴에는 미소가 함빡 담겨 있었다. 그녀의 눈길에 미치자 온갖 것이 갑자기 다시금 단순하고 쉽게만 여겨졌으므로 나는 변함없는 목소리로 힘들지 않게 말문을 열었다.

"나를 다시 오게 한 것은 바로 네 편지야."

"그럴 줄 알았어."

그녀는 곧 억양을 부드럽게 하면서 말을 이었다.

"그래, 내가 언짢게 생각하는 것도 그 점이야. 어쩌자고 내가 한 말을 오해하는 거야? 아무렇지도 않은 일이었는데—그러자 벌써 슬픔과 고통은 정말로 나 혼자 꾸며낸 것일 따름이며 이제는 내 마음에만 존재하는 듯싶었다—전에도 말했지만, 우리는 이대로 행복하잖아. 그러니 바꾸어 보자는 의견을 내가 거절했대서 깜짝 놀랄 게 뭐 있어?"

정말 그녀의 곁에 있으면 나는 행복하게만 느껴졌다. 한없이 행복한 그런 느낌. 내 생각은 이제부터 그녀의 생각과 조금도 달라지지 않을 것만 같았다. 그리하여 나는 이미 그녀의 미소밖에는 그리고 이렇게 그녀와 더불어 꽃이 만발한 따사로운 오솔길을 그녀의 손을 잡고 거니는 것밖에는 아무것도 바라고 있지 않았다.

"그러는 편이 더 좋다면……."

나는 단번에 모든 희망을 포기하고 그 순간의 티 없는 행복에 몸을 맡기며 무겁게 말했다.

"그러는 편이 더 좋다면 약혼하지 말자. 편지를 받고 내가 사실 행복했다는 것과 그리고 이제부터는 행복하지 못하리라는 것을 동시에 깨달았어. 아아, 내가 가졌던 그 행복을 돌려 줘. 나는 그 행복 없이는 도저히 견딜 수가 없어. 평생 기다려도 좋을 만큼 나는 너를 사랑하고 있어. 하지만, 네가 나를 사랑하지 않게 된다거나…… 알리사, 이런 생각만으로도 나는 참을 수가 없어."

"제롬, 내가 어떻게 의심할 수 있겠어?"

그녀의 목소리는 잔잔하고도 슬펐다. 이슬 같았다. 그러나 그녀를 환희 밝혀 주고 있는 그 미소가 변함없이 너무도 맑고 고왔기 때문에 나는 내가 두려움을 품고 항변하던 게 부끄러워졌다. 그녀의 목소리 깊이 내가 느낀 그 서글픔의 여운도 그러고 보면 모름지기 내 두려움과 항변에서만 나온 듯했다. 밑도 끝도 없이 나는 내 계획과 공부 그리고 얻을 바가 많을 것인 내 생활의 모습들을 이야기하기 시작했다. 그 무렵의 에콜르 노르말르는 최근에 개편된 그런 따위의 학교는 아니었다. 매우 엄격한 규율이기는 했지만 게으르거나 다루기 까다로운 학생들에게나 힘겨웠을 뿐 부지런히 노력하는 학생들에게는 오히려 안성맞춤이었다. 나는 거의 수도승적인 이런 관습이 사회로부터 나를 지켜 주는 것이 마음에 들었고, 게다가 사회

68

란 별달리 내 흥미를 끄는 것도 아니었을 뿐만 아니라 알리사가 두려워한다면 나도 대번에 싫어질 것에 불과했다.

애슈버튼 양은 전에 파리에서 어머니와 함께 살던 아파트에 그냥 눌러 있었다. 그녀 말고는 파리에 아는 사람도 없으니 아벨과 함께 일요일이면 몇 시간이고 그녀 곁에서 보내리라. 그리고 일요일마다 알리사에게 편지를 써서 내 생활을 낱낱이 알게 하리라.

우리는 그때 열려 있는 온실의 유리창틀에 걸터앉았다. 거기에는 마지막 열매마저 따 버린 오이의 굵직한 덩굴이 아무렇게나 뻗어 있었다. 알리사는 내 이야기에 귀를 기울이며 연방 이것저것을 캐물었다. 지금까지 이보다 더 정성스럽고 따사롭고 이보다 더 열렬한 그녀의 애정을 느낀 적은 없었다. 의구심과 걱정과 그리고 아주 가벼운 근심마저도 하늘의 티 없는 푸르름 속에 사라져 버리는 안개처럼 그녀의 미소 안에 증발되고, 이렇듯 애틋한 정다움 속에 다시금 흡수되었다.

이윽고 쥘리에트와 아벨이 우리와 합세했고 너도밤나무 숲의 벤치에 앉아서 우리는 한 사람씩 번갈아 가며 스윈번의 〈시대의 개가〉를 한 절씩 읽으면서 나머지 시간을 보냈다. 저녁이 왔다.

"자! 그럼 이제부터는 그렇게 공상적인 사람이 되지 않겠다고 약속해 줘."

우리가 떠날 무렵, 알리사는 내게 입을 맞추며 말했다. 장난스럽기도 하고 반은 누님 같은 태도였다. 아마 지각없는 내 행동 때문에 그런 태도를 취한 것 같았다.

"그래, 약혼은 했니?"

다시금 둘이만 남자 아벨이 물었다.

"그런 것은 문제가 아냐."

나는 이렇게 대답하고서 모든 질문을 딱 잘라 버리는 어조로 덧붙여 말했다.

"그리고 이대로 있는 편이 훨씬 좋아. 이제껏 오늘 오후만큼 행복했던 적은 결코 없었어."

"나도 그래."

그는 부르짖었다. 그러고는 곧 느닷없이 내 목에 매달리며 속삭였다.

"기막히고 희한한 얘기 하나 해줄까? 제롬, 나는 쥘리에트한테 홀딱 반했어. 지난해부터 그런 생각을 하고 있었지만, 그 후로 나는 세상맛을 보아 왔고 해서…… 네 외사촌 누이들을 다시 만나 보기 전에는 아무것도 너한테 말하려고 하지 않았던 거야. 이제는 끝났어. 내 인생이 결정되었다고. 나는 사랑하노라, 아니 사랑한다기보다…… 나는 쥘리에트를 존경하노라! 나는 오래 전부터 네게 형제 같은 정다움을 느껴 왔지."

아벨은 웃고 장난치다가 팔을 벌려 나를 껴안고는 우리가 탄 파리행 열차의 좌석 위에서 어린애같이 뒹굴었다. 나는 그의 고백으로 잔뜩 숨이 막히고 그에 내포된 과장된 표현의 꼬투리 때문에 적지 않게 괴로웠다. 하지만 그처럼 벅찬 감격과

회열에 무슨 도리로 맞설 수 있겠는가?

"그래 어떻게 된 거야, 그래서 고백은 했어?"

쏟아져 나오는 이야기 사이로 내가 간신히 물었다.

"아니, 천만에! 역사의 가장 멋진 대목을 함부로 태워 버리고 싶지는 않아. 사랑의 가장 아름다운 순간은 '그대를 사랑하노라'고 말할 때가 아닐까? 어때, 나를 책망하지는 못하겠지? 느림보 대장이신 너로서는 말이야."

나는 약간 초조한 마음으로 말했다.

"아무튼 내 생각에는 그 애가, 그러니까 그 애 쪽에서도……."

"이봐 제롬, 나를 다시 만났을 때 그 애가 어쩔 줄 몰라하던 모습도 보지 못했니? 우리가 거기에 있을 동안 줄곧 흥겨워하고 수줍어하며 끊임없이 이야기를 하고……. 그래, 너는 전혀 눈치채지 못했겠지. 알리사한테만 온통 정신이 쏠려 있었으니까. 그 애가 어찌나 이것저것 캐묻고 내 말을 다소곳이 귀담아 듣는지, 작년보다 굉장히 똑똑해졌더라고. 도대체 네가 무엇을 보고 쥘리에트는 책 읽는 것을 좋아하지 않는다고 생각했는지 모르겠어. 너는 그저 책이라는 것은 알리사를 위해서만 존재하는 것인 줄 아는데, 쥘리에트가 별별 것을 알고 있는 데는 정말 기가 막혔지. 저녁 먹기 전에 우리 둘이서 무엇을 하고 놀았는지 알아? 우리는 단테의 칸초네를 암송했어. 둘이서 번갈아 한 구절씩 읊는데 내가 틀리기만 하면 그 애가 척척 고쳐 주지 뭐야. 너도 알지? '내 마음을 가득 채워 주는 사랑의 마음이여!' 그녀가 이탈리아어를 안다는 걸 네가 말해 주지 않았잖아."

"나도 몰랐는걸."

나는 어지간히 놀라며 말했다.

"칸초네를 시작할 때, 그녀 말로는 네가 가르쳐 준 것이라고 하던데?"

"아마 내가 자기 언니한테 읽어 주는 것을 들은 모양이로군. 그 애는 늘 우리 곁에서 바느질이나 수를 놓고 있었으니까. 그렇지만 자기도 알고 있다는 눈치는 전혀 내비치지 않았는데."

"그랬을 거야. 알리사하고 너는 말이야, 아무튼 기막힌 이기주의자거든. 자기네 사랑에만 깊이 빠져서 이러한 지성과 영혼이 찬란하게 꽃을 피우는 건 거들떠보지도 않으니까 말이야. 내가 나를 추켜세우는 것은 아니지만 아무튼 나는 때맞춰 나타난 거야. 물론 너를 탓하는 것은 아니야. 너도 잘 알잖아."

그는 나를 껴안으며 말했다.

"단지 이것 하나만은 약속해 줘. 이 일에 대해서만큼은 알리사에게 한 마디도 하지 않겠다고 말이야. 내 일은 나 혼자서 해결할 셈이니까. 쥘리에트는 이제 내 거야. 틀림없어. 다음 방학 때까지 그대로 내버려두어도 끄떡없을 정도야. 이제는, 그때까지 편지도 쓰지 않을 생각이야. 그렇지만 신년 휴가 때 너하고 르아브르로 가서 방학을 보내고, 그러고는…."

"그러고는?"

"알리사는 어느 날 갑자기 우리의 약혼을 알게 되는 거지. 이 일은 거침없이 해치울 셈이니까. 그러고는 어떻게 되는지 알아? 너는 낚아 내지 못하는 그 승낙을 내가 본보기로 보여 주겠다, 이거야. 우리 둘이 알리사를 설복시키겠단 말이야. 너희들 결혼 전에는 우리도 결혼할 수 없지 않느냐고……."

그는 끊임없이 이야기를 계속해서 말의 흐름 속에 나를 잠기게 했다.

그의 이야기는 기차가 파리에 도착했을 때도, 노르말르에 돌아왔을 때까지도 그칠 줄을 몰랐다. 그리고 우리가 역에서 에콜르 노르말르까지 걸어왔음에도 불구하고 내 방까지 따라와서, 아침이 다 되도록 그 이야기를 계속했다.

아벨은 현재와 미래를 제멋대로 생각했다. 그는 두 쌍의 결혼식을 미리 눈앞에 그리며 이야기하기도 했다. 저마다의 놀람과 기쁨을 상상하며 묘사하기도 하고, 우리의 사랑 이야기, 우리의 우정 그리고 내 사랑에 있어서의 자기의 소임 등의 아름다움에 도취하기도 했다. 나는 그의 열정을 막아내지 못하고 마침내는 허무맹랑한 그의 제안에 솔깃해져서 나도 모르게 넘어가고 말았다. 사랑 덕분에 우리의 야망과 용기는 부풀어 오르기만 했다. 에콜르를 졸업하자마자, 보티에 목사의 주례로 두 쌍의 축복된 결혼식을 올리고 우리 네 사람은 여행을 떠나리라. 그리고 곧 큰 일에 착수하면 아내들은 기꺼이 협력자

가 되어 주리라. 교수직에는 별로 마음이 내키지 않고, 글 쓰
는 소질만 타고났다고 자신하는 아벨은 몇 편의 희곡에서 성
공을 거두어 여태까지 없었던 재산을 삽시간에 모아 놓으리
라. 부의 축적보다는 학문 자체에 더 마음이 끌리는 나로서는
종교 철학의 연구에 몰두할 생각이니 그 역사를 써 보리라. 그
러나 이제 와서 그 많은 희망을 불러일으켜 본들 무슨 소용이
있겠는가?

그 이튿날부터 우리는 공부에 전념했다.

4

신년 휴가까지는 시일이 무척 짧았기 때문에 요전번 알리사를 만나 본 것으로 잔뜩 신이 난 내 믿음은 한시도 풀릴 줄 몰랐다. 마음속으로 기약했던 바와 같이 나는 그녀에게 일요일마다 아주 긴 편지를 썼다. 다른 날에는 같은 반 친구들과도 떨어져서 다만 아벨이나 만나 볼 뿐, 알리사를 그리는 마음과 더불어 살고, 좋아하는 책에는 내 자신이 거기에서 찾는 재미보다도 알리사가 맛볼 수 있는 재미를 으뜸으로 여기면서 그녀를 위한 표적을 가득 적어 놓곤 했다. 하지만 그녀에게서 오는 편지는 여전히 나를 불안하게 했다. 비록 내 편지에 대해서 꽤 구체적으로 답장을 해주기는 했지만, 그래도 나를 따라오는 그 정성에는 그녀 마음 스스로의 이끌림이라기보다는 차라리 내 공부를 격려해 주려는 염려가 엿보이는 듯했다. 또한 감상이나 토론, 비평 등이 내게는 다만 내가 생각하는 바를 나타내려는 방법에 지나지 않았음에 비해, 그녀는 반대로 이런 모든 것으로써 자신의 생각을 내게 숨기는 데 이용하려는 듯한 생각조차 들었다. 간혹 나는 그녀가 이렇게 숨기는 것을 장난처럼 하고 있지 않나 의심하기도 했다. 아무래도 좋다! 아무런 불평도 늘어놓지 않기로 굳게 다짐한 나는 그런 불안이 내 편지에서는 조금도 표현되지 않도록 주의했다.

섣달이 저물어 갈 무렵 아벨과 나는 르아브르로 떠났다. 나는 플랑티에 이모님 댁에서 머물렀다. 내가 들어섰을 때 이모님은 집에 계시지 않았다. 그러나 내 방에 들어가 앉자마자 하인이 오더니 응접실에서 이모님이 기다리고 계신다고 전해 주었다.

건강이니 숙소 형편이니 공부에 관해서 대강 들으신 이모님은 그 다정스러운 호기심이 이끄는 대로 역시 조심성 없이 말씀하셨다.

"여태 말하지 않았구나, 애야. 퐁그즈마르에 가 있던 것이 만족스러웠는지 어쨌는지 말이야? 일은 좀 진척시켰니?"

나는 이모님의 어설픈 친절을 참아야만 했다. 그러나 아무리 맑고 부드러운 말씨라도 역시 거칠어지는 듯한 감정을 이토록 줄잡아 다루는 것을 듣는 게 역겨운 일이긴 하지만, 그 말이 너무도 구김살 없고 정다운 어조였기에 언짢게 여긴다는 것은 주책없는 짓일 것이다. 그런데도 처음에 나는 적지 않게 쏘아붙였다.

"지난봄에는 약혼이 너무 이르다고 말씀하시지 않았나요?"

"그랬지. 나도 알고 있단다. 처음에는 누구나 다 그렇게 말하는 법이지."

하고 이모님은 내 한 손을 잡아 당신의 손안에 꼭 쥐면서 말씀하셨다.

"그리고 나 역시 너의 공부라든가 병역 때문에 몇 해 더 기다리지 않으면 안 된다는 것도 잘 안단다. 하지만 내가 생각하기에 오래 끄는 약혼은 별로 좋을 게 없을 것 같구나. 그렇게 되면 처녀들이 지쳐 버리지. 물론 때때로 아주 감동적인 일이 있기도 하다만…… . 그리고 약혼은 반드시 널리 알려 둘 필요가 있어. 그렇게 해 두면 남들이…… 그러니까 은근히 짐작으로라도…… 이제부터는 이 처녀에게 손을 뻗쳐서는 안 된다는 걸 알아차리게 된단다. 약혼을 사람들에게 알림으로써 너희들의 편지나 교제도 떳떳해지는 거야. 그리고 만약 다른 누군가가 청혼을 해 오면 말이야…… 이거야 있을 법한 일이잖니?"

이모님은 그럴듯하게 미소를 지으며 빗대어 말씀하셨다.

"사람들에게 이미 약혼 사실을 알려 두었으니까 이럴 때는 은근히 대답할 수도 있지. '아니요, 그렇게 하실 필요 없어요.' 하고 말이다. 줄리에트에게 청혼이 들어왔다는 건 알고 있지? 올 겨울에는 그 애가 남의 눈에 무척 띄었단다. 그 애는 아직 자기 나이가 어리다고 대답한 모양이지만 그 청년은 기다리겠다는구나. 물론 정확히 말해서 아직 청년이라고 할 수도 없지만 말이다. 아무튼 훌륭한 배필이기는 해. 아주 틀림없는 사람이거든. 그렇지 않아도 내일이면 그 청년을 만나 볼 수 있을 게다. 크리스마스 트리를 보러 내일 우리 집에 올 참이니까. 그때 그 청년을 보거들랑 인상이 어떤지 내게 말해 주렴."

"모르긴 하지만 이모, 그 사람이 헛수고하는 게 아닐까요?

쥘리에트의 마음속에 딴 사람이 있을지도 모르잖아요."

나는 아벨의 이름을 가르쳐 주지 않으려고 무척 애를 쓰면서 말했다.

"뭐라고?"

이모님은 설마 하는 표정으로 입을 뽀족 내밀고 머리를 갸우뚱하면서 미심쩍게 말씀하셨다.

"그것이 사실이라면 정말 놀랍구나. 어쩌자고 그 애가 그런 말을 여태까지 숨기고 있었을까?"

나는 더 이상 말하지 않으려고 입술을 깨물었다.

"원 참! 두고 보면 알겠지. 요즘 쥘리에트가 아파서……."

이모님은 말씀을 이으셨다.

"그건 그렇고. 지금 문제는 그 애가 아니다. 알리사도 참 귀여운 애야. 그런데 했니, 안 했니? 그 애한테 선언을 했어?"

너무나 어울리지 않고 촌스런 '선언'이라는 말에 나는 정말 발끈했다. 하지만 정면으로 질문을 받은 데다가, 거짓말을 잘 꾸며대지 못하는 나였기에 그만 얼버무리고 말았다.

"네."

나는 얼굴이 화끈 달아올랐다.

"그러니까 뭐라고 하더냐?"

나는 고개를 숙였다. 대답하고 싶지 않았기 때문이다. 나는 더욱 얼버무리며 내키지 않는 어조로 말했다.

"약혼은 원하지 않는대요."

"그래? 그것도 일리가 있구나. 정말 깜찍한 애야."

이모님은 소리치셨다.

"너희들이야 아무 때나 할 수 있는 거니까, 아무렴……."

"아아! 이모, 이런 이야기는 그만해요."

나는 말을 막으려 했으나 허사였다.

"그건 그렇고, 나는 그 애가 그렇게 했다 하더라도 별로 놀랍지 않구나. 그 애는 언제나 너보다 지각이 있어 보였거든, 네 외사촌 누이 말이다."

나는 그때 무엇 때문인지 몰라도 이렇게 다져 물으신 것 때문에 흥분된 탓인지 갑자기 가슴이 메어지는 것 같았다. 어린 애인 양 나는 마음씨 좋은 이모님의 무릎 위에 이마를 비벼 대면서 흐느꼈다.

"이모, 그렇지 않아요. 이모는 알지 못해요."

나는 거의 울부짖었다.

"알리사는 기다려 달라고도 하지 않았어요."

"아니, 뭐라고! 그럼 그 애가 너를 싫어하기라도 한단 말이니?"

이모님은 손으로 내 이마를 받쳐 올리면서 매우 따뜻하고 측은한 어조로 말씀하셨다.

"그것도 아니에요. 아니라고요. 확실히 그렇다는 것도 아니에요."

나는 서글프게 머리를 흔들었다.

"그 애가 너를 사랑하지 않을까 두렵니?"

"아니, 아니에요. 제가 두려운 것은 그런 게 아니에요."

"얘야, 내가 알아듣기 쉽게 좀 더 분명히 설명해 봐라."

나는 내가 약한 마음에 이끌려 버린 것이 너무나도 부끄럽고 서글펐다. 이모님은 필경 내 모호한 태도의 이유를 짐작하지 못하셨다. 그러나 만약 알리사가 거절한 이면에 어떤 뚜렷한 동기가 숨어 있다면, 이모님이 그녀에게 부드럽게 물어보심으로써 어쩌면 나를 거들어 그 동기를 발견해 주실 수도 있을 듯했다. 이모님은 곧 당신 편에서 그 이야기를 꺼내셨다.

"얘야."

이모님은 말씀을 이으셨다.

"알리사가 내일 아침에 크리스마스 트리를 꾸미러 올 테니 어떻게 된 영문인지 내가 당장 알아보겠다. 점심때쯤 네게 알려 주마. 너는 아무 걱정할 필요가 없어."

나는 뷰콜렝 댁으로 저녁 식사를 하러 갔다. 아닌게 아니라 며칠 전부터 몸이 아프다는 쥘리에트는 사람이 변한 듯이 보였다. 그녀의 눈초리에는 적지 않게 표독스럽고 거의 쏘는 듯한 표정이 깃들어 있었다. 그게 그녀를 평소보다 그녀의 언니와 훨씬 달라 보이게 했다. 나는 그날 저녁, 두 사람 중 어느 누구와도 별다른 이야기를 하지 못했다. 게다가 그러기를 바라는 것도 아니었거니와 외삼촌이 피로해 보이셨기 때문에 식사를 마치자 곧 물러 나왔다.

플랑티에 이모님이 마련하시는 크리스마스 트리는 해마다 많은 아이들과 친구들을 모여들게 했다. 트리는 2층의 층계참이기도 한 현관 어귀에 세워졌고, 이 현관은 첫 번째 문간방, 응접실 그리고 찬장을 들여놓은 온실 비슷한 방의 유리문 등으로 통해 있었다. 트리의 장식이 끝나지 않았기 때문에 잔칫날 아침, 즉 내가 도착한 이튿날 알리사는 이모님이 말씀하신 대로 꽤 이른 아침부터 와서는 여러 가지 장식이니 조명, 과일, 과자, 장난감 등을 나뭇가지에 달아매며 이모님을 거들었다. 나 역시 알리사 곁에서 이런 일을 거든다면 커다란 즐거움을 맛볼 수 있을 것 같았지만, 이모님이 그녀에게 이야기를 하도록 해야 했기 때문에 참여하지 않았다. 나는 그녀를 만나 보지 않고 집을 나왔다. 그러고는 아침 한나절 동안 불안한 마음을 억누르려고 애썼다.

쥘리에트를 다시 만나 보고 싶었기 때문에 나는 우선 뷰콜렝 댁으로 갔다. 아벨이 벌써 쥘리에트를 찾아왔다는 말을 듣고 그들의 이야기가 방해될까 염려되어 나는 곧 물러 나왔다. 나는 선창가와 거리를 점심때까지 쏘다녔다.

"저런 못난이!"

내가 돌아오자마자 이모님이 소리치셨다.

"그 따위 쓸데없는 생각으로 인생을 망치려 하다니. 오늘 아침에 네가 들려준 이야기는 도무지 이치에 닿지 않는구나. 아무렴, 나는 단도직입적으로 그 애에게 물었다. 우리 일을 돕느라고 피곤해진 애슈버튼 양에게 바람 좀 쐬고 오라고 내보낸 후, 나는 알리사와 단 둘이 있게 되었단다. 나는 대뜸 무엇 때문에 올 여름에 약혼을 하지 않으려는 건지 물어보았지. 이렇게 말하면 아마 너는 그 애가 난처했을 것이라 생각하겠지? 하지만 그 애는 조금도 당황해하지 않았단다. 대신 아주 침착하게 대답을 하는데, 뭐라고 했는지 아니? 자기는 동생보다 먼저 시집가고 싶지 않다고 하더라. 너도 그 애한테 솔직히 물어보았다면 아마 나한테 말한 그대로 대답했을 거야. 혼자서 고민하는 까닭이 바로 거기 있는 거란다. 그렇지 않니? 가엾은 알리사는 자기 아버지에 대해서도 말하더구나. 아버지 곁을 떠날 수는 없다고 말이야. 우리는 별별 이야기를 다했지. 그 애는 참 분별력이 있더구나. 그 깜찍한 애가 자기가 너한테 어울리는 배필이라는 점에 아직까지도 뚜렷한 확신이 서지 않는다고 하더라. 그리고 너보다 나이가 너무 많은 것이 아닌가 두렵고, 차라리 쥘리에트 또래의 아가씨가 네게 바람직할 것 같다고도 하더구나."

이모님은 말씀을 계속했다. 그러나 나는 이미 귀를 기울이고 있지 않았다.

내게 중요한 것은 다만 한 가지, 알리사는 제 동생보다 먼저 결혼하기를 원하지 않는다는 것뿐이었다. 하지만 여기에는 아벨이 있지 않은가. 그러고 보니 그 녀석 말이 옳았다. 잘난 체하던 그 녀석의 말마따나 그녀는 한꺼번에 우리 두 쌍의 혼인을 성사시켜 놓으려는 것이다…….

무척 단순한 것이기는 하지만 이모님의 말씀은 나를 흥분시켰고, 나는 최선을 다해 그것을 숨겼다. 대신 나는 이모님을 흡족하게 하는 기쁨만을 내보였다. 점심을 마치고 나는 당장에 이모님한테 핑계를 대고 아벨을 만나러 달려갔다.

"어때! 내가 뭐라고 했어!"

내가 기쁜 소식을 알려 주자마자 그는 나를 껴안으며 부르짖었다.

"오늘 아침에 내가 쥘리에트와 한 이야기는 거의 결정적인 것이었어. 하긴 거의 너에 대한 이야기밖에는 하지 않았지만 말이야. 그렇지만 그 애는 피곤하고 뒤숭숭해 보이기도 했어……. 지나치게 깊이 들어가면 그 애를 자극할까 두려웠고, 또 너무 오래 머물러 있으면 그녀가 흥분할까 두려웠지. 네 말을 듣고 보니 일은 다된 셈이야. 가서 단장과 모자를 가지고 올게. 혹시 도중에 날아가려고 하면 한번 붙잡아 주는 셈치고 뷰콜렝 댁 문전까지만 따라와 줘. 난 위포리옹보다도 몸이 더 가벼워진 것 같아. 제 언니가 승낙을 하지 않는 이유가 단지 자기 때문이라고 쥘리에트가 깨닫게 될 때, 내가 대뜸 청혼을 하면 아, 나는 우리 아버지가 오늘 저녁에 크리스마스 트리 앞에서 행복에 겨워 눈물을 흘리면서 주님을 찬양하고, 축복에 넘치는 손을 무릎 꿇은 네 사람의 머리 위에 뻗으시는 게 벌써부터 보여. 애슈버튼 양은 항아리 속으로 숨을 것이고, 플랑티에 아주머니는 속옷 속으로 들어가 녹아 버릴 거야. 그리고 불이 환히 켜진 크리스마스 트리는 하느님의 영광을 노래할 것이고, 성경에 나오는 산들같이 손뼉을 칠 거야."

크리스마스 트리에 불이 켜지고 아이들이랑 친척들, 친구들이 그 둘레에 모여든 것은 해가 질 무렵이었다. 아벨과 헤어지고 난 나는 불안과 초조로 가득 차서 일이 손에 잡히지 않았다. 나는 기다리는 동안의 초조함을 잊기 위해 성 아드레스의 낭떠러지까지 걸어갔다가 길을 잃었다. 가까스로 플랑티에 이모님 댁으로 돌아왔을 때는 다행히 조금 전부터 성찬이 시작되고 있을 때였다.

현관에 들어서자 나는 알리사를 보았다. 그녀는 나를 기다리고 있었는지 얼른 내게로 왔다. 목이 패인 엷은 겉옷을 입은 그녀는 오래되고 자그마한 자수정 십자가를 달고 있었다. 어머니께서 내게 주신 것을 다시 그녀에게 준 것이었지만 그녀가 달고 있는 것은 처음이었다. 긴장된 그녀의 얼굴과 그 괴로운 표정은 나를 가슴 아프게 했다.

"왜 이렇게 늦게 와? 너한테 말하고 싶은 것이 있었는데."

그녀는 억눌린 듯한 목소리로 다급하게 말했다.

"낭떠러지에서 길을 잃었어. 그런데 알리사, 얼굴이 왜 그렇게 안 좋니?"

그녀는 입술을 파르르 떨며 어리벙벙한 듯한 표정으로 얼마 동안 내 앞에 서 있었다. 벅찬 괴로움이 나를 억눌렀기 때문에 나는 감히 이유를 캐묻지 못했다. 그녀는 내 얼굴을 끌어당기려는 듯, 내 목에 손을 감았다. 무엇인가 할 이야기가 있다는 걸 나는 깨달았다. 그러나 바로 그 순간 손님들이 들어왔다. 그녀의 손이 다시 아래로 힘없이 떨어졌다.

"이제는 시간이 없어."

84

그녀는 중얼거렸다. 그러고는 내 눈에 가득 고인 눈물을 보
더니, 이런 보잘것없는 변명이 나를 안심시킬 수 있다는 듯 내
눈길의 물음에 대답했다.

"아니야, 안심해. 그저 머리가 아픈 것뿐이야. 애들이 어찌
나 법석을 떠는지……. 그래서 이곳으로 달려온 거야. 이제는
그 애들 곁으로 다시 돌아가 봐야지."

그녀는 갑작스럽게 내게서 떨어져 갔다. 사람들이 떼를 지
어 들어오면서 나는 그녀와 떨어져 있어야 했다. 나는 응접실
에 가서 그녀를 또 만나리라 생각했다. 방 한쪽 구석에 모여
있는 아이들에게 둘러싸여 놀이를 짜 주고 있는 그녀가 보였
다. 그녀와 나 사이에는 여러 사람들이 있었고, 그 옆을 지나
치다가는 반드시 붙잡힐 것 같았다. 인사나 이야기는 나눌 수
없을 것 같았다. 이 벽을 따라나가다 보면 혹시……. 나는 그
렇게 할 요량으로 발길을 옮겼다.

정원으로 난 커다란 유리문 앞을 막 지날 때였다. 누군가 내
팔을 잡았다. 문간에 반쯤 숨어 커튼으로 몸을 휘감은 쥘리에
트가 거기 있었다.

"온실로 가."

그녀는 다급한 목소리로 말했다.

"꼭 할 말이 있어. 그쪽으로 혼자 가. 내가 곧 갈게."

그러고는 문을 조금 열고 정원으로 달아나 버렸다.

무슨 일일까? 나는 아벨을 다시 만나 보고 싶었다. 아벨이
무슨 말을 했을까? 현관으로 되돌아오며 나는 쥘리에트가 기

다리고 있는 온실로 들어섰다.

그녀의 얼굴은 빨갛게 상기되어 있었다. 찌푸린 눈썹은 그녀의 눈초리에 날카롭고 괴로운 표정을 띠게 했다. 신열이라도 있는 듯 그녀의 눈은 반짝였다. 그리고 목소리마저도 까칠까칠하고 경련을 일으키고 있는 듯이 보였다. 무엇인지 분노 같은 것이 그녀를 흥분시키는 것만 같았다. 불안한 마음에도 불구하고, 나는 그녀의 아름다움에 놀랐고 갑자기 거북스러워졌다. 우리는 단 둘이었다.

"알리사 언니가 무슨 이야기를 했어?"

그녀는 물었다.

"겨우 두어 마디 정도밖에 나누지 못했어. 내가 많이 늦었거든."

"언니보다 내가 먼저 결혼하기를 언니가 바란다는 거 알고 있어?"

"응."

그녀는 뚫어지게 나를 쳐다보았다.

"그리고 언니는 내가 누구와 결혼하길 바라고 있는지도 알고 있어?"

나는 잠자코 있었다.

"그건 바로 오빠야."

그녀는 부르짖듯 말을 이었다.

"무슨 소리야?"

"바로 오빠란 말이야!"

그녀의 목소리에는 절망과 승리감이 동시에 깃들어 있었다. 그녀는 몸을 일으켰다기보다는 몸을 온통 뒤로 내젖혔다.

"지금 나는 내가 무엇을 해야 하는지 알았어."

그녀는 정문 쪽 문을 열면서 희미하게 말하더니 등뒤로 문을 쾅 닫고 나갔다.

내 머리와 가슴은 온갖 것으로 뒤죽박죽이었다. 나는 관자놀이에서 맥이 뛰는 것을 느꼈다. 다만 하나의 생각이 내 마음의 혼란에 버티고 있었다. '아벨을 찾자. 그러면 아마 이 두 자매가 말한 괴상망측한 이야기를 설명해 줄 수 있을 거야.' 그러나 내 혼란한 모습을 사람들이 알아볼 것 같아 다시 응접실에 들어갈 용기가 나지 않았다. 나는 밖으로 나왔다. 정원의 차가운 공기가 내 마음을 가라앉혀 주었다. 나는 한동안 그대로 있었다. 안개가 내려 바다를 온통 뒤덮었다. 잎이 다 떨어져 나간 앙상한 나무와 땅과 하늘이 한없이 처량해 보였다. 노랫소리가 들려왔다. 정녕 크리스마스 트리 둘레에 모인 아이들의 합창일 것이다. 나는 현관으로 다시 들어왔다. 응접실과 문간방의 문이 열려 있었다. 인기척이 없는 응접실에 쥘리에트와 이야기를 하고 계시는 이모님의 몸이 피아노 뒤에 반쯤 가려져 있었다. 아이들이 찬송가를 마친 후 잠잠해지더니, 보티에 목사님이 트리 앞에서 무슨 설교 비슷한 이야기를 시작하셨다. 그분은 '좋은 씨를 뿌리기' 위해서는 어떠한 기회도 놓치지 말라고 말씀하셨다. 나는 불빛과 훈기가 역겨워 도로 나가고 싶어졌다. 그때 문에 기대어 서 있는 아벨이 보였다.

분명 조금 전부터 거기 있었던 것이리라. 그는 나를 매섭게 노려보고 있었다. 그러고는 시선이 마주치자 어깨를 들썩거렸다. 나는 그에게로 천천히 다가갔다.

"바보 자식!"

그는 나지막하게 내뱉었다. 그러고는 갑자기,

"나가자, 제롬! 좋은 말씀은 이제 지겨워."

하고 말했다. 우리는 밖으로 나갔다. 나는 말없이 그를 걱정스럽게 바라보았다.

"바보 자식!"

또 다시 그가 말했다.

"그녀가 사랑하는 것은 바로 너란 말이야, 이 바보 자식아. 나한테 왜 그런 걸 말하지 않았지?"

나는 순간 아찔했다. 그리고 더 알고 싶지도 않았다.

"물론 말할 수 없었겠지! 너는 그런 것을 깨닫지도 못했으니까!"

그는 내 팔을 움켜잡더니 미친 듯이 나를 흔들어 댔다. 이를 악 다문 그의 목소리는 떨리고 숨이 찼다.

"아벨, 부탁이야."

나는 잠시 잠자코 있다가 역시 떨리는 목소리로 말했다. 그는 나를 성큼성큼 마구 끌고 갔다.

"이렇게 흥분하지만 말고 무슨 일이 있었는지 말해 봐. 나는 아무것도 몰라."

나는 애원하듯 그에게 말했다. 가로등의 흐린 불빛 아래서 그는 느닷없이 나를 세우더니 내 얼굴을 찬찬히 뜯어보았다. 그러고는 나를 와락 끌어안으며 내 어깨에 머리를 기대고는 흐느끼듯 중얼거렸다.

"미안해. 나는 바보였어. 나는 너처럼 똑똑히 볼 줄을 몰랐어."

그는 한참 동안 울고 나더니 좀 진정된 모양이었다. 그는 얼굴을 들고 다시 걸으면서 말했다.

"무슨 일이 있었느냐고? 이제 와서 되돌아간들 무슨 소용이 있겠어. 너한테 말했다시피 나는 아침에 쥘리에트에게 이야기했어. 그 애는 굉장히 예쁘고 푸릇푸릇했지. 난 그것이 나 때문일 거라고 생각했어. 하지만 알고 보니 그것은 우리가 너에 관한 이야기를 하고 있었기 때문이야."

"그때는 그런 걸 짐작하지도 못했어?"

"못했지, 확실히는. 하지만 이제 와서는 아무리 작은 대목이라도 훤히 짐작이 가."

"잘못 생각하고 있는 건 아니고?"

"뭐? 잘못 생각하고 있다고? 그 애가 널 사랑한다는 걸 알지 못한다면 그건 장님이지."

"그래서 알리사가……."

"그래, 알리사는 자기를 희생하고 있는 거야. 자기 동생의 비밀을 알게 되자 그 애는 자기 자리를 양보하려고 들었단 말야. 어때, 네가 이해하기 어려운 일은 아니지? 하기야 난 쥘리에트에게 다시 이야기해 보고 싶었어. 내가 말을 꺼내서라기보다도 내 말뜻을 알아듣기 시작하자마자 그 애는 우리가 앉아 있던 긴 의자에서 벌떡 일어서더니 여러 번이나 되풀이하더군. '그럴 줄 알았어요.' 하고 말이야. 그런데 도무지 그럴 줄은 몰랐다는 말투로……."

"농담은 제발 그만해!"

"어째서? 참 재미있는 이야기야. 그 애는 자기 언니 방으로 쫓아갔어. 그런데 느닷없이 격렬한 목소리가 들려서 깜짝 놀랐지. 쥘리에트를 다시 봐야겠구나 하고 마음을 먹고 있는데, 얼마 있다가 나온 사람은 바로 알리사였어. 그 애는 모자를 쓰고 있었는데, 내게 어색하게 '안녕하세요.' 하더니 휙 지나가더라고. 그것뿐이야."

"쥘리에트를 다시 보지는 못했어?"

아벨은 조금 망설이며 말했다.

"봤어. 알리사가 나간 후 나는 그 방문을 열어 보았지. 쥘리에트는 난로 앞 대리석 위에 팔꿈치를 세우고 두 손으로 턱을 받친 채 꼼짝하지 않고 서 있었어. 거울 속의 제 모습을 뚫어지게 노려보면서 말이야. 내 기척을 듣더니 돌아다보지도 않고서 '제발! 혼자 있게 해주세요.' 하고 소리치면서 발을 구르더군. 그 말투가 너무나 매몰차서 나는 더 있지도 못하고 도로 나와 버렸지. 이게 다야."

"그럼 이제는?"

"아, 털어놓고 나니깐 기분이 좀 나아지는군. 글쎄, 이제부터 너는 쥘리에트의 상사병을 고치도록 힘써야 할걸. 내가 알리사를 잘못 본 게 아니라면 말이야. 그러기 전에는 알리사가 너한테 돌아오지 않을 거야."

우리는 꽤 오랫동안 잠자코 걸었다.

"돌아가자."

마침내 그가 말했다.

"손님들도 이제는 다 갔을 거야. 아버지가 나를 기다리실지도 몰라."

우리는 돌아왔다. 응접실은 과연 텅 비어 있었다. 장식을 모두 떼어 낸 알몸에 불도 다 꺼져 있는 문간방의 트리 곁에는 이모님과 그 두 자녀, 뷰콜렝 외삼촌, 애슈버튼 양, 목사님, 외사촌들 그리고 퍽 우스꽝스러워 보이는 사나이—한참 동안 이야기하고 있는 것을 보기는 했지만 쥘리에트가 내게 말하던 그 청혼자인 줄을 그때야 비로소 알게 되었다—밖에는 없었다. 우리들 중 어느 누구보다도 몸집이 크고 다부지며 얼굴이 벌건 거의 대머리인 데다, 다른 계급, 다른 사회, 다른 태생인 그 사나이는 우리 사이에 끼인 자기가 이방인인 듯 느끼고 있는 것 같았다. 그는 거추장스러운 콧수염 아래로 나 있는 희끗 희끗한 황제 수염 끝을 연신 초조하게 끌어당겼다가는 비비꼬았다. 현관은 문이 다 열려 있는 채 이제는 불도 켜 있지 않았다. 우리가 소리 없이 들어섰기 때문에 아무도 우리의 기척을 알아채지 못했다. 그러자 온몸이 오싹해지는 어떤 예감 같은 것이 내 몸을 죄어 왔다.

"멈춰!"

아벨이 내 팔을 움켜쥐며 말했다.

순간 우리는 그 낯선 사나이가 쥘리에트에게 다가가서는, 그녀가 시선을 돌리지도 않고 아무런 반항도 없이 내맡긴 손을 잡는 것을 보았다. 캄캄한 밤이 내 마음을 뒤덮었다.

"도대체 아벨, 이게 무슨 일이니?"

마치 아직도 깨닫지 못한 듯이, 또는 내가 잘못 알고 있기를 바라는 듯이 나는 중얼거렸다.

"음, 저 애는 제 값을 에누리해서 부르고 있는 거야."

그는 잇새로 새어 나오는 듯한 목소리로 말했다.

"자기 언니에게 지고 싶지 않은 거야. 하늘에서 천사들이 박수갈채를 보내고 있을걸!"

외삼촌이 나오시더니 애슈버튼 양과 이모님에 둘러싸여 있는 쥘리에트의 뺨에 입을 맞추셨다. 보티에 목사님도 다가섰다. 나는 한 걸음 앞으로 나섰다. 알리사가 나를 보고 뛰어오더니 오들오들 떨며 말했다.

"제롬, 이럴 수는 없어. 저 아이는 저 사람을 사랑하지 않아. 오늘 아침에도 저 애는 그렇게 말했어. 말려 줘, 제롬. 저 애가 어떻게 되려고 그러는지……."

그녀는 절망적인 애걸을 하면서 내 어깨에 매달렸다. 그녀의 고통을 덜어 주기 위해서라면 나는 내 목숨이라도 내주고 싶었다.

트리 곁에서 갑자기 외치는 소리, 혼잡한 웅성거림……. 우리는 그곳으로 뛰어갔다. 쥘리에트는 의식을 잃고 이모님 팔에 쓰러져 있었다. 저마다 다급히 그녀에게 몸을 굽혔다. 그래서 나는 그녀를 잘 볼 수가 없었다. 헝클어진 머리카락이 무섭도록 창백한 그녀의 얼굴을 위로 끌어당기는 듯했다. 그녀의 몸이 그토록 소스라쳐 있는 것을 보면 결코 예사로운 까무러침이 아닌 것 같았다.

"아니야! 아니야!"

이모님은 기겁을 한 뷰콜렝 외삼촌을 안심시키려고 큰 소리로 말씀하셨다. 보티에 목사님은 집게손가락으로 하늘을 가리키시며 벌써부터 외삼촌을 위로하고 계시다가,

"아니오, 아무렇지도 않을 것이오. 흥분한 탓이지요. 그저 신경이 좀 발작한 것뿐이에요. 테시에르 씨, 날 좀 거들어 줘요, 당신은 튼튼하지 않소. 내 방으로 올라갑시다. 내 침대에다……."

그러시더니 이모가 당신 맏아들 쪽으로 몸을 굽히시고 귀에다 무슨 말씀을 하시자, 의사를 부르려는 듯 그가 얼른 자리를 떠났다.

이모님과 그 청혼자는 그들 팔에 안겨 반쯤 젖혀져 있는 그녀를 어깨 밑으로 손을 넣어 받치고 있었다. 알리사는 자기 동생의 발목을 들어 다정하게 껴안았다. 아벨은 뒤로 떨어질 듯한 머리를 받쳐 주고 있었는데, 흩어진 머리카락을 쓸어모으며 마구 입을 맞추고 있는 꾸부정한 그의 모습이 내 눈에 들어왔다.

나는 방문 앞에서 멈추어 섰다. 쥘리에트는 침대에 뉘어졌

다. 알리사는 테시에르 씨와 아벨에게 내가 알아듣지 못하는 몇 마디 말을 했다. 그녀는 두 사람을 문간까지 따라나와서는 플랑티에 이모님과 단 둘이서 남아 있을 작정이니, 자기 동생이 좀 안정을 찾을 수 있도록 우리더러 나가 달라고 당부했다.

아벨은 내 팔을 움켜쥐고 나를 밖의 어둠 속으로 이끌었다. 우리는 오래오래 거닐었다. 목적도, 기력도, 생각도 없이……

5

오직 알리사에 대한 사랑만이 내가 사는 유일한 이유였고,
나는 그것에 매달렸다. 사랑하는 이에게서 나오는 것이 아니
라면 나는 아무것도 기대하지 않았고, 이제는 기대하고 싶지
도 않았다.

그 다음날 그녀를 만나러 가려고 준비를 하고 있는데, 이모
님이 나를 부르시더니 방금 이모님께서 받으셨다는 편지를 내
미셨다.

…… 쥘리에트의 극심한 흥분은 의사 선생님이 처방해 주
신 물약을 먹고 아침이 되어서야 누그러졌어요. 앞으로 며칠
동안은 부디 제롬이 오지 말기를 바랍니다. 쥘리에트가 발자
국 소리나 목소리를 알아들을지도 모르거든요. 지금 쥘리에
트에게는 절대 안정이 필요해요.

쥘리에트의 병세가 아무래도 저를 여기에 꼭 붙들어 놓을
모양이에요. 떠나기 전에 제롬을 부르지 못하거든 나중에 제
가 편지할 거라고 전해 주세요……

방문 금지의 대상은 나뿐이었다. 이모님에게나 다른 누구에게나 뷰콜렝 댁의 초인종을 누르는 것은 자유였다. 더구나 바로 이날 아침에도 이모님은 그곳으로 가실 셈이었다. '내 발자국 소리라고? 그 무슨 시원하지 않은 핑계람. 상관없어.'

"좋습니다. 가지 않기로 하지요."

알리사를 당장에 만날 수 없다는 것은 매우 쓰라린 일이었다. 그렇기는 하지만 나는 그녀를 만나는 것이 두렵기도 했다. 자기 동생의 병을 내 탓으로 돌리고 있지나 않을까 두려웠기 때문이다. 그래서 나는 화가 난 그녀를 보느니 차라리 견디기 힘들더라도 만나지 않는 편을 선택했다.

그래도 아멜만은 다시 보고 싶어졌다. 그의 집 문간에서 하녀가 내게 쪽지 하나를 건네주었다.

네가 걱정할까 봐 몇 자 적는다. 이토록 쥘리에트가 가까이 있는 르아브르에 머물러 있는 것이 견디기가 힘들구나. 간밤에 너와 헤어진 후 나는 사우샘프턴 행 배표를 끊었단다. 방학은 런던에 있는 S의 집에서 지낼 거야. 나중에 학교에서 다시 만나자.

인간의 모든 도움이 한꺼번에 내게서 사라져 갔다. 쓰라린 일밖에 없었던 그곳을 떠나 나는 개학하기 전에 미리 파리로 돌아왔다. '모든 진실을 위한 모든 은총 그리고 모든 완전한 은혜가 비롯하는' 하느님께 나는 눈을 돌렸다. 내가 고행을

바친 것은 바로 주님에게로였다. 나는 알리사 역시 주님에게
서 안식처를 구하고 있으리라 생각했고, 그녀가 기도하고 있
을 것이라는 생각은 내 기도를 북돋았다.

알리사의 편지와 내가 그녀에게 쓴 편지 외의 별다른 사건
도 없이 명상과 공부로써 기나긴 시일이 지났다. 나는 그녀의
편지를 모두 간직해 두었다. 내 추억은 여기서부터 어렴풋해
지기 때문에 이 편지들로써 갈피를 잡는다.

이모님을 통해—그리고 처음에는 이모님만을 통해—나는
르아브르의 소식을 들었다. 나는 이모님을 통해 처음 며칠 동
안 쥘리에트의 병세가 얼마나 사람들에게 걱정을 끼쳤는지 알
게 되었다. 내가 떠나 온 후 열이틀 만에야 비로소 나는 알리
사로부터 다음과 같은 반가운 편지를 받았다.

좀더 일찍 편지하지 않은 것을 용서해 줘, 그리운 제롬. 가
엾은 우리 쥘리에트의 병세가 도무지 그렇게 할 틈을 주지
않았어. 네가 떠난 뒤로 나는 그 애 곁을 거의 떠나지 못했
어. 우리 소식을 전해 주십사 하고 고모님한테 당부해 두었
는데, 아마 그렇게 해주셨겠지. 알고 있겠지만 사흘 전부터
쥘리에트가 좋아지고 있어. 나는 벌써부터 하느님께 감사드
리고 있지만 그래도 아직은 기꺼운 마음이 될 수 없어.

지금까지 그에 관해 별로 이야기한 바 없지만, 로베르는 나
보다 며칠 뒤에 파리로 돌아와서 자기 누이들의 소식을 전해

주었다. 그녀들 때문에 나는 내 성격이 나를 이끄는 이상으로 자연스럽게 그를 보살펴 주었다. 그가 입학했던 농업 학교가 쉴 때마다 나는 그를 돌보았고, 그의 기분을 풀어 줄 궁리를 하곤 했다.

내가 알리사에게나 이모님에게 감히 여쭈어 볼 수 없는 일은 그를 통해 알게 되었다. 에두아르 테시에르는 쥘리에트의 경과를 알아보러 꾸준히 찾아왔지만, 로베르가 르아브르를 떠날 때까지 쥘리에트가 만나 주지 않았다는 것이다. 나는 또한 내가 떠나온 후로 쥘리에트가 자기 언니 앞에서 아무것도 이겨 낼 수 없는 외로운 침묵을 지키고 있었다는 것을 알았다.

그런 일이 있은 후 얼마 후에 나는 이모님을 통해 알리사가 (내 짐작이기는 하지만) 당장 깨지기를 바라는 쥘리에트의 약혼을, 쥘리에트 자신은 하루바삐 사람들에게 알려 주기를 간청했다는 사실을 알았다. 충고도, 명령도, 탄원도 좌절되고 만 이 결심은 쥘리에트의 이마에 아로새겨졌고, 그녀의 눈물을 가렸으며, 그녀를 침묵 속에 에워쌌다.

시일이 지나갔다. 나는 알리사로부터, 하기는 나도 그녀에게 뭐라고 편지를 써야 할지 몰랐지만 너무나도 실망스러운 쪽지들밖에는 받아 보지 못했다. 짙은 겨울 안개가 나를 휩쌌다. 학업의 등잔불도, 내 사랑과 내 믿음의 모든 열정도, 아아! 내 마음에서 어둠과 추위를 거두어 가지 못했다. 시일이 지나갔다.

느닷없는 어느 봄날 아침, 그때 마침 르아브르에 계시지 않왔던 이모님께 부쳐 온 알리사의 편지를 이모님이 내게 전해 주셨다. 그 편지에서 나는 이 이야기를 밝혀 줄 수 있는 부분을 적어 보겠다.

　……제 순종을 칭찬해 주세요. 고모님이 시키시는 대로 테시에르 씨를 오라고 청했어요. 저는 그분과 한참 동안 이야기를 했어요. 나무랄 데 없는 사람이라는 것도 알게 되었고, 사실대로 말씀드리자면 이 결혼이 제가 처음에 두려워했던 것처럼 불행하게 되지는 않으리라는 것도 거의 믿게 되었어요. 분명 쥘리에트가 그분을 사랑하고 있지는 않지만, 저는 그분이 한 주일 한 주일이 지날 때마다 점점 사랑받을 가치가 있는 사람이라고 생각되기 시작했어요. 그분은 이번 일에 대해 정확히 보시고, 또 쥘리에트의 성격도 그릇되게 보고 계시지는 않아요. 하지만 그분은 쥘리에트를 사랑하는 마음에 대단한 자부심을 갖고 있기 때문에, 그분의 꾸준한 마음이 이겨 내지 못할 것은 아무것도 없다고 확신하고 계세요. 말하자면 아주 반하신 거죠.

　그리고 제롬이 로베르를 보살펴 준다는 사실에 대해 저는 말할 수 없이 고마움을 느끼고 있어요. 그렇지만 아무래도 제롬은 의무감으로 그렇게 하는 것 같아요. 로베르의 성격이 제롬의 성격과는 별로 닮은 점이 없잖아요—그리고 아마 저를 기쁘게 하려고 그러는 것도 같아요—그렇지만 제롬도 받아들이는 의무가 벅차면 벅찰수록 의무는 영혼을 가꾸어 주며 향상시킨다는 것을 알았을 거예요. 아주 숭고한 생각이 죠? 맏조카 딸을 두고 너무 웃지는 마세요. 왜냐하면 쥘리에 트가 결혼을 좋은 일로 바라보도록 힘쓰는 저를 도와주는 것이 바로 이러한 생각이기 때문이에요. 정다우신 염려가 제게는 얼마나 흐뭇한지 몰라요, 고모님. 그렇지만 제가 불행하다고 생각하지는 마세요. 오히려 그 반대라고 할 수 있어요. 왜냐하면 쥘리에트가 휩쓸고 간 시련이 제 마음속에서 반동을 일으켰기 때문이에요. 별달리 이해하지도 못한 채 되풀이하던 성경의 이 말씀이 갑자기 제게는 환히 밝혀지더군요.

'사람을 믿는 자는 불행하니라.'

제 성경책에서 이 말씀을 찾아내기 훨씬 전에 저는 이 말씀을 제롬이 채 12살도 되기 전, 제가 갓 14살이 되던 해에 저에게 보냈던 자그마한 크리스마스 카드에서 읽은 적이 있어요. 그 카드에는 그 무렵의 저희에게 무척 아름답게 보였던 꽃다발 곁에 코르네유의 주석이 달린 이런 시구가 있었어요.

그 무슨 승리자의 매력이기에
세상에서 오늘 나를 주께로 이끄는가?
인간의 무리 위에 주춧돌을 쌓는 자는 불행하도다!

사실을 말씀드리자면 저는 이 주석보다도 예레미야의 그 간결한 구절을 훨씬 좋아해요. 필경 제롬도 그 당시에는 이 구절에 별다른 주의를 하지 않은 채 카드를 골랐겠죠. 그렇지만 제롬의 성향이 요즘은 제 성향과 꽤 비슷해요. 그래서 저는 날마다 하느님께 우리 두 사람을 한꺼번에 가까이 해주신 것을 감사드리고 있답니다.

　고모님과 나누었던 이야기를 생각하고서 저는 제롬의 공부를 방해하지 않기 위해 그전처럼 긴 편지를 쓰지 않기로 했어요. 제롬에 대한 이야기만 함으로써 제가 직접 그와 이야기하지 못하는 것을 보상받으려 한다고 생각하시겠죠? 자꾸만 그쪽으로 쓰게 될까 봐 이만 끝내야겠어요. 이번만은 너무 꾸중하지 마세요.

　이 편지로 인해 나는 얼마나 많은 생각을 했는지 모른다. 또한 이모님의 주책없는 참견과 이 편지를 내게 전해 주도록 한 그 친절을 저주했다. 그리고 내가 알리사의 침묵을 견딜 수 없게 된 바에야, 그녀가 이제는 내게 하지 않는 말들을 다른 누구에게는 써 보내고 있다는 사실을 차라리 몰랐더라면 얼마나 좋았을까 하는 생각에 이르자 나는 모든 것에 짜증이 났다. 자기와 나 사이의 그 사소한 비밀들을 이렇게도 쉽게 이모님께 이야기하다니……. 게다가 그 자연스러운 어조, 그 침착함, 그 정직한 태도, 그 시원시원한 글…….

　"그렇지 않는다고 해도 그래, 이 불쌍한 친구야. 이 편지가 너한테 부친 것이 아니라는 점만 빼면 너를 짜증나게 하는 것은 조금도 없어."

아벨이 말했다.

그는 내 일상 생활의 단짝이었고, 성격의 차이에도 불구하고, 아니 오히려 그 차이 때문에 나도 아벨에게만은 여러 가지를 이야기할 수 있었다. 또 내가 외로울 때면 약한 마음, 동정을 구하는 마음, 스스로에 대한 불신임 그리고 내가 난감한 처지에 있을 때는 그의 충고에 대해 내가 지니고 있는 신뢰의 마음이 언제나 나를 그에게로 기울게 했다.

"이 편지나 좀 연구해 보자."

그는 편지를 책상 위에 펼치며 말했다.

이미 나는 사흘 밤을 노여운 마음으로 보냈으며, 그 노여움을 나흘이나 가슴 깊이 간직하고 있었다. 그러다가 아벨의 그럴듯한 이야기에 그만 이끌리고 말았다.

"쥘리에트와 테시에르, 이 한 쌍은 사랑의 불길 속에 내던져 버리자꾸나. 너나 나나 사랑의 불꽃에 대해서는 잘 알잖아. 테시에르는 그 불꽃에 타 버리기에 안성맞춤인 나방이지. 그렇게 생각하지 않니?"

"그런 이야기는 집어치워."

나는 그의 농담이 역겨워 말했다.

"나머지 문제나 이야기하자."

"나머지 문제?"

그가 말했다.

"나머지 문제야 모두 너에 관한 것이지. 한탄할 것이 있으면 한탄해 봐. 네 생각이 넘치지 않는 것이라고는 단 한 줄,

단 한마디도 없어. 편지 사연이 온통 너한테 부쳐진 것이라고 말할 수 있을 정돈데 뭘 그래. 펠리시 아주머니는 너한테 이 편지를 보여 주심으로써 결국은 편지가 진정한 수신인한테로 돌아오게 한 거야. 알리사가 이 마음씨 좋은 아주머니께 편지를 부칠 수밖에 없었던 것은 모두 네 탓이야. 도대체 네 이모 한테 코르네유의 시구가 무슨 소용이 있겠니, 그렇지 않니? 말이 나는 김에 하는 말이지만 이것은 라신의 시야. 그러니까 알리사와 함께 이야기하고 있는 사람은 바로 너란 말이야. 알 리사가 이런 것을 말하고 있는 것은 모두 네게야. 앞으로 두 주일 내에 알리사가 너한테 이만큼 길고 거리낌없는 편지를 쓰도록 하지 못한다면, 너는 정말이지 바보야."

"알리사가 도무지 그렇게 하지 않는데도!"

"알리사가 그렇게 하고 하지 않고는 네게 달려 있어. 내 생 각 좀 들어 볼래? 지금부터 한동안은 너희들의 사랑이나 결혼 에 대해서 한마디도 내비치지 마. 동생의 일 이후 알리사가 원 망을 품고 있는 것이 바로 그 일 때문이란 걸 모르겠어? 그러 니 앞으로는 로베르에 대해서만 공작을 하란 말이야. 너는 그 바보 녀석을 보살피는 참을성을 갖고 있으니까 계속해서 그것 으로 알리사의 머리만 즐겁게 해주면 돼. 나머지 일은 모두 다 잘될 거야. 아, 편지를 써야 할 사람이 나였다면……."

"너는 그녀를 사랑할 자격이 없어."

나는 아벨에게 쏘아붙였다. 그러면서도 나는 아벨의 의견을 따랐다. 그러자 과연 알리사의 편지는 다시금 생기를 띠기 시작했다. 그러나 나는 쥘리에트의 상황이 행복은 아니더라도, 그러니까 쥘리에트의 상황이 무엇으로든 결정되기 전에는 알리사로부터의 참다운 기쁨이나 거리낌없이 내게 맡겨 버릴 마음을 기대할 수 없었다.

알리사가 보내 주는 쥘리에트에 대한 소식은 차차로 좋아졌다. 쥘리에트의 결혼식이 칠월에 거행된다는 것이다. 그리고 그때쯤에는 아벨과 내가 학업에 단단히 얽매어 있으리라는 것을 잘 알고 있다고도 써 보내 왔다. 나는 우리가 식에 참석하지 않는 편이 더 좋을 것으로 그녀가 판단하고 있다는 것을 짐작했다. 그래서 우리는 시험을 핑계삼아 축하의 편지를 보내는 것으로 인사를 대신 했다.

결혼식이 끝나고 약 2주일 정도 지나자 알리사에게서 편지가 왔다.

그리운 제롬.

내가 얼마나 얼떨떨했는지 짐작해 보렴. 네가 준 라신의 그 아름다운 시집을 어제 우연히 펼치다가 거의 십 년이 다 되도록 내 성경책 속에 간직하고 있는 너의 그 오래되고 자그마한 크리스마스 카드에 적힌 몇 줄의 시구를 글쎄 거기서도 발견했단다.

그 무슨 승리자의 매력이기에
세상에서 오늘 나를 주께로 이끄는가?

인간의 무리 위에 주춧돌을 쌓는 자는 불행하도다!

나는 이것이 코르네유가 주석을 단 시에서 뽑은 것인 줄 알았는데, 솔직히 말해 별로 신통하다고 여기지도 않았어. 그랬는데 영적인 제4송가를 읽다가 네게 알려 주지 않을 수 없을 만큼 아름다운 몇 구절을 찾아냈단다. 그 책의 여백에다 네가 함부로 적어 놓은 첫 글자들로 미루어 보면 아무래도 네가 알고 있는 모양이지만—아닌게 아니라 나는 내가 좋아해서 그녀에게 알려 주고 싶은 구절이 있을 때마다 내 책이나 알리사의 책에 그녀의 이름 첫 글자를 함부로 써넣어 두는 버릇이 있었다—상관없어. 내가 옮겨 적은 것은 내 즐거움 때문이니까. 내가 발견했다고 생각했던 것이 사실은 네가 가르쳐 준 것이라는 걸 알게 되자 처음에는 속이 상했지만, 너도 나처럼 이것을 좋아했구나 하고 생각하니 어리석은 생각이 내 기쁨 앞에서 사라져 버렸단다. 여기에 다시 적으면서도 나는 꼭 너와 함께 이 글을 다시 읽는 듯해.

불멸하는 지혜의 목소리
울리며 우리를 가르치나니
인간의 아이들아, 너희의 심려가
맺는 열매는 무엇이뇨?
그 무슨 잘못으로, 허황한 영혼들아,
너희의 혈관의 가장 맑은 피로써

자양을 주는 빵이 아니라
더욱 허기지게 하는 그림자를
그래도 번번이 사 들이느뇨?
너희를 기르는 빵이 아니요,
전보다 한결 더 굶주리게 하는
한 줄기 그림자뿐인 것을.

'내가 너희에게 권하는 이 빵은
천사들의 양식으로 쓰이는 것이려니
주께서 손수 밀알의 정수로써
만들어 내시는 양식이로다.
이토록 향기로운 이 빵이야말로
너희가 따르는 세상의 무리는
결코 식탁에 올리지 않는 것이니라.
나를 따르는 자에게 주리라.
가까이 오라. 살기를 원하느뇨?
잡거라, 먹거라 그리고 살라.'

(중략)

행복되이 가치 있는 중생의 영혼은
주의 굴레 아래 평화를 찾으며
영원토록 마를 리 없는

힘찬 샘물로 목을 축이도다.
누구나 찾아와 마실 수 있는 물
이 물은 온갖 중생을 부르노라.
그러나 우리는 미친 듯이 날뛰며
진흙 구렁, 더러운 샘물이거나
언제나 생명의 물 달아나 버리는
거기에 가득 찬 괸 물을 찾노니.

얼마나 아름답니! 제롬, 이 얼마나 아름답느냐 말이야! 너도 나만큼 이 시를 아름답다고 생각할까? 내가 가지고 있는 판(版)의 조그만 주석을 보면 도말르 양이 부르는 이 송가를 들으면서 맹트농 부인이 감탄에 잠겨 '눈물마저 흘리고는' 그 곡의 일부를 되풀이시켰대. 나도 이제는 이 송가를 암송할 수 있는데, 아무리 읊어도 싫증나지 않아. 그저 하나 섭섭한 일은 네가 이 송가를 읽는 것을 들어 보지 못했다는 점이야.

신혼 여행을 떠난 부부에게서는 계속해서 좋은 소식이 들려온단다. 지독한 더위에도 불구하고 배욘느와 비아리츠 등에서 쥘리에트가 얼마나 재미를 느꼈는지는 너도 이미 아는 일. 둘은 그 후에도 퐁타라비와 뷰르고스에 머물렀다가 피레네 산맥을 두 차례나 넘었대. 지금은 몽세라에서 쥘리에트가 감격에 찬 편지를 보내 왔어. 에두아르의 포도 수확을 준비하기 위해 9월 이전에 님으로 돌아올 예정인데, 그때까지 한 열흘쯤 바르셀로나에 머물 생각이래.

며칠 전부터 아버지와 나는 퐁그즈마르에 와 있단다. 애슈버튼 양도 내일이면 올 것이고 로베르도 나흘 후에는 오기로 되어 있어. 가엾게도 그 애가 시험에 실패했다는 것은 너도 알고 있겠지? 어려웠던 건 아니겠지만 시험관이 워낙 기묘한 문제들을 내는 바람에 그 애가 그만 당황했나 봐. 네 편지에 그 애가 열심히 공부한다고 쓰여 있어서 로베르가 시험 준비를 다하지 못했으리라고는 생각하지 않아. 아무래도 그 시험관은 학생들을 어리둥절하게 하는 것이 재미있는 모양이야.

제롬, 너의 합격에 대해서는 새삼스럽게 축하한다고 말할 필요가 없을 만큼 내게는 당연한 것으로 생각돼. 나는 너를 믿고 있을 뿐이야. 제롬, 네 생각을 하면 내 가슴은 온통 희망으로 부풀어오른단다. 전에 이야기하던 그 연구를 당장에라도 시작할 수 있겠니?

이곳 정원은 무엇 하나 변하지 않았어. 그렇지만 집 안이 아주 텅 빈 것 같아. 내가 올해는 왜 오지 말라고 당부했는지 이해할 수 있겠지? 그렇게 하는 편이 좋을 것 같아. 속으로 이 말을 날마다 되풀이하고 있단다. 이렇게도 오랫동안 너를 만나지 않고 지내는 게 쓰라리기 때문에, 이따금 나도 모르게 너를 찾고 있을 때가 있어. 책을 읽다가 느닷없이 고개를 돌리곤 하지. 꼭 네가 거기 있는 듯해서 말이야!

다시 편지를 계속한다. 지금은 밤이야. 모두 잠들어 있어.

네게 편지를 쓰느라고 이렇게 늦게까지 열어젖힌 창 앞에 앉아 있단다. 정원이 온통 향긋한 냄새로 가득해. 바람도 따스하고. 생각나니? 우리가 어렸을 때, 무척 아름다운 무엇을 보거나 듣기만 하면 '감사합니다, 하느님. 이런 것들을 만들어 주셔서……' 하고 말하던 것을. 이 밤 나는 내 모든 마음으로 생각해. '감사합니다, 하느님. 이렇게 아름다운 이 밤을 만들어 주셔서!' 문득 네가 여기 있었으면 하는 생각이 들어. 아니, 네가 여기 있다는 걸 느끼고 있어. 바로 내 곁에. 아마 너도 느낄 수 있을 만큼이나 사무치는 힘으로 너를 느끼고 있어. 편지에서 너는 흔히 '고귀하게 태어난 영혼에게는' 감탄이 감사와 함께 얽혀 있다고 말했지. 아직도 쓰고 싶은 게 얼마나 많은지. 나는 지금 쥘리에트가 써 보낸 빛나는 나라를 생각해 보고 있어. 더 넓고, 더 빛나고, 더 황량한 나라들도 생각하고 있지. 언제 어떻게 될지 모르지만 우리가 잘 모르는 신비롭고 커다란 나라를 함께 보게 되리라는 이상한 신념이 내 마음속에 자리잡고 있어.

얼마나 큰 기쁨의 용솟음으로, 그리고 얼마나 큰 사랑의 흐느낌으로 내가 이 편지를 읽었을지는 아마 쉽사리 짐작할 것이다. 다른 편지들도 뒤이어 왔다. 물론 알리사는 내가 퐁그즈마르에 가지 않은 것을 고마워했다.

분명히 그녀는 내가 그해에도 자기를 만나려고 하지 말기를 간청했다. 그러나 그녀는 내 부재를 아쉬워했고, 이제는 내가 있기를 바라고 있다. 한 장 한 장마다 나를 부르는 그녀의 한 결같은 외침이 귓전에 울렸다.

이를 참아 낼 힘을 나는 어디서 얻었을까? 필경 아벨의 충고에서 얻었을 것이고, 갑자기 내 기쁨을 허물어뜨리지나 않을까 하는 두려움에서일 것이고, 그리고 내 마음의 이끌림에 대한 자연적인 긴장에서였을 것이다. 뒤이어 온 편지들 가운데서 나는 이 이야기와 관련 있는 것들을 모두 적어 보겠다.

그리운 제롬!

네 편지를 읽으면서 나는 기쁨으로 녹아들고 있어. 오르비에토에서 부친 네 편지에 답장을 하려는 참이었는데, 페루즈와 아시지에서 부친 편지가 동시에 도착했어. 내 마음은 여행중이고 내 몸만 여기 있는 기분이야. 정말이지 나는 너와 함께 옹브리아의 하얀 길을 걷고 있단다. 아침이면 너와 함께 길을 떠나고, 새로운 눈으로 동터 오는 것을 보고……. 정말로 코르토느의 언덕에서는 나를 불렀니? 그래, 나는 들었단다……. 아시지 위의 그 산에서는 무섭게 목이 말랐지! 그렇지만 프란체스코 회의 그 수도사가 주는 한 잔의 물이 어떻게나 맛이 좋았는지!

오오, 내 제롬! 나는 너를 거쳐서 무엇이든 보고 있어. 성 프란체스코에 대해 써 보내 준 이야기는 얼마나 좋았는지 몰라. 정말이야, 그렇잖니? 찾아야 할 것은 결코 마음의 해방이 아니라 바로 '감격'이야. 마음의 해방이란 것에는 언제고 그 얄미운 오만이 따르는 법이야. 야망이란 반항을 하기 위해서가 아니라 봉사하기 위해 써야 할 거야.

님에서 오는 소식들은 너무나도 좋은 것이어서 이제는 내가 보기에도 내가 기쁨에 몸을 맡기는 것을 하느님께서 허락해 주시는 것 같아. 이번 여름에 내게 있는 오직 하나의 근심은 가엾은 아버지의 상태야. 내 정성에도 불구하고 아버지는 늘 쓸쓸하게 보이신단다. 아버지 혼자 계시면 곧 그 쓸쓸한 기분에 사로잡혀서는 마음을 돌려 드리기가 점점 어렵게 돼. 자연의 온갖 기쁨이 우리 둘레에서 들려주는 이야기도 아버지에겐 낯선가 봐. 이제는 그런 이야기를 들으시려고도 하지 않아. 애슈버튼 양은 잘 지내고 계셔. 나는 두 분께 네 편지를 읽어 드린단다. 편지 하나면 사흘 정도는 이야기거리가 되지. 그러다 보면 다음 편지가 도착하고…….

로베르는 그저께 여기를 떠났어. 남은 방학을 R이라는 친구 집에서 보내기로 했는데 R의 아버지는 모범 농장을 경영하고 계시대. 떠나겠다고 말할 때도 나는 그 애의 계획에 찬성할 수밖에 없었어.

할 말이 무척 많아. 나는 끊임없는 이야기에 목이 마르단다. 때때로 말이나 뚜렷한 생각이 더 이상 떠오르지 않을 때가 있는데—오늘 저녁도 나는 꿈꾸듯이 글을 쓰고 있지만—그저 어떤 무한한 행복을 주고받는 듯한 거의 숨막히는 느낌만을 지닌 채 말이야.

어떻게 우리가 그토록 긴 몇 달씩이나 서로 침묵하고 지낼 수 있었을까? 아무래도 동면을 하고 있었던 모양이야. 오, 그 무서운 침묵의 겨울이 영원히 끝나 버리기를! 너를 다시 찾고부터 삶도 생각도 우리의 영혼도 모두가 내게는 한없이 아름답고 사랑스럽고 풍요롭게만 여겨져.

9월 12일

피사에서의 네 편지는 잘 받았어. 우리가 있는 이곳 또한 희한한 날씨란다. 여태껏 내게는 노르망디가 이처럼 아름다워 본 적이 없어. 그제는 혼자서 발길 가는 대로 벌판 곳곳을 오랫동안 거닐었단다. 태양과 기쁨에 흠뻑 취해 돌아왔을 때는 피곤하다기보다 오히려 흥분되어 있었지. 활활 타는 태양 아래서 볏단들이 얼마나 아름다웠는지! 굳이 내가 이탈리아에 있다고 상상하지 않아도 온갖 것들이 놀랍도록 아름답게 보여.

그때 네가 말했듯이 자연의 '아련한 찬미가' 속에서 내가 듣고 이해한 것은 환희에의 권유야. 그 권유를 나는 새소리 하나하나에서 들으며, 꽃 하나하나의 향기 속에서 맡는단다. 그래서 나는 기도의 유일한 형식에는 예찬밖에는 없다는 사실을 이해할 수 있었고, 성 프란체스코와 함께 '주여! 주여!' 하며 '그것만이'를 형용할 수 없는 사랑에 가득 찬 마음으로 되풀이하고 있지.

그렇다고 내가 무식한 여인이 되지 않았나 하고 걱정하지는 마. 요즈음 책을 많이 읽었거든. 며칠 동안 비가 온 덕택에 나는 내 예찬을 흡사 책 속에 접어 넣다시피 했어.《말르블랑슈》를 읽고 나서는 곧 라이프니츠의 《클라크에게의 편지》를 읽기 시작했지.

　그러고는 좀 휴식할 생각으로 셸리의 《체인지》를 별로 즐거움 없이 읽었어. 《미모사》도 읽고. 네가 성을 낼지도 모르지만, 지난해 여름에 우리가 함께 읽었던 키츠의 오드네 편과 바꾼다면 셸리와 바이런 전부를 주어도 아깝지 않을 것 같아. '위대한 시인'이란 말은 아무런 의미도 없어. '순수한 시인'이라는 것, 그것이 중요하다고 생각해. 오, 제롬! 내게 이러한 모든 것을 알게 하고 이해시켜 주고 사랑할 수 있게 해서 고마워.

　아니, 며칠 동안 만나 보는 즐거움을 위해 여행을 단축시키지는 말아. 아직은 만나지 않은 편이 더 나을 것 같아. 나를 믿어 줘. 네가 내 가까이에 있으면 나는 더 이상 지금보다 너를 생각하지 못할 거야. 나는 너를 괴롭히고 싶지 않지만, 네가 여기 있기를 더 바라지 않게 되었단다. 솔직히 말해서 네가 오늘 저녁에 온다는 것을 내가 알게 된다면 나는 달아나 버릴 거야. 오오, 제발 이 감정을 설명하라는 말은 말아 줘. 내가 알고 있는 것은, 나는 끊임없이 너를 생각하고 있고―네 행복을 위해서는 이것만으로도 충분할 테지만―그리고 나는 이대로도 행복하다는 거야.

　이 마지막 편지를 받고 얼마 지나지 않아서, 그리고 이탈리아에서 귀국한 후 나는 곧 징집 명령을 받았고 낭시로 보내졌다. 나는 당시 아는 사람이 없었지만 혼자 있게 됨을 기꺼워했다. 왜냐하면 그녀의 편지만이 내 유일한 안식처이며 또 그녀에 대한 추억이 롱사르가 말했듯이 내 '유일한 완성의 실현'이라는 사실을 이렇게 고독함으로써 한결 더 뚜렷이 나타났기 때문이다.

솔직히 말하면, 우리에게 부과된 상당히 힘겨운 규율도 무척 유쾌한 마음으로 견뎌 냈다. 나는 모든 것에 대해 마음을 도사리고 있었고, 알리사에게 쓰는 편지들에서도 함께 있지 못함을 아쉬워할 뿐이었다. 그래서 우리는 이렇게 헤어져 있는 오랜 기간에도 우리의 용기에 어울리는 시련을 찾아내기까지 했다. '결코 하소연하지 않는 너'라고 알리사는 편지를 했다. 그녀의 말에 대한 증거를 보이기 위해서라면 무엇인들 내가 견디지 못했을까?

우리가 마지막으로 본 후 거의 일 년이 흘러갔다. 알리사는 그런 것을 생각해 보지도 않는 것 같았고, 그저 이제부터 자기의 기다림을 시작하는 모양이었다. 나는 그 점에 대해 그녀를 비난했다.

이탈리아에서 나는 너와 함께 있지 않았니(라고 그녀는 회답해 왔다). 은혜도 모르는 제롬, 나는 단 하루도 너를 떠난 일이 없어. 그러니 이제 잠시만 내가 너를 따라가지 않는 것을 이해해 다오. 그러니 이것이, 다만 이것이 내가 '이별'이라고 부르는 그것이야. 나는 군인 차림의 너를 상상해 보려고 무척 애를 써. 이건 정말이야. 하지만 그렇게 되지를 않아. 저녁 무렵, 갈베타 거리의 조그마한 방에서 글을 쓰고 있거나 책을 읽고 있는 너를 생각해 내는 것이 겨우 고작이야. 그리고 이것마저도 뚜렷하지를 않아. 정말 나는 1년 후 퐁그즈마르나 르아브르에서만 너를 만날 것 같아.

　1년! 이미 지나 버린 날들을 나는 세지 않아. 내 희망은 오고 있는 미래의 한 점에 못박고 있어. 천천히, 천천히 다가오고 있는 기억을 되살려 보렴. 정원의 깊숙한 안쪽 그 낮은 울타리, 그 밑에 바람을 피해 국화를 옮겨 놓고, 그 위로 우리가 위험스레 돌아다니던 곳을 쥘리에트와 너는 곧장 올라가는 회교도처럼 겁도 없이 그 위를 성큼성큼 걸어다니곤 했지. 그런데 나는 몇 걸음만 떼어놓아도 현기증이 났고 네가 밑에서 고함을 치곤 했지. '그러니까 발밑을 보지 말란 말야. 앞을 봐. 목표를 정해서 쉬지 말고 그대로 나가!' 그리고 마침내—말보다는 그리는 것이 더 나았지—너는 담 저쪽 끝으로 뛰어올라가서는 나를 기다려 주었지. 그러면 나는 떨리지 않았어. 더 이상 현기증도 나지 않았고. 나는 너 이외에는 아무것도 보지 않았고, 팔을 벌리고 있는 네게로 뛰어갔지. 너에 대한 믿음이 없었다면 제롬, 나는 어떻게 되었을까? 나는 네가 강하다고 느껴야 해. 네게 나를 의지하는 것이 필요해. 약해지지 말아 줘.

일종의 반항심에서 일부러 그러는 듯 우리의 기다림을 연장하며, 또 불완전한 재회에 대한 두려움에서 나는 며칠 간의 설휴가를 파리에 있는 애슈버튼 양의 곁에서 지내기로 했다.

앞에서도 말했지만 내가 옮겨 적고 있는 것은 편지의 전부가 아니다. 이월 중순경에 나는 다음과 같은 편지를 받았다.

그저께 파리의 거리를 지나다가 M 서점 진열대에서 나는 놀라운 것을 발견했어. 네가 알려 주기는 했지만 그 사실이 전혀 믿어지지 않았던 아벨의 책이 아주 거리낌없이 진열되어 있는 것을 본 거야. 나는 참을 수가 없어서 서점으로 들어갔어.

하지만 그 제목이 내겐 너무도 야릇해 보여서 점원에게 말하기가 망설여졌어. 아무거나 다른 책을 하나 사 들고 책방을 뛰쳐나오는 장면까지 생각해 보았지. 다행히도 《교태》의 조그마한 더미가 계산대 옆에서 손님을 기다리고 있기에 한 권 뽑아 쥐고는 입을 열 필요도 없이 돈을 던졌어.

아벨이 자기 책을 보내 주지 않은 것에 대해 정말 감사하고 있어. 얼굴을 붉히지 않고는 책장을 넘길 수가 없더라고. 그 창피함은 책 자체 때문이라기보다는—그 책에서 나는 결국 야비함이라기보다는 우둔함을 한결 더 많이 본단다—아벨이, 내 친구인 아벨 보티에가 이 책을 썼구나 하고 생각하기가 창피한 거야. 《르탕》지의 평론가가 그 책에서 발견했다는 그 '훌륭한 재능'을 나는 페이지마다 찾아보았지만 헛수

고였어. 르아브르의 조그만 사회에서는 아벨이 곧잘 화젯거리가 되는데, 나는 그 책에 대한 평이 무척 좋다고 듣고 있어. 이 고칠 길 없는 경박성을 평론가들은 '경묘함'이나 '우아함'으로 부르고 있지. 물론 나는 조심성 있게 신중함을 보이고 있고, 내가 읽은 것에 대해서는 오직 네게만 말할 뿐이야.

처음에는 올바르게 해석하시던 그 가없은 보티에 목사님도 이제는 오히려 그 책에서 무슨 자랑거리나 될 게 없나 하고 생각하시기 시작한 것 같아. 그분 주위에 있는 사람들이 저마다 목사님이 그렇게 믿으시도록 애를 쓰고 있거든. 어제 플랑티에 이모님 댁에서 V라는 부인이 불쑥 '아주 기쁘시겠어요, 목사님. 아드님이 이토록 훌륭하게 성공을 하셨으니……' 라고 말씀하시니까, 목사님은 좀 당황해서 대답하시기를 '뭘요, 저는 아직 그렇게까지 생각하고 있지 않는데……' 라고 하시는 거야. '하지만 곧 그렇게 생각하실 거예요.' 라고 이모님이 말씀하시자, 물론 악의는 없었지만 그 말씀하시는 투가 워낙 용기를 북돋우시는 투여서 모두 웃기 시작했지, 목사님까지도.

불바르의 극장에서 상연하려고 아벨이 준비하고 있다는 말이 들리고, 신문에서도 벌써부터 떠들어대기 시작한 〈신(新) 아벨라르〉가 상연되면 도대체 무슨 꼴이 될까? 가없은 아벨, 그가 바라고 있는 만족할 수 있는 성공이라는 것이 정말 이런 것에 지나지 않는 걸까?

어제 나는 《마음의 위로》에서 이러한 말을 읽었어.

'진실하고도 영원한 영광을 참으로 바라는 자는 일시적인 영광을 마음에 두지 않느니라. 마음속에서 일시적인 영광을 멸시하지 않음을 스스로 거침없이 표시하는 자이니라.' 그리고 나는 생각했지. '주여, 지상의 아무런 영광과도 비길 수 없는 이 성스러운 영광을 위해 제롬을 선택해 주신 것에 감사하나이다.'

몇 주일 몇 달이 단조로운 근무 속에서 흘러갔다. 그러나 내 생각이 갖가지 추억이나 희망에만 걸려 있음인지 나는 세월이 느리다든지 시간이 길다는 것을 별로 느끼지 못했다.

외삼촌과 알리사는 6월에 님 가까이로 쥘리에트를 만나러 가기로 되어 있었다. 쥘리에트는 당시 해산을 기다리고 있었다. 하지만 좋지 못한 소식이 그들의 출발을 서두르게 했다. 알리사한테서는 다음과 같은 편지가 왔다.

르아브르로 부친 너의 마지막 편지가, 우리가 그곳을 떠난 직후에 도착했어. 1주일이 지나서야 겨우 이곳에 있는 내 손에 들어왔구나. 어떻게 된 영문인지?

한 주일 내내 나는 무언가 빈 것 같고, 무섭고, 불안하고, 오므라드는 느낌 속에서 지냈어. 오, 내 제롬. 나는 이제 더이상 내가 아니고, 너와 함께 할 때만 나 자신일 수 있어.

쥘리에트는 다시 건강해져 가고 있단다. 별다른 걱정 없이 그 애의 해산을 기다리고 있는 중이야. 오늘 아침 그 애는 내가 네게 편지 쓰고 있다는 것도 알고 있어. 우리가 에그비브에 도착한 다음날 그 애가 묻더구나.

"제롬은 어때? 오빠 여전히 언니한테 편지하지?"

그래서 내가 감추지 못하고 말을 하자,

"이번에 언니가 편지할 때는 오빠에게 말해 줘."

하고 한동안 망설이더니 아주 부드럽게 미소를 지으면서 내게 말했어.

"내가 다 나았다고."

한결같이 즐겁기만 한 쥘리에트의 편지를 받아 보면서도 나는 그 애가 억지로 행복을 가장하고 있지나 않을까 걱정했는데, 그 애가 행복이라고 생각하는 것들은 전에 꿈꾸던 것, 그 애의 행복을 좌우하는 듯싶던 것들과는 너무도 거리가 멀어졌어. 아, '행복'이라고 하는 것은 어쩌면 그렇게도 영혼과 밀접한 것일까. 그리고 행복을 외적으로 형성하고 있는 듯한 요소들은 어쩌면 이다지도 부질없는 것일까? 벌판을 홀로 걸으면서 내가 생각했던 그 많은 일들을 모두 네게 쓰지는 않겠어. 다만 벌판을 산책하면서 내가 놀란 건 이제는 나 자신이 즐거운 마음을 느끼지 못한다는 사실이야. 쥘리에트의 행복이 나를 걷잡을 수 없는 우울에 사로잡히게 한 것일까? 내가 느끼는, 아니 적어도 내가 바라보는 이 고장의 아름다움조차 오히려 설명할 길 없는 슬픔을 돋구어 줄 따름이야. 또한 네가 이탈리아에서 편지하던 그 무렵 나는 너를 통해 모든 것을 바라볼 줄도 알았어. 그런데 지금은 네가 없이 나 혼자서 바라보는 모든 것이 내가 네게서 훔쳐내고 있는 것만 같아. 결국 나는 퐁그즈마르나 르아브르에 있을 때는 울적한 날에 대비하기 위해 견디어 내는 힘을 기르고 있었는데, 여기 와서 보니 이 힘은 이미 아무런 소용도 되지 않고 있으니, 항상 불안하기만 해. 사람들과 이 고장의 즐거움도 역겨워. 어쩌면 내가 슬프다고 부르는 상태란 단순히 그들처럼 떠들썩한 상태가 아니라는 것에 불과할까? 아무래도 전에는 내 기쁨에 무슨 오만이 깃들어 있었나 봐. 지금 이 지방의 즐거운 분위기에 휩싸여 있으면서도 나는 무엇인가 굴욕적인 기분을 느끼고 있어.

이곳에 있게 된 후로는 기도도 별로 드리지 못했어. 하느님도 이제는 그전 자리에 계시지 않는다는 어린애 같은 느낌을 맛보고 있지. 잘 있어. 이만 총총히. 이러한 모욕적인 말, 내 약한 마음, 내 서글픔이 부끄럽고 또 그것을 고백한다는 것과, 우체부가 오늘 저녁에 가져가지 않는다면 내일은 갈기갈기 찢어 버릴 것 같은 이런 모든 것을 내보낸다는 것이 부끄럽기만 하다.

다음 번에 온 편지는 그녀 자신이 대모가 되는 조카딸의 출생과 쥘리에트의 기쁨, 외삼촌의 기쁨에 대해서만 이야기할 따름이었다. 그녀 자신의 느낌에 대해서는 더 이상 문제삼지도 않았다.

그러자 퐁그즈마르의 소인이 찍힌 편지가 오기 시작했고, 쥘리에트도 칠월에는 그곳에 와 있었다.

오늘 아침 에두아르 씨와 쥘리에트가 우리를 떠났어. 무엇보다도 그 귀여운 갓난아기가 떠난 것이 서운해. 여섯 달 후에 다시 보게 되겠지만, 그때는 이미 그 몸짓도 알아보지 못하게 되겠지. 나는 그 아이의 몸짓 하나하나를 모두 빼놓지 않고 지켜보았어. 생성이란 언제나 참으로 신비롭고 놀라워. 우리가 평소 조금만 주의를 기울인다면 놀랄 일은 더 많을 거야. 희망에 가득 찬 그 조그만 요람을 굽어보며 나는 몇 시간을 보냈는지 몰라. 그 무슨 이기심 때문인지 만족과 선에 대한 갈망은 그토록 쉽게 감퇴되고, 발전은 그리도 빨리 멈추는지, 온갖 피조물은 왜 그처럼 하느님에게서 멀리 자리를 잡는 걸까? 오, 그러나 우리가 주께로 좀 더 가까이 갈 수만 있다면, 가까워지기를 원하기만 한다면……. 얼마나 아름다운 격려를 받을 것인가!

쥘리에트는 아주 행복해 보여. 처음에 나는 그 애가 피아노도, 독서도 그만두는 것을 보고 슬펐지만 에두아르 씨는 음악을 좋아하지도 않고, 책에도 별다른 취미를 갖고 있지 않은 것 같아. 남편이 자신을 따라오지 않는다면 즐거움을 찾지 않는 쥘리에트야말로 분명 현명한 것인지도 몰라. 반대로 쥘리에트는 남편의 일에 흥미를 붙이고 있고, 그 애 남편도 자기가 하는 모든 사업에 대해 그 애가 잘 알 수 있도록 해주는 모양이야. 금년 들어서는 사업 규모가 무척 커졌대. 르아브르에 귀한 단골 손님들이 생긴 것도 다 이 결혼 때문이라고 에두아르는 곧잘 농담을 한단다.

요전번에는 로베르도 사업차 에두아르 씨와 동행했는데, 에두아르 씨가 그 애를 무척 잘 보살펴 주나 봐. 그 애의 성격을 잘 안다고 장담하면서 그 애가 이런 종류의 사업에 진정으로 재미를 붙이게 될 것이라고 즐거워하고 있단다.

아버님은 훨씬 나아지셨어. 딸이 행복해하는 것을 보시자 다시 젊어지시는 것 같아. 농장이나 정원 일에도 전처럼 재미를 붙이셨지. 또 애슈버튼 양과 셋이서 시작했다가 테시에르 가족이 와서 중단되었던 책 낭송을 나더러 다시 해 달라고 청하셨어. 내가 그런 식으로 두 분에게 읽어 드리고 있는 것은 휴브너 남작의 여행기인데, 정작 나 자신도 아주 재미있게 읽고 있어. 이제부터는 나도 책 읽을 시간을 좀 더 많이 갖게 될 거야.

하지만 네가 어떤 책을 읽으라는 지시가 있기를 기다리는 중이지. 오늘 아침 여러 가지 책을 뒤적여 보았지만 어느 하나도 마음에 들지 않았어…….

알리사의 편지는 이때부터 더욱 혼란해지고 더욱 절박해졌다. 여름이 끝날 무렵 그녀는 이런 편지를 내게 써 보냈다.

네가 걱정하고 있지나 않을까 하는 두려움이 내가 너를 얼마나 기다리고 있는지를 말하지 못하게 하지만, 너를 다시 만날 때까지의 하루하루가 무거운 짐이 되어 나를 짓누른다. 아직도 2달……. 그 시간이 내게는 너와 멀리 떨어져 지낸 그 모든 시간보다 훨씬 길게 느껴져. 기다리는 마음을 잊어버리려고 애를 쓰면서 우스꽝스럽게도 보는 것마다 거짓으로 생각되고, 그래서 나는 아무것에도 마음을 기울이지 못하겠어. 책도 이제는 내게 힘이 되어 주지 못하고, 산책도 아무런 재미가 없으며, 대자연도 그 위력을 잃고, 정원도 퇴색되어 향기를 잃어버린 것 같아. 차라리 너의 그 고된 과업이, 네가 선택하는 것이 아닌 의무적인 그 훈련, 끊임없이 너를 네 자신에게서 떼어놓고 너를 피곤케 하며 하루의 일을 쏜살같이 만들고 저녁이면 피곤해서 축 늘어지는 너를 잠 속으로 휘모는 그 고된 과업이 부러워. 훈련에 대해 써 보낸 너의 감동적인 묘사가 내 마음을 온통 사로잡고 있어. 잠을 이루지 못하는 요즘의 며칠 밤, 몇 번씩이나 나는 기상 나팔이 울리는 소리에 벌떡 일어나곤 했지. 정말 그 소리가 들리는 것 같았거든. 네가 이야기해 준 그 가벼운 도취, 새벽녘의 그 기쁨, 눈부신 그 순간의 황홀감, 나는 정말 이러한 것들을 쉽게 상상할 수가 있어. 새벽의 그 얼어붙은 눈부심 속에서 말제빌르의 고지가 얼마나 아름다웠을지…….

얼마 전부터 나는 몸이 좋지를 않아. 그러나 대수로운 건 아냐. 그저 너를 좀 지나치게 기다린 탓이라고 생각해.

그리고 6주일 후에.

　이것이 내 마지막 편지야. 제롬, 네 귀환 일자에 대해 아직
확정되지 않았다고는 하지만 그 날짜가 아주 늦어질 수는 없
을 거야. 그래서 이제는 네게 편지할 시간도 없을 것 같아.
퐁그즈마르에서 너를 만나고 싶었지만 요즘 날씨가 나빠지
고 몹시 추워서 아버지는 시내로 돌아가자는 말씀밖에 하지
않으셔. 이제 쥘리에트도 없고 로베르도 없어서 네가 이곳에
머무르기가 훨씬 쉬울 수도 있겠지만, 아무래도 네가 펠리시
고모님 댁에 있는 편이 좋을 것 같아. 고모님도 그렇게 하는
걸 좋아하실 테고…….
　재회의 날이 가까워 올수록 기다리는 마음이 점점 더 걱정
스런 마음이 된다. 거의 두려움이라고 할 만한 느낌이야. 그
토록 바라고 바라던 너의 귀환이 이제는 두려워지는 것 같
아. 더 이상 이런 것을 생각하지 않으려고 애쓰고 있지만, 네
가 누르는 초인종 소리, 층계를 올라오는 네 발자국 소리를
상상하기만 해도 심장의 고동이 멈추고 가슴이 꽉 막히는 듯
해. 무엇보다도 내가 얘기할 것에 대해 조금도 기대를 갖지
마. 내 과거가 거기서 끝장나 버리는 것 같으니까. 내 삶이
멈추는 듯, 그 너머 저쪽으로는 아무것도 보이지 않을
때…….

그러나 그로부터 나흘 후에, 즉 내 제대 1주일 전에 아주 짧

은 편지를 다시 한 번 받았다.

　제롬, 르아브르에서의 너의 체류와 우리가 처음 만나는 시간을 지나치게 연장시키려고 노력하지 않는 것에 나는 전적으로 찬성해. 벌써 서로 편지하는 것 말고 또 무슨 말이 남아 있겠니? 그러나 학교 등록 때문에 28일까지 파리에 가야 한다면 조금도 주저하지 말고 가도록 해. 함께 있는 시간이 이틀밖에 되지 않는다고 해서 섭섭하게 여기지는 말아 줘. 우리에게는 앞으로도 많은 날들이 남아 있잖아.

6

　우리의 첫 재회가 이루어진 곳은 플랑티에 이모님 댁이다. 군복무 때문인지 나는 갑자기 내가 둔해지고 무거워진 느낌이었다. 이어서 나는 그녀도 내가 변했다고 여기고 있다는 것을 느낄 수 있었다. 그러나 우리 사이에 이런 거짓된 첫인상이 뭐 그리 중요하겠는가? 나는 이제 더 이상 그녀를 완전하게 찾아볼 수 없지나 않을까 하는 두려움 때문에 처음에는 그녀를 바라보지도 못했고, 아니 사람들이 우리에게 약혼자끼리 하는 어처구니없는 구실을 억지로 떠맡기던 것과 우리 둘만을 남겨놓으려고 저마다 서둘러 우리 앞을 물러나 버린 것이 오히려 우리를 난처하게 했다.

　"하지만 고모님, 우리에게는 고모님이 조금도 방해되지 않아요. 우리에게는 남몰래 소곤거릴 비밀 얘기가 없거든요."

　이모님이 자리를 피하시려고 지나치게 애쓰시는 것을 보고 마침내 알리사가 이렇게 부르짖었다.

　"천만에, 그렇지 않을 게다. 얘들아, 나는 너희들을 아주 잘 알아. 서로 만나지도 못하고 오랫동안 떨어져 있었을 때는 서로에게 할 얘기가 산더미같이 있는 법이지……."

"제발 부탁이에요, 고모님. 고모님이 나가신다면 우리는 기분이 무척 상하고 말 거예요."

이 말을 할 때의 목소리는 거의 화가 난 것 같아서 알리사의 목소리라고 여겨지지 않았다.

"이모님, 만약 이모님이 나가 버리시면 우리는 아마 한 마디도 주고받지 못할 거예요."

나는 웃으면서 덧붙였다. 그러나 나는 단 둘이 남게 된다는 생각에 자신도 모르는 두려움에 휩싸여서 말했다.

그래서 세 사람 사이에는 짐짓 즐거운 척하면서도 저마다 억지 신명을 내는 너절한 이야기가 계속되었다. 외삼촌이 점심에 나를 부르셨기 때문에 우리는 그 다음날 다시 만났다. 그래서 그날 오후에는 이런 희극을 끝내는 것이 오히려 다행스러워 우리는 아무렇지도 않게 헤어지고 말았다.

나는 식사 시간 훨씬 전에 찾아갔으나, 알리사는 어떤 여자 친구와 이야기를 나누고 있었다. 알리사는 일부러 그 친구를 돌려보내지 않았고, 그 친구도 눈치 있게 돌아가려고 하지 않았다. 마침내 그 애가 우리 둘만을 남겨 놓았을 때, 나는 알리사가 그 친구를 붙들지 않는 것에 짐짓 놀라는 척했다. 전날 밤 잠을 잘 이루지 못해 피곤했던 우리는 둘 다 신경이 날카로웠다. 외삼촌이 들어오셨다. 알리사는 내가 외삼촌도 늙으셨구나 하고 생각하고 있음을 눈치챘다. 외삼촌은 귀가 어두워져서 이제는 사람의 말소리를 잘 알아듣지 못하셨다. 그래서 알아들으시도록 큰 소리를 내야 하는 까닭에 내 이야기는 뒤죽박죽 김빠졌다.

점심 식사 후 플랑티에 이모님은 약속대로 우리를 마차로 데리러 오셨다. 이모님은 알리사와 내가 가장 기분 좋은 곳을 걸어오게 하실 작정으로 오르셰까지 태워다 주셨다.

계절에 비해 날씨는 무척 더웠다. 우리가 걸어오게 된 언덕 길 부근은 햇살에 드러나 아무런 정취도 없었다. 헐벗은 나무들은 우리에게 그늘을 허락해 주지 않았다. 이모님이 기다리고 계실 마차가 서 있는 데까지 빨리 다다르려는 잔걱정에 사로잡힌 우리는 무리하게 걸음을 빨리 했다. 골이 패는 듯이 죄어진 머리에서 나는 아무런 생각도 짜내지 못했다. 외양을 갖추기 위해서인지, 이러한 동작이 말을 대신할 수 있다는 것에서인지 나는 걸어가면서 알리사가 내맡긴 손을 쥐고 있었다. 흥분, 빠른 걸음의 숨가쁨, 그리고 침묵이 주는 어색함, 그런 것들 때문에 우리의 얼굴에는 피가 몰려 왔다. 나는 관자놀이가 뛰는 소리를 들었다. 알리사의 얼굴은 보기 흉할 만큼 상기되었다. 그러자 곧 우리는 땀에 젖은 손을 붙들고 있다는 어색함을 느끼고 쓸쓸히 손을 내려뜨렸다.

우리가 너무 급히 왔고, 우리에게 이야기할 시간을 주시려고 이모님은 딴 길로 돌아서 아주 천천히 마차를 몰고 오셨기 때문에 우리는 이모님보다 훨씬 전에 네거리에 도착했다. 우리는 언덕 비탈에 앉았다. 갑자기 불기 시작한 찬바람이 우리를 오싹하게 했다. 땀에 젖어 있었기 때문이다. 그때 우리는 마차를 마중하기 위해 일어섰다.

　그러나 무엇보다도 안된 일은 이모님의 그 지성스러운 염려였다. 우리가 실컷 이야기했을 것이라고 믿고 계시는 이모님은 대뜸 우리의 약혼에 대해 캐묻기 시작하셨다. 참다못해 두 눈에 눈물이 가득 어린 알리사는 머리가 몹시 아프다며 핑계를 댔다. 그 귀가는 조용한 가운데 끝이 났다.

　다음날, 나는 온몸이 뻐근하고 아픈 가운데 잠에서 깼기 때문에 정오가 지나서야 뷰콜렝 댁에 가 보기로 마음먹었다. 공교롭게도 알리사는 누군가와 같이 있었다. 펠리시 이모님의 손녀 중 한 명인 마들레느 플랑티에가 거기 있었다. 나는 알리사가 그 애와 곧잘 이야기하기를 좋아한다는 것을 알고 있었다. 그 애는 며칠 동안 제 할머니 댁에 머물렀는데, 내가 들어서자 큰 소리로 말했다.

　"여기서 가실 때 산마루로 돌아가신다면 같이 갈 수 있을 거예요."

　나는 기계적으로 승낙해 버렸다. 그렇게 되어 나는 알리사하고 단 둘이서 만나지 못했다. 하지만 그 귀여운 애가 있는 것이 확실히 우리에게는 도움이 되었다. 전날과 같은 견디기 힘든 어색함을 겪지 않을 수 있었기 때문이다. 우리 세 사람 사이에는 곧 쉽게 이야기가 이루어졌고, 처음에 내가 두려워했던 것보다 겉치레는 훨씬 덜했다. 내가 알리사에게 작별 인사를 하자 그녀는 미묘한 미소를 지어 보였다. 그녀는 그때까지도 그 다음날이면 내가 떠난다는 것을 알지 못하고 있는 듯했다. 게다가 며칠 내에 다시 만나리라는 예상은 내 작별 인사가 일으킬 수도 있었을 씁쓸함을 거두었다.

그러나 저녁을 마친 다음 알 수 없는 불만이 밀려와 나는 다시 시내로 내려가 뷰콜렝 댁의 초인종을 누르기로 작정할 때까지 근 한 시간이나 헤매고 다녔다. 내게 문을 열어 준 것은 외삼촌이었다. 알리사는 몸이 불편해서 이미 제 방에 올라갔는데, 아마 곧 드러누웠을 것이라는 말씀이었다. 나는 잠시 외삼촌과 이야기를 나누다가 나왔다.

이렇게 빗나가 버린 모든 일에 너무도 화가 나지만, 이제 와서 통탄해 본들 부질없는 일일 것이다. 설령 모든 일이 우리를 도와주었다고 해도 우리는 역시 그런 서먹서먹한 느낌을 꾸며냈을지도 모른다. 그러나 알리사도 마찬가지로 그 서먹서먹함을 느꼈다는 것, 그것이 무엇보다도 나를 슬프게 했다. 파리로 돌아와서 곧 받은 편지가 여기 있다.

제롬, 그 무슨 서글픈 재회였냐 말이야. 그렇게 된 잘못을 너는 남에게 돌리는 듯 보였지만, 네 자신도 꼭 그렇다고 확신하진 못했을 거야. 이제 나는 앞으로도 언제나 이러하리라는 생각이 들어. 아, 제발, 이제는 더 이상 만나지 말자꾸나.

서로 할 이야기가 많은데도 자리를 잘못 잡은 듯한 그 어색한 느낌과 침묵은 도대체 무슨 까닭일까? 네가 돌아온 첫날, 나는 그 침묵조차도 즐거웠어. 그 침묵은 흩어져 버릴 것이며 너는 내게 희한한 것들을 들려주리라고 믿었기 때문이야. 그러기 전에 네가 떠나 버릴 수는 없었어.

그러나 오르셰에서의 침울한 산책이 침묵 속에서 끝나는 것을 보았을 때, 특히 우리의 손이 서로의 손을 아무런 희망도 없이 떨어뜨렸을 때 내 가슴은 비탄과 고통으로 일그러지는 줄 알았어. 그러고도 나를 가장 서글프게 한 것은 네 손이 내 손을 놓아 버렸다는 그 사실이 아니라, 혹시 네 손이 그렇게 하지 않고 있었다면 반드시 내 손이 먼저 그랬으리라고 느껴지는 일이었지.

그 이튿날—바로 어제였지—나는 아침 내내 너를 미칠 듯이 기다렸어. 집에 가만히 있기에는 너무도 답답하고 초조해서 네가 방파제 어디로 오면 나를 만나리라는 말을 집에 남기고서 나는 뛰쳐나왔어. 한참이나 바다의 거친 파도를 바라보며 꼼짝하지 않고 있는데, 너 없이 나 혼자서 바라본다는 것이 너무나도 가슴 아픈 느낌이었어. 나는 갑자기 네가 이 방에서 나를 기다리고 있을지도 모른다는 생각이 들어서 집으로 다시 돌아왔어. 오후에는 나 혼자 있지 못하리라는 것을 알고 있었지. 마들레느가 그 전날 우리 집에 들르겠다고 했거든. 너와는 아침에 만나게 될 줄 알고서 마들레느에게 들러도 좋다고 말했지. 그러나 마들레느가 와 있던 덕택에 이번 우리의 재회에서 유일한 즐거운 시간을 가질 수 있었던 것 같아. 나는 거리낌없는 이 대화가 이제부터 오래오래 계속되리라는 야릇한 생각을 잠시 동안 지니기도 했지. 내가 마들레느와 함께 앉아 있던 긴 의자로 네가 다가와 나를 향해 몸을 굽히면서 '잘 있어.' 했을 때 나는 아무런 대답도 할 수 없었어. 모든 것이 다 끝나는 듯했지. 나는 갑자기 네가 떠난다는 것을 깨달았어.

　네가 마들레느와 함께 나가 버리자, 그런 일이란 결코 있을 수 있는 일이 아닐 뿐 아니라 아무래도 견딜 수 없는 일이라고 여겨졌어. 내가 다시 뛰쳐나왔다는 걸 너는 알까? 네게 다시 말을 하고 싶었고, 내가 하지 않았던 모든 이야기를 그때서야 비로소 들려주고 싶었던 거야. 나는 이미 플랑티에 댁으로 달리고 있었어. 그러나 너무 늦었지. 내게는 시간도 없었고, 감히 할 수도 없었어. 실망한 나는 다시 돌아왔어. 편지를 쓰려고 말이야. 나는 더 이상 네게 편지하고 싶지 않았지만…… 작별의 편지를 쓰기로 했어. 왜냐하면 우리가 편지를 주고받는 일은 도대체 하나의 커다란 환영에 지나지 않아. 우리는 슬프게도 저마다 자기 자신에게만 편지를 썼던 거야……. 아, 제롬! 우리는 언제나 멀리 떨어져 있었다는 것을 그때서야 비로소 너무도 뚜렷이 느꼈어.

　그러나 나는 그 편지를 찢어 버렸어. 그리고 지금 또다시 쓰고 있는 거야. 거의 처음과 똑같은 편지를. 오, 나는 결코 너를 전보다 덜 사랑하고 있는 것은 아니야. 제롬! 오히려 그 반대로 네가 내게로 가까이 오던 순간에 나는 어색하고 굳은 표정을 짓긴 했지만, 그때처럼 나는 너를 깊이 사랑하고 있다고 필사적으로 느낀 적은 없었어. 솔직히 말해서 나는 너와의 재회가 두려웠고 또 너와 멀리 떨어져 있을 때에 더욱 너를 사랑했기 때문이야. 이미 전부터 너와의 재회 때 이럴까 봐 걱정하고 있었지만 아, 그토록 바라던 상봉은 내 추측이 옳았음을 일깨워 주고 말았어. 제롬, 너 역시 이것만은 인정하지 않을 수 없을 거야. 잘 있어. 이토록 사랑하는 제롬, 하느님이 너를 지켜 주시고 인도해 주시기를. 인간은 오직 하느님 곁으로만 마음놓고 가까이 갈 수 있는 것인가 봐.

그리고 이 사연만으로는 아직도 나를 충분히 고통스럽게 만들지 않았다는 듯이, 다음날 그녀는 여기에 다음과 같은 추신을 덧붙였다.

우리 두 사람 모두에게 관계되는 일에 네가 좀 더 신중한 생각을 하길 부탁하지 않고는 이 편지를 네게 가도록 하고 싶지 않아. 너와 나 사이에 남아 있어야 할 일을 쥘리에트나 아벨에게 들려줌으로써 네가 내 마음을 쓰라리게 한 적이 몇 번인지 몰라. 바로 이런 점에서도, 네가 짐작하기 훨씬 전부터 내게는 네 사랑이 무엇보다도 먼저 머릿속의 사랑이었고, 애정과 신의에 대한 아름답고 지적인 집착에 지나지 않는다는 것을 생각했어.

내가 이 편지를 아벨에게 보이지나 않을까 하는 의구가 마지막 몇 줄을 적어 넣게 했음에 틀림없었다. 도대체 그 무슨 날카로운 예감이 그녀를 이처럼 조심성 있게 만들었을까. 요즘 그녀는 내 이야기 가운데서 아벨의 조언이 다소 반영되었다고 느꼈던 것일까?

나는 이때부터 나 자신이 아벨과는 무척 거리가 있음을 느꼈다. 우리는 서로 다른 두 갈래 길을 더듬고 있었다. 그러니 이런 충고는 내 설움의 쓰라린 점을 나 혼자서 짊어지도록 가르쳐 주기 위한 것이라면 아무 소용도 없었다.

뒤이은 사흘 동안을 나는 고민 속에서 보냈다. 나는 알리사에게 답장을 쓰고 싶었다. 그러나 너무 차근차근한 논쟁이나 너무 격렬한 항변, 어설프게 빗나간 단 한마디 말 때문에 우리의 상처를 아물게 할 길이 없을 정도로 깊게 한 것이나 아닐까 두렵기도 했다. 나는 내 사랑이 몸부림치는 편지를 열 번도 더 고쳐 쓰곤 했다. 마침내 부치기로 결심했던 편지의 사본, 눈물에 씻긴 이 종이는 오늘에 와서도 눈물 없이는 다시 읽을 수가 없다.

알리사! 나를 그리고 우리를 불쌍히 여겨 다오. 네 편지는 나를 아프게 했어. 네 걱정을 그저 웃어넘길 수 있다면 얼마나 좋을까. 그래, 네가 내게 써 보낸 모든 것을 나도 느끼고 있었어. 하지만 나는 네게 그 말을 하기가 두려웠어. 한낱 상상에 지나지 않는 것에다 너는 얼마나 무서운 현실성을 부여하고 있으며, 또 너는 그것을 너와 나 사이에 얼마나 두텁게 만들고 있는지…….

만약 네가 나를 그전처럼 사랑하지 않는다면, 이제 아아! 네 편지 전체가 부인하고 있는 이런 참혹한 가정을 떨쳐 버리고 싶어. 그러나 그러고 보면 일시적인 네 두려움쯤이야 아무래도 좋아. 알리사! 이름을 부르려고 하면 입이 얼어붙는다. 오직 내 가슴의 신음 소리밖에는 아무것도 들리지 않아. 기교를 부리기에는 나는 너무도 너를 사랑하고 있어. 그리고 너를 사랑하면 할수록 점점 더 나는 말을 하지 못하겠구나. '머릿속의 사랑' …… 이것에 대해 내가 무어라고 말을 해야 할까? 내 온 넋을 다해 널 사랑하고 있는데, 어떻게 내가 내 지성과 애정을 구분할 수 있을까? 너의 가혹한 비난의 원인이 되어 있는 우리의 편지 왕래가, 또 그러한 편지 왕래 때문에 기분이 잔뜩 고무되었던 우리에게 뒤이어 찾아온 현실에의 전락이 이토록 쓰라린 상처를 주었기 때문에, 더욱이 네가 편지를 한다 하더라도 이제는 다만 너 자신에게 편지를 하는 것뿐이라고 생각할 것이기 때문에, 그리고 이번 편지와 비슷한 또 다른 편지를 견뎌 내기에는 내가 너무 힘에 겹기 때문에 부탁하지만, 우리 사이의 편지 왕래는 당분간 멈추기로 하자.

이 편지에 계속해서 나는 그녀의 판단에 항변하고 생각을 다시 하도록 호소했으며, 다시 한 번 만날 약속을 해 달라고 간청했다. 요전번은 모든 것이 뒤틀린 상봉이었다. 무대 장치며 단역 배우며 계절이며 도무지 어긋난 것뿐이었고, 열이 올라 있던 편지 왕래마저도 우리의 재회를 위해 별다른 준비를 하지 못한 것이었다. 이번에는 우리가 서로 만나기 전에 오직 침묵만을 지키리라……. 나는 돌아오는 봄에, 퐁그즈마르에서 우리의 재회를 갖고 싶었다. 그곳에서라면 외삼촌도 반갑게 맞아 주실 것이고, 또 부활절 방학 때 그녀가 좋다고 생각되는 며칠 동안 그곳에서 머무르고 싶었다.

내 결심은 아주 확고했기 때문에 나는 편지를 부치고 나서 곧 학업에 열중할 수 있었다.

그해 그믐이 가기 전, 나는 알리사를 다시 만나지 않을 수 없었다. 몇 달 전부터 건강이 나빠지고 있던 애슈버튼 양이 크리스마스 나흘 전에 돌아가셨기 때문이다. 군대에서 돌아온 이후 나는 다시금 그녀와 함께 살고 있었고, 그리고 거의 그녀 곁을 떠나지 않았다. 그래서 나는 그녀의 임종도 지켜볼 수 있었다. 알리사에게서 온 엽서는 그녀가 내 슬픔보다도 우리의 침묵의 맹세를 더욱 마음에 간직하고 있다는 것을 깨닫도록 해주었다. 외삼촌이 참석하시지 못하기 때문에 자기가 매장만 이라도 보기 위해 잠시 들르겠다는 것이었다.

장례식에서도, 또 상여를 뒤따라 갈 때도, 사람이라곤 그녀 와 나 둘뿐이었다. 옆에서 나란히 걸어가면서도 우리는 겨우 몇 마디만을 나누었을 뿐이다. 그러나 교회에서 그녀가 내 곁 에 앉아 있었을 때, 나는 그녀의 눈길이 내 위에 다정히 얹혀 오는 것을 몇 번이나 느꼈다.

"그럼 잘 알았지?"

헤어질 무렵에 그녀가 말했다.

"응, 하지만 부활절에는……."

"기다리고 있을게."

우리는 묘지 어귀에 있었다. 나는 역까지 바래다주겠다고 말했다. 그러나 그녀는 지나가는 마차를 향해 손짓하더니 작별 인사 한마디 없이 나를 떠나갔다.

7

"알리사가 정원에서 널 기다리고 있다."

사월 그믐께 내가 퐁그즈마르에 도착했을 때였다. 아버지처럼 자애롭게 나를 껴안아 주신 외삼촌께서 말씀하셨다. 알리사가 나를 반가워하지 않아 처음에는 실망했지만, 나는 곧 그녀가 다시 만나게 된 첫 순간의 범속한 인사 치레를 서로 생략할 수 있게 해준 것이 고마웠다.

그녀는 정원 깊숙한 안쪽에 있었다. 해마다 이 계절이면 활짝 피는 라일락, 마가목, 금잔화, 웨즐리아 등의 꽃 덩굴로 빽빽이 둘러싸여 있는 둥그런 길 갈림터 쪽으로 나는 천천히 발걸음을 떼었다. 너무 멀리서부터 그녀의 모습이 눈에 들어오지 않게 하려고, 아니면 내가 다가가는 것을 그녀가 보지 못하도록 하기 위해 나는 정원의 다른 편 나뭇가지 아래로 서늘하게 그늘진 길을 따라갔다. 나는 천천히 나아갔다. 하늘은 내 기쁨과도 같이 따뜻하고 눈부시게 빛나며 미묘하게 밝았다. 그녀는 내가 딴 길로 올 줄 알고 기다렸던 모양이다. 나는 알리사 가까이, 바로 등 뒤에까지 갔다. 그런데도 그녀는 알아채지 못했다. 나는 문득 걸음을 멈추었다. 그러자 시간마저 나와 함께 멈춘 듯했다. 바로 이 순간이야말로 나는 행복 그 자체도 도저히 미칠 수 없는 가장 감미로운 순간이라고 생각했다.

나는 그녀 앞에 무릎을 꿇고 싶었다. 나는 한 걸음 더 가까이 다가갔다. 그녀는 그 소리를 들었다. 그녀는 불쑥 일어섰다. 그녀의 정신을 빼앗고 있던 수틀이 땅에 떨어지는 것을 내버려두면서, 그녀는 내게로 팔을 내밀어 자신의 손을 내 어깨 위에 얹어 놓았다. 얼마 동안 우리는 그렇게 있었다. 그녀는 팔을 뻗치고 미소 띤 얼굴을 갸웃거리고는 말없이 다정한 눈길로 나를 바라보고만 있었다. 그녀는 온통 하얀 옷차림이었다. 나는 지나칠 정도로 경건한 그녀의 얼굴에서 언제나 변함없는 그 앳된 미소를 다시 보았다.

"이봐, 알리사?"

나는 느닷없이 외쳤다.

"앞으로 나는 12일 동안 방학이야. 그렇지만 네가 좋아하지 않는다면 나는 단 하루도 머무르지 않을 거야. 그러니 퐁그즈마르를 떠나야 하는 게 내일이라는 걸 표시해 줄 신호를 정해 두도록 하자. 그러면 나는 그 다음날 아무런 항의도 불평도 없이 조용히 떠나겠어. 어때?"

미리 준비한 말이 아니었기 때문에 나는 한결 수월하게 말할 수 있었다. 그녀는 잠시 생각하더니 말했다.

"음…… 식사하러 내려갈 때 내가 좋아하는 그 자수정 십자가를 달지 않은 저녁……, 알았어?"

"그게 내 마지막 저녁이란 말이지?"

"하지만 눈물이나 한숨 없이 떠날 수 있어야 해."

그녀가 말했다.

"작별 인사도 없이 떠나겠어. 전날 저녁에 했던 것과 똑같이 말이야. 얘가 아직 알아차리지 못했나 하고 네가 의아할 정도로 간단하게 말이야. 하지만 이튿날 아침 네가 나를 찾을 때쯤이면 나는 이미 그 자리에 없을 거야."

"이튿날 아침 나는 너를 찾지 않을 거야."

그녀는 내게 손을 내밀었다. 나는 그 손을 내 입술에 갖다 댔다.

"지금부터 그 마지막 저녁까지 어떠한 눈치도 보이지 마."

나는 또 말했다.

"너도 뒤에 오는 작별에 대해서 아무런 눈치도 보여서는 안 돼."

이제 이 재회의 엄숙한 기분으로 말미암아 자칫하면 우리 둘 사이에 일어날 수도 있는 서먹서먹함을 어떻게든 깨뜨려야만 했다.

"내가 몹시 바라는 건데……."

나는 말을 이었다.

"네 곁에서 지낼 이 며칠 동안이 우리의 지난 옛날과 꼭 같았으면 좋겠어. 말하자면 이 며칠을 너무 특별한 날로 여기지 말았으면 해. 그리고 너무 이야기만 하려고 기를 쓰지 않길 바래."

그녀는 웃기 시작했다. 나는 덧붙여 말했다.

"우리가 함께 할 만한 일 없을까?"

전부터 우리는 정원을 손질하는 일에 재미를 붙이곤 했다. 얼마 전에는, 전에 있던 사람에 비해 별 경험이 없는 정원사가 들어왔고, 또 2달 동안이나 버려진 채 있었기 때문에 정원은 손볼 일이 많았다. 그중에서도 기운차게 자라나는 것들이 시든 가지와 함께 잔뜩 뒤엉켜 있었다. 어떤 것들은 뻗어 나가다가 밑으로 쳐져 있었다. 또 덧자란 가지들이 덜 자란 가지들을 시들게 했다. 이 장미나무들은 우리가 접붙여 놓은 것들이었다. 우리가 가꾸던 것들이라 한눈에 알아볼 수 있었다. 처음 사흘 동안 우리는 정원을 손보는 일로 분주해서 심각한 말을 전혀 하지 않고도 여러 가지 이야기를 주고받을 수 있었다. 잠자코 있을 때라도 그 침묵이 전혀 힘겹게 느껴지지 않았다.

이렇게 해서 우리는 서로에게 익숙해졌다. 나는 어떠한 설명보다도 서로에게 익숙해져 간다는 것에 대해 더 기대를 가졌다.

헤어져 있었다는 기억마저도 이미 우리 사이에서는 지워져 갔고, 번번이 내가 그녀에게서 느끼던 근심도 그녀가 내게 두려워하던 마음의 긴장도 이미 사라져 갔다. 지난 가을의 내 서글픈 방문 때보다도 한층 더 앳되어 보이는 알리사는 지금까지의 그 어느 때보다도 아름다워 보였다.

그녀와는 아직도 키스해 본 적이 없었다. 나는 저녁마다 그녀의 윗도리 위에 매달려 있는 그 조그만 자수정의 십자가가 반짝이는 것을 보았다. 그럴 때마다 내 마음에서는 희망이 싹 터 올랐다. 희망? 그것은 확신이었다. 나는 알리사 역시 이 확신을 느끼리라 짐작했다. 왜냐하면 이제 나는 나 자신을 거의 의심하지 않았기 때문에 알리사를 의심할 수 없었다. 차츰 우리의 대화는 대담해져 갔다.

"알리사!"

싱싱한 대기가 웃음짓고, 우리의 가슴이 꽃처럼 피어나던 어느 날 아침 나는 그녀에게 말했다.

"쥘리에트가 행복한 지금 우리가 이대로 있을 이유가 없어. 우리도……."

나는 그녀 위에 눈길을 쏟으며 천천히 말했다. 그러나 갑자기 그녀가 창백해지는 바람에 나는 내 말을 다 마치지 못했다.

"제롬!"

그녀는 내 쪽으로 시선을 돌리지도 않고 말했다.

"네 곁에서 나는 이보다 더 행복해질 수 없을 만큼 행복을 느끼고 있어. 우리는 행복하기 위해서 태어난 것이 아니야."

"그렇다면 인간의 영혼이 행복보다 더 바라고 있는 게 뭐지?"

나는 성급하게 소리 질렀다. 그녀는 중얼거렸다.

"성스러운 것을……."

그 목소리가 너무나 낮았기 때문에 나는 그 말을 들었다기 보다는 그 말일 것이라고 짐작했다. 내 모든 행복은 날개를 펴고 나를 빠져나가 하늘로 향했다.

"너 없이 나는 거기에 이르지 못해."

나는 그녀의 무릎에 이마를 묻은 채 어린애처럼, 그러나 서글픔이라기보다는 사랑에 복받쳐서 울음을 터뜨리며 말을 이었다.

"너 없이는 안 돼, 너 없이는 안 돼!"

그날도 여느 때와 다름없이 흘러갔다. 그러나 저녁때 알리사는 그 조그만 자수정의 십자가를 달지 않았다. 나는 충실하게 약속을 지켰고, 그 이튿날 동이 트자마자 길을 떠났다.

그 다음날, 나는 아래와 같은 야릇한 편지를 받았다. 그 편지에는 셰익스피어의 시 몇 줄이 인용되어 있었다.

다시금 그 선율이! 그건 꺼질 듯 스러지는 선율이었다.
아, 오랑캐꽃 언덕 위로
향기를 불어 주며 달콤한 남풍처럼
내 귀에 들려왔지—되었어, 이제는 그만.
그건 이제 아까처럼 달콤하지가 않구나…….

나도 모르게 아침 내내 너를 찾았어. 제롬, 나는 네가 떠났다고 믿을 수가 없었어. 나는 네가 우리의 약속을 지킨 것이 원망스러웠어. 나는 장난이려니 생각했지. 덤불 뒤에서 네가 나타나지 않을까 하고 살펴보기도 했어. 하지만 나타나지 않았어. 네 출발은 사실이었지.

나는 끊임없이 내 머릿속에 떠도는, 당장 네게 알려 주고 싶은 몇 가지 생각에 사로잡혔고, 그 생각을 네게 알려 주지 않는다면 장차 네게서 꾸중을 듣게 될지 모른다는 이상하고도 뚜렷한 두려움에 사로잡혀 나머지 온종일을 보냈어.

풍그즈마르에 네가 머물러 있던 처음 몇 시간 동안 나는 네 곁에서 느끼던 내 몸과 마음의 그 야릇한 충만감에 놀랐고, 이어 그 충만감이 불안스러워졌어. '더 이상 아무것도 바랄 것이 없을 정도의 충만감'이라고 너는 말했지만, 오오, 나를 불안하게 한 것은 바로 그 충만감이야.

내 말이 잘못 이해되지나 않을까 두려워. 가장 강렬한 내 심정의 표현에 지나지 않는 것을 하나의 까다로운 이론의 전개―오! 얼마나 어설픈 이론인가―로만 생각하지 않을지 나는 무엇보다도 두렵단다.

'충족시켜 주지 않는다면 그것은 행복이 아닐 거야.' 라고 하던 네 말 기억나니? 그때 나는 어떻게 대답해야 할지 몰랐어. 하지만 그렇지도 않아, 제롬. 그것은 우리를 충족시켜 주지 않아. 충족시켜 주어서는 안 되는 거야.

더할 나위 없는 환희에 가득 찬 그 충만감, 나는 그것이 진실된 것이라고 생각할 수가 없어. 지난 가을 우리는 그러한 충만감 뒤에 어떠한 슬픔이 있었는지 깨닫지 않았어?

진실한 행복! 아아 주여, 그러한 충만감이 진실한 것이 아니도록 해주옵소서. 우리는 다른 또 하나의 행복을 위해 태어났어. 전에 우리의 편지 왕래가 지난가을 우리들의 재회를 망쳐 놓았던 것처럼, 이제 네가 여기에 있었다는 추억은 오늘 내가 쓰고 있는 이 편지의 기쁨을 빼앗아 가 버리는구나. 네게 편지를 쓸 때마다 느끼던 그 황홀하던 기분이 이제는 어떻게 된 것일까? 편지를 주고받고, 또 서로 만나고 했기 때문에 우리의 사랑이 지향할 수 있는 순수한 기쁨을 온통 고갈시켜 버렸어. 그래서 이제는 나도 모르게 《십이야》에 나오는 오시노처럼 부르짖고 있어. '되었어, 이제는 그만. 그건 이제 아까처럼 달콤하지가 않구나⋯⋯.' 하고.

　잘 있어, 내 사랑하는 제롬. 주를 사랑함은 여기에서 시작하노니. 아, 내가 너를 얼마나 사랑하고 있는지 네가 알까?

언제까지나 너의 알리사

　'덕행'이라는 올가미에 대비해서 나는 아무런 방비도 없었다. 온갖 영웅주의가 나를 현혹하면서 내 마음을 줄곧 이끌었다. 나는 그러한 영웅주의를 사랑과 구별하지 않았다. 알리사의 편지는 가장 무모한 열정으로 나를 도취시켰다. 내가 좀 더 덕행을 쌓으려고 한 것도 오직 알리사만을 위한 것이었다는 사실은 의심할 여지가 없었다. 어떤 산길도 그것이 위로 올라가기만 하면 그 길은 나를 알리사가 있는 곳으로 인도해 줄 것이다. 아, 나는 그녀의 미묘한 가장을 알아채지 못했다. 그러므로 나는 봉우리에 이를 때 그녀가 다시금 내게서 도망쳐 버릴 수 있으리라고는 꿈에도 생각하지 못했다.

　나는 긴 답장을 썼다. 내 편지 가운데 다소 통찰력이 있었다고 생각되는 한 구절만이 기억에 남는다.

나는 번번이, 내 사랑이란 내가 지니고 있는 것 가운데서 가장 훌륭한 것이라고 생각돼. 내 모든 덕행이란 거기에 달려 있으며, 사랑이야말로 나를 나 이상의 위치로 끌어 올려 주는 것처럼 생각되지. 또 만일 사랑이 없다면 나는 극히 평범한 사람들이 머무르고 있는 보통의 높이로 다시 전락해 버릴 수밖에 없을 것 같아. 너와 함께 있게 되리라는 희망이 있으므로 제아무리 험준한 산길조차도 내게는 언제나 보람 있는 길이라고 생각돼.

내가 여기에다 무슨 말을 덧붙여 놓았기에 그녀는 다음과 같은 회답을 쓰게 된 것일까?

그렇지만 제롬, 성스럽게 되는 것이란 선택이 아니라 하나의 의무야(그녀의 편지에서는 이 낱말에 밑줄이 셋이나 그어져 있었다). 만약 네가 내가 믿어 온 그 사람이라면 너 역시 이 의무를 피하지는 못할 거야.

이것이 전부였다. 우리의 편지 왕래는 이것으로 끝났고, 아무리 교묘한 권유나 굳건한 의지로도 이제는 어쩔 도리가 없다는 것을 나는 이해했다기보다도 오히려 예감했다. 그런데도 나는 거듭 애정이 넘치는 긴 편지를 써 보냈다. 세 번째 편지가 간 연후에야 나는 이러한 쪽지를 받았다.

나의 벗!

네게 다시는 편지를 쓰지 않겠다는 어떤 결심을 내가 한 것이라고는 생각하지 말아 줘. 다만 나는 편지 쓰는 것이 더 이상 재미없을 뿐이야. 하지만 네 편지는 아직도 나를 기쁘게 해. 그러나 나는 이렇게까지 네 생각에만 점점 몰두되어가는 것이 죄스러워.

이제는 여름도 멀지 않았구나. 잠시만이라도 편지 쓰는 걸 그만두고 퐁그즈마르로 와서 구월 하순의 2주일을 내 곁에서 보내도록 해. 그렇게 해줄 거지? 승낙한다면 답장은 필요없어. 네 침묵을 승낙의 표시로 여길 테니까. 그러므로 나는 네가 답장하지 않기를 바란다.

나는 회답하지 않았다. 분명 이 침묵은 그녀가 내게 부과했던 최후의 시험이었다. 몇 달 동안의 공부, 그리고 몇 주 동안의 여행 뒤에 나는 다시 퐁그즈마르로 갔다. 내 마음은 아주 안정된 상태였다.

이 짤막한 이야기로, 나도 처음에는 잘 이해하지 못했던 것을 어떻게 대뜸 독자들에게 이해시킬 수 있을까? 그때부터 내 모두를 온통 내맡긴 그 비탄의 원인을 여기서 어떻게 그려낼 수 있을까? 오늘에 와서는 그녀가 더할 수 없이 억지로 꾸민 가면 밑에서 여전히 사랑이 팔딱거리고 있었음을 느끼지 못했던 나 자신에 대해 어떠한 용서도 구할 수 없지만, 처음에 나는 오직 그 가면밖에는 보지 못했고, 지난날의 내 애인의 모습을 다시 찾아볼 길 없다고 알리사를 비난했기 때문이다. 아니, 그때도 나는 너를 비난하지는 않았어. 알리사, 나는 다만 지난 날의 너의 모습을 이제는 더 이상 찾아볼 수 없음에 절망적으로 울었던 거야. 너의 애정에서 오는 그 침묵의 술책과 가혹한 기교로써 네가 품었던 애정의 힘을 측정할 수 있게 된 지금, 나는 너를 더욱 사랑해야만 해.

경멸? 무관심? 아니, 이겨 내야 할 것은 아무것도 없었고, 내가 맞부딪쳐 싸울 아무런 대상도 없었다. 그래서 나는 이따금씩 망설였던 것이고, 내 불행이란 내가 꾸며낸 것이 아닐까 하고 의심해 보았다. 그토록 내 불행의 연유는 미묘한 것이었고, 그토록 알리사는 교묘하게 시치미를 떼고 있었다. 그렇다면 도대체 나는 무엇을 한탄했던 것일까? 그녀가 나를 대하는 태도는 그 어느 때보다도 애교가 있었다. 이보다 더 친절하고 더 상냥한 적이 있었던가. 첫날 나는 거의 속아넘어갔다. 납작하게 졸라맨 새로운 머리 모양은 표정마저 달라 보이게 할 정도로 그녀의 생김새를 딱딱하게 했지만 그것이 그리 중대한 일인가? 꺼칠꺼칠하고 보기 흉한 천으로 지은 어울리지 않는 윗도리가 그녀의 우아한 몸매를 뒤틀어지게 한들, 그게 무슨 그리 중대한 일인가? 이런 것쯤이야 얼마든지 고칠 수 있는 일 아닌가. 바로 내일이라도 자기 스스로 혹은 내가 부탁이라도 하면 얼마든지 고칠 수 있는 일이라고 눈먼 나는 생각했다. 나는 그보다도 우리 사이에 좀처럼 없었던 그녀의 상냥함과 친절한 보살핌이 더 서글펐다. 나는 거기에서 충동보다는 오

히려 결심을, 그리고 말하기도 두려운 일이지만 애정이라기보
다는 오히려 예의를 찾아보는 것이 두려웠다.

저녁때 응접실로 들어서면서 나는 언제나 그 자리에 놓여
있던 피아노가 보이지 않아 깜짝 놀랐다.

"피아노는 지금 수리중이야."

알리사는 아주 태연한 목소리로 말했다.

"애야, 그러기에 내가 몇 번이고 말하지 않든."

거의 엄하다고 할 정도의 나무라는 어조로 외삼촌께서 말씀
하셨다.

"지금까지도 참아 왔던 건데, 기왕에 고칠 거 제롬이 떠날
때까지 기다릴 수도 있었잖니? 네가 서두르는 바람에 커다란
즐거움 하나를 잃었어."

"하지만, 아버지."

알리사는 새빨개진 얼굴을 감추기 위해 고개를 다른 곳으로
돌리며 말했다.

"요새는 정말 너무나 이상한 소리가 나서 제롬 역시 무엇
하나 제대로 쳐 보지 못했을 거예요."

"네가 칠 때 보니까 그렇게 나쁜 것 같지도 않던데 그래."

외삼촌께서 말씀하셨다.

그녀는 그늘진 쪽으로 몸을 기울인 채 안락의자 덮개의 치
수를 재는 데에만 정신이 팔린 듯 한참을 아무 말 없이 있었
다. 이윽고 훌쩍 방에서 나간 그녀는 외삼촌이 저녁마다 드시
는 탕약을 쟁반에 받쳐들고 한참 뒤에야 돌아왔다.

그 다음날도 그녀는 머리 모양이나 윗도리를 바꾸지 않았다. 그녀는 집 앞 벤치에 앉아 있는 아버지 곁에서 전날 저녁에 하던 바느질, 아니 바느질이라기보다는 깁는 일을 계속했다. 벤치 위인지, 탁자 위인지 아무튼 자기 곁에다 헌 양말짝이며 해어진 옷가지들이 가득 담긴 바구니를 놓아두고서는 줄곧 일감을 꺼냈다. 며칠 후에는 이것이 냅킨이나 홑이불 등으로 바뀌었다. 이 일에 완전히 골몰해서인지 그녀의 입술은 아주 표정을 잃어버린 듯했고, 눈은 광채를 찾아볼 수 없을 정도였다.

"알리사!"

첫날 저녁, 나는 그녀의 얼굴에서 아무런 생기도 찾아볼 수 없는 데 놀라서 크게 소리쳤다. 얼마 전부터 나는 그녀에게 시선을 고정시키고 있었지만 그녀는 내 시선을 의식하지 못하는 것 같았다.

"왜 그래?"

그녀가 고개를 들면서 말했다.

"내 말이 들리는지 알아보고 싶었어. 네 생각에서 내가 너무 멀리 떨어져 있는 것 같아서."

"아니야, 나는 여기 있는걸. 이것은 여간 주의하지 않고서는 꿰매지 못해."

"바느질하는 동안 내가 책이라도 읽어 줄까?"

"잘 들을 수 있을 것 같지가 않아."

"왜 그렇게 성가신 일을 하는 거야?"

"어차피 누군가는 해야 돼."

"이런 일로 밥벌이를 하는 아낙네들이 허다하잖아. 무슨 절약이나 하자고 설마 이런 보잘것없는 일들을 하는 것은 아니겠지?"

그녀는 대뜸 어떠한 일도 이보다 더 재미있지 않으며, 벌써 오래 전부터 이런 일을 해 왔고, 다른 일에는 도무지 일손이 듣지 않는다고 단언했다. 그런 말을 하면서도 그녀는 줄곧 미소를 띠었다. 그녀의 음성이 이 순간보다 더 부드러웠던 적은 없었지만 나는 끝없이 서글퍼졌다. 그녀의 얼굴은 '당연한 얘기를 하는데 너는 왜 그렇게 슬퍼하니?' 하고 말하는 듯했다. 내 마음에서 일어나는 온갖 항변은 입술에까지 올라오지도 못한 채 내 호흡을 막아 버렸다.

이틀 후, 우리 둘이서 장미꽃을 꺾고 있는데 그녀는 그해 들어 아직 내가 들어가 보지 못했던 자기 방으로 꺾은 꽃을 옮겨 달라며 부탁해 왔다. 나는 갑자기 희망이 솟아오르면서 다시 한 번 내가 가진 서글픔을 내 탓으로 돌렸다. 그만큼 그녀의 한마디에 내 마음의 병은 나을 수 있었다.

그 방에 들어서면서 나는 가슴이 설레지 않은 적이 한 번도 없었다. 알 수 없는 아늑한 정적이 감돌아 늘 알리사의 모습을 떠오르게 했기 때문이다. 창과 침대 둘레에 쳐진 커튼의 푸른 그늘, 반들반들한 마호가니 가구들, 방 안의 정결함과 단출함 그리고 고요함과 그 모든 것이 알리사의 티없는 순결함과 사색적인 우아함을 내게 이야기해 주는 듯했다.

그날 아침 나는 그녀의 침대 옆 벽에 내가 이탈리아에서 가져다 준 두 장의 커다란 마사치오 사진이 보이지 않자 깜짝 놀랐다. 어떻게 된 거냐고 내가 막 물어보려는 참에, 내 시선은 그녀가 애독하는 책들을 얹어 두는 바로 그 옆 선반 위에 멈추었다. 그 조그마한 장서들의 절반은 내가 준 책들이고, 절반은 둘이서 함께 읽은 것이며, 그 외 남들이 준 것으로 이루어졌다. 나는 그 책들이 말끔히 치워지고 대신 그녀가 그저 경멸감으로 봐 주었으면 하는 통속적인 신앙심에 대한 너절한 소책자들이 꽂혀 있음을 보았다. 갑자기 눈을 들자 나를 지켜보며 웃고 있는, 그렇다, 분명 웃고 있는 알리사가 그곳에 있었다.

"미안해."

그녀가 곧 말했다.

"내가 웃은 건 네 얼굴 때문이야. 책장을 살피면서 느닷없이 얼굴을 찌푸리는 게 어찌……."

나는 전혀 농담할 기분이 아니었다.

"아니 알리사, 요즈음 정말 저런 책들만 읽는 거야?"

"응. 그런데 왜 그렇게 놀라지?"

"교양이 풍부한 양식에 길들여진 지성인이라면 저 따위 무미건조한 것들에 아무런 구역질을 느끼지 않을 텐데?"

"나는 너를 이해할 수 없어."

그녀가 말했다.

"이 책들을 쓴 사람들은 최선을 다해 자기가 생각하는 바를 표현하고, 또 아무런 꾸밈 없이 나와 함께 이야기해 주는 겸허

한 사람들이야. 나는 이런 이들과 함께 있는 것이 즐거워. 처음부터 이 사람들은 결코 미사여구의 함정에 빠지지 않을 거야. 그리고 나도 이들이 쓴 책을 읽으면서 하느님을 모독하는 헛된 찬양을 하지 않게 될 거야."

"그래서 이제는 이런 것들밖에는 읽지 않는 거야?"

"그렇다고 할 수 있지. 그래, 몇 달 전부터는 그랬어. 게다가 책 읽을 시간도 별로 없고. 사실은 아주 최근에도 전에 네가 감탄할 만하다고 가르쳐 주던 그 위대한 작가들 중에 어떤 이의 책을 다시 읽으려고 해 보았지만, 성경에 나오는 '제 키를 한 자만 늘여 보려고 애를 쓴 사나이'와 같은 결과가 되어 버렸어."

"너로 하여금 그런 이상한 생각을 일으키게 한 그 '위대한 작가'가 대체 누구지?"

"그 작가가 그런 생각을 일으키게 한 것은 아니지만, 그 작가의 저서를 읽다 보면 그런 생각이 들어. 바로 파스칼이야. 아마 별로 좋지 않은 구절을 읽었나 봐……."

나는 안타까운 몸짓을 했다. 그녀는 아직 가꾸지 못한 꽃다발에서 눈을 들지 않은 채 과제를 암송하듯 단조롭고 맑은 목소리로 말했다. 한순간 그녀는 내 몸짓에 말을 중단하더니, 다시 똑같은 억양으로 계속 말을 이었다.

"그 같은 호언장담이나 노력에 놀라지 않을 수 없었어. 하지만 그런 것을 증명하는 것은 거의 없잖니. 때때로 나는 파스칼의 그 비장한 어조가 신앙에서라기보다 오히려 회의의 결과

가 아닌가 하는 생각이 들기도 해. 완전한 신앙은 그토록 눈물
을 흘리거나 그토록 음성이 떨리는 일이 없으니까."

'파스칼의 음성이 아름다운 것은 바로 그런 떨림, 그런 눈
물에 있는 거야.'

라고 나는 기를 써서 반박하려고 했지만 도무지 그럴 용기가
나지 않았다. 왜냐하면 그녀의 말투에서 내가 알리사에게서
소중히 여기던 것을 거의 찾아볼 수 없었기 때문이다. 나는 지
금 기억나는 대로 그 말을 옮기고 있다. 그리고 그 일이 지난
후 생각한 수식이나 논리를 거기에 갖다 붙이지 않는다.

"만일 그가 현세의 생활에서 자신의 즐거움이라는 것을 없
애 버리지 않았다면……."

그녀는 말을 이었다.

"현세의 생활을 저울에 놓고 달아 본다면 아마……."

"그러면?"

나는 그녀의 이상한 이야기에 놀라서 물었다.

"파스칼이 제의하는 그 확실하지 않은 지복(至福)보다는 현
세의 생활이 더 무거워질지도 몰라."

"그럼 너는 파스칼이 말하는 그 지복을 믿지 않아?"

나는 부르짖었다.

"그건 아무래도 좋아!"

그녀는 말을 이었다.

"상거래 같은 온갖 혐의를 벗어나기 위해서는 그 지복이 차
라리 불확실한 편이 좋겠어. 주를 사모하는 영혼이 덕행에 몸

을 바치는 것은 무슨 보수를 바라기 때문이 아니라 타고난 고귀한 마음씨 때문이 아니겠어?"

"바로 거기에서 파스칼과 같은 고귀한 안식처를 찾은 그윽한 회의주의가 나온 거야."

"회의주의가 아니라 얀세니즘(네덜란드의 가톨릭 신학자 코르넬리스 얀세니우스가 주창한 교의로, 초대 그리스도 교회의 엄격한 윤리로 되돌아갈 것을 촉구함과 동시에 인간의 자유 의지를 부정함 : 역주)이야."

그녀는 미소지으면서 말했다.

"그런 게 나랑 무슨 상관 있지? 여기에 있는 이 가련한 영혼들은―그녀는 책들이 꽂혀 있는 데로 몸을 돌렸다―얀세니스트인지 정적주의자인지, 그렇지 않으면 또 다른 무엇인지 말해 보라고 하면 어지간히 난처해할 거야. 이들은 바람이 억누르는 풀잎처럼 아무런 악의도, 괴로움도, 아름다움도 없이 그저 주 앞에 고개를 숙이고 있어. 보잘것없는 존재라고 자처하면서 오직 주 앞에 자기들의 모습을 지워 버리는 것으로써 어떠한 가치를 얻는 것이라고 알고 있는 거야."

"알리사!"

나는 큰 소리로 불렀다.

"너는 왜 너의 날개를 뽑아 버리려 하니?"

그녀의 음성이 너무나도 차분하고 자연스러웠기 때문에 내 부르짖는 목소리는 나 자신에게조차도 너무나 우스꽝스럽게 과장된 것처럼 들렸다.

그녀는 고개를 흔들면서 미소를 지었다.

"이번에 파스칼을 읽고서 내가 얻은 거라고는……."

"그래, 그게 도대체 뭐야?"

그녀가 말을 멈추었으므로 내가 물었다.

"그리스도의 이 말씀뿐이야. '무릇 자기 목숨을 보존하고자 하는 자는 잃을 것이요.' 그 나머지에 대해서는……."

그녀는 전보다 더 크게 미소를 짓고는 나를 똑바로 바라보면서 말했다.

"이제는 정말 거의 이해가 되지 않아. 이 눈에 띄지 않는 사람들과 어울려서 얼마 동안 지내다가 위대한 사람들의 숭고함을 대하고 보면, 그런 숭고함이 얼마나 빨리 이쪽을 숨가쁘게 하는지 몰라."

어리둥절해진 나는 대답할 말을 전혀 찾아내지 못했다.

"만일 오늘이라도 너와 함께 이 설교집과 수상록을 읽어야 한다면, 나는……."

"그렇지만……."

그녀는 내 말을 가로막았다.

"네가 이것들을 읽는 걸 보게 된다면 나는 더 서글퍼질 거야. 정말 너는 이런 것보다는 훨씬 나은 것을 위해 태어났다고 나는 믿고 있어."

그녀는 극히 담담한 어조로 그리고 이렇게 두 사람의 삶을 따로 떼어놓는 이런 말이 얼마나 내 가슴을 후벼파는지는 조금도 염두에 두지 않는 기색으로 이야기했다. 내 머리는 불붙는 듯했다. 나는 좀 더 말하고, 그리고 울고 싶었다. 아마도 그녀가 내 눈물을 보았다면 굴복했을지도 모른다. 그러나 나는 벽난로 위에 팔꿈치를 대고 얼굴을 두 손으로 감싼 채 잠자코 있었다. 그녀는 내 괴로움이 눈에 띄지 않았는지, 아니면 보고서도 시치미를 떼는 것인지 계속해서 조용히 꽃만 매만지고 있었다.

그때 식사를 알리는 종소리가 울렸다.

"어머나, 이러다간 점심 채비도 하지 못하겠네."

그녀가 말했다.

"어서 가 줘."

그러고는 무슨 장난 이야기에 지나지 않았던 것처럼 이렇게 말했다.

"이 이야기는 나중에 다시 하기로 해."

그녀의 얼굴에는 어떠한 표정도 없었다.

그 이야기는 다시 이루어지지 않았다. 알리사는 자꾸만 나를 빠져나갔다. 그렇다고 그녀가 몸을 피했다는 것은 아니다. 다만 급박한 일이 뜻하지 않게 밀어닥쳐 왔다. 나는 차례를 기다렸다. 그러나 내 차례는 끊임없이 일어나는 집안 살림이나, 꼭 하지 않으면 안 되는 곳간 일의 감독이나, 소작인들의 가정 방문, 그녀가 점점 더 정성을 기울이는 빈민들의 가정 방문이다 끝난 다음에야 가까스로 돌아왔다. 내 차례는 그 나머지 시간, 즉 너무나 짧은 시간밖에는 오지 않았다. 나는 언제나 분

주한 그녀의 모습을 그저 바라다볼 뿐이었다. 그러나 그녀가 자질구레한 일에 얽매이는 것을 보고서, 또 그녀 꽁무니를 따라다니는 일을 스스로 단념함으로써 알리사가 얼마나 나를 소홀히 하고 있는지를 깨달았다. 너무나 짤막한 대화에서도 그런 느낌은 절실해졌다. 알리사가 잠시 틈을 내주어도 사실상 어설픈 이야기를 주고받기 위해서였고, 그녀는 그런 이야기조차 어린애가 장난하듯 곁들여 줄 뿐이었다. 그녀는 멍하니 웃음을 띠면서 내 곁을 빠르게 지나갔고, 나는 그녀를 전혀 알지 못했던 사람이라 생각될 만큼 그녀가 내게서 멀리 있는 것처럼 느껴졌다. 뿐만 아니라, 간혹 그녀의 미소에서 나는 무언지 모를 모멸과도 같은, 적어도 어딘지 비꼬는 듯한 느낌이나 그녀가 이렇게 함으로써 내 욕망을 피하는 데 재미를 느끼고 있는 것처럼 보이기도 했다.

그러면 나는 비난에 빠져들고 싶지 않았고, 내가 그녀에게서 기대하는 것이 무엇인지 몰라 마침내 모든 불평 불만을 스스로에게 돌리곤 했다.

이렇게 해서 내가 그처럼 많은 행복을 나 자신에게서 기대했던 날들은 흘러가 버렸다. 나는 며칠이 이렇게 달아나는 것을 마비된 채 바라볼 따름이었다. 그렇다고 날짜의 수효를 늘려 본다거나 시간의 흐름을 천천히 만들고 싶지 않았다. 그만큼 하루하루는 내 고통을 키웠다. 그렇지만 나는 출발 이틀 전, 알리사가 나와 함께 버려진 이회암 채굴터의 벤치에 갔을 때—안개 한 점 없는 지평선에 이르기까지 모든 것이 파랗게 물들어 보이고, 흘러가 버린 과거의 어렴풋한 추억까지도 또 렷하게 헤아려지는 것 같은 맑은 가을 오후였다―나는 내 하소연을 참을 수가 없어, 어떤 행복을 잃었기에 나는 이다지도 불행해졌느냐고 물었다.

"하지만 내가 어떻게 할 수 있겠어?"

그녀가 대뜸 말했다.

"너는 지금 어떤 환상에 대한 사랑에 빠져 있는 거야."

"아니야, 결코 환상이 아니야, 알리사."

"상상 속의 어떤 인물과……."

"나는 그런 걸 만들어 내고 있는 게 아니야. 알리사는 내 연인이었어. 나는 지금 옛날의 알리사를 기억하고 있어. 알리사, 너 도대체 어떻게 된 거니? 어떻게 되었느냐고?"

그녀는 얼마 동안 아무런 대꾸 없이 가만히 있었다. 그녀는 고개를 숙이고 한 송이 꽃잎을 천천히 뜯었다. 마침내 그녀가 입을 열었다.

"제롬, 너는 왜 전보다 나를 덜 사랑한다고 솔직히 말하지 않니?"

"그건 사실이 아니야. 사실이 아니기 때문에 말하지 않는 거야! 내가 지금보다 너를 더 사랑한 적은 없어."

나는 격분해서 소리쳤다.

"너는 나를 사랑하고 있고……, 그러면서도 너는 예전의 나를 아쉬워하고 있구나."

그녀는 억지로 미소를 지어 보이고는 어깨를 약간 들썩이며 말했다.

"나는 내 사랑을 과거에 놔둘 수는 없어."

대지가 내 발밑에서 무너지고 있었다. 나는 어느 것에나 매달려야만 했다.

"사랑은 다른 모든 것과 더불어 흘러가 버리는 거야."

"내 사랑은 죽는 날까지 너와 함께 있을 거야."

"그것도 차츰 스러져 갈 거야. 제롬이 지금도 사랑한다고 주장하는 그 알리사는 이미 제롬의 추억 속에 있을 뿐이야. 언젠가는 그 애를 사랑한 적이 있었지 하는 기억밖에 남아 있지 않을 날이 올 거야."

"너는 그 무엇인가와 내 가슴속의 알리사를 바꿀 수 있다거나 내 마음이 이제는 더 이상 사랑해서는 안 된다는 투로 말하는구나. 네 자신이 나를 사랑했다는 사실을 잊었어? 그런 거야? 그렇지 않고서 어떻게 이렇게 나를 괴롭히는 것이 기꺼운 듯 보일 수 있니?"

나는 그녀의 핏기 없는 입술이 바르르 떨리는 것을 보았다. 거의 알아들을 수 없는 목소리로 그녀는 중얼거렸다.

"아니야, 아니야. 알리사의 마음은 변하지 않았어."

"그럼 아무것도 변한 것이 없잖아."

나는 그녀의 팔을 꼭 쥐며 말했다.

그녀는 더욱 자신 있게 말을 이었다.

"한마디면 다 설명될 거야. 왜 터놓고 말하지 못하니?"

"무슨 말?"

"나는 나이가 많아."

"그만둬!"

나는 곧장, 나 또한 그녀 못지않게 나이를 먹었고, 우리 두 사람의 나이 차이는 예전이나 다름없다고 주장했다. 그러나 그녀는 다시 제정신을 차렸다. 유일한 기회는 이렇게 해서 지나가 버렸다. 나는 말다툼에 끌려 들어가 모든 유리한 점을 완전히 포기해 버리고 말았다. 나는 어찌할 바를 몰랐다.

이틀 후 나는 그녀와 나 자신에게 불만을 품으면서, 또 내가 그때까지도 '덕행'이라 부르던 것에 대해 막연한 증오와 내 마음에서 떠나지 않던 집념에 대해 원한을 품으면서 퐁그즈마르를 떠났다. 그 마지막 해후에서 나는 내 사랑의 과장 때문에 내 모든 열정을 소진한 것 같았다. 처음에는 내가 반대해 보려던 알리사의 말 한마디 한마디가 내 항변이 침묵에 잠겨 버린 다음에도 여전히 생생하고 의기양양하게 내 마음속에 머물러 있었다. 그래, 분명 그녀의 말이 옳았어! 나는 하나의 환영만을 사랑해 왔던 거야. 내가 사랑했던, 그리고 지금도 내가 사랑하고 있는 알리사는 이미 존재하지도 않아. 그래, 분명 우리는 나이를 먹었어. 내 가슴을 온통 얼어붙게 한 그녀의 그 소름끼치는 멋없는 변화도 결국 따지고 보면 본래의 상태로 돌아간 것에 지나지 않아. 만일 내가 조금씩 그녀를 더 높이 떠받들고, 내가 좋아하는 모든 것으로 그녀를 장식해서 하나의 우상으로 만들었다고 한들, 그러한 내 수고에서 지금은 피곤

외에 그 무엇이 남아 있는가 말이다. 혼자 있도록 내버려두자. 알리사는 곧 자기의 수준, 그 평범한 수준으로 다시 내려온 거야. 나 자신도 그 수준으로 다시 내려와 있고……. 그러나 나는 그 수준에서는 이미 그녀를 사랑하고 싶지 않았다. 아, 나 혼자만의 노력으로 그녀를 올려놓았던 그 높은 곳에서 다시 그녀와 함께 있으려고 한 그 덕행에 대한 헌신적인 노력도 이제는 얼마나 어리석고 꿈 같은 것인가! 조금만 긍지가 덜 했던들 우리의 사랑은 힘들지 않았을 것이다. 그러나 대상을 잃은 사랑에 집착하는 것은 무엇을 의미하는 걸까?

그것은 고집이다. 이제 그것은 충실한 것도 아니다. 구태여 충실하다고 말해 본들 무엇에 대한 충실인가? 하나의 과오에 대한 충실일 따름이다. 지금까지 내가 잘못 생각하고 있었다는 것을 인정하는 것이 가장 현명한 것 아닐까?

그러던 차에 나는 아테네 학원의 추천을 받고서 아무런 야망도 흥미도 없이 다만 떠난다는 생각에 탈출이나 하는 것처럼 기꺼이 입학하기로 결심했다.

8

그런데도 나는 또다시 알리사를 만났다. 그것은 삼 년이 지
난 후의 일이었다. 그 이전에 나는 그녀를 통해 외삼촌의 죽음
을 알았다. 당시 나는 팔레스티나를 여행중이었는데, 곧장 그
녀에게 꽤나 긴 편지를 보냈지만 아무런 답장도 오지 않았다.

르아브르에 있던 내가 어떤 구실을 만들어 천연스럽게 퐁그
즈마르로 갔는지는 기억나지 않는다. 알리사를 거기서 만나리
라는 것을 알고 있었지만, 그녀가 혼자 있지 않으리라는 것이
마음에 걸렸다. 나는 그곳에 간다는 것을 미리 전하지도 않았
다. 일상적인 방문처럼 나타나야 한다는 생각에 혐오감을 품
으면서 나는 불안한 마음으로 나갔다. 들어갈까? 아니면 차라
리 만나지 말고, 구태여 만나려 하지도 말고 그냥 되돌아설
까? 그래, 그렇게 하자. 그저 거리나 산책하자. 어쩌면 그녀가
와 있을지도 모르는 그 벤치에 가서 좀 앉아 볼까? 그러나 벌
써 나는 내가 떠난 다음에라도 내가 왔다는 것을 그녀에게 알
려 줄 무슨 표적을 남길 것인가를 궁리하고 있었다. 이런 생각
을 하면서 나는 느린 걸음으로 걷고 있었다. 그녀를 만나지 않

기로 결심을 하고 나자, 내 가슴을 죄는 씁쓸한 슬픔은 거의 달콤한 우울로 바뀌었다. 벌써 나는 거리에 이르렀고, 그리고 혹시 들키지나 않을까 걱정되어 농가의 안마당을 경계짓는 둑을 따라 길 가장자리를 걸어갔다. 나는 알리사의 정원을 내려다볼 수 있는 둑의 한 지점을 알고 있었다. 나는 거기로 올라갔다. 내가 알지 못하는 한 정원사가 오솔길의 잡초를 긁어모으고 있었으나, 이윽고 내 시야에서 벗어났다. 새 울타리가 안마당을 둘러싸고 있었다. 내가 지나가는 발자국 소리를 듣고 개가 짖어 댔다. 좀 더 나아가 나무가 늘어진 길 끝에 이르러 정원이 흙담에 마주치자 나는 오른쪽으로 돌았다. 불쑥 빠져나온 길과 병행하는 너도밤나무 숲이 있는 곳으로 들어가 볼까 하는 생각이 나를 사로잡았다.

문은 잠겨 있었다. 그러나 안쪽 빗장이 별로 튼튼하지 못해 어깨를 대고 한번 밀치자 부러질 듯했다. 바로 그때 발자국 소리가 들려왔다. 나는 흙담의 움푹 패인 곳에 몸을 감추었다.

정원에서 나온 사람이 누구인지 나는 볼 수 없었다. 그러나 발자국 소리를 듣고서 그것이 곧 알리사라는 것을 알아차렸다. 그녀는 앞으로 걸어나오며 힘없이 불렀다.

"제롬이니?"

맹렬하게 뛰던 내 심장이 멈췄다. 나는 목이 막혀 말이 나오지 않았다. 그녀는 더 크게 불렀다.

"너 제롬이지?"

이렇게 나를 부르는 그녀의 음성을 듣자 온몸을 죄는 감동에 너무도 벅차올라 나는 나도 모르게 무릎을 꿇었다. 여전히 내가 대답을 하지 못하자 알리사는 몇 걸음 앞으로 나와 흙담을 돌았다. 느닷없이 그녀가 나를 보는 것이 두려운 듯 나는 팔로 얼굴을 감추었다. 그녀가 느껴졌다. 그녀는 잠시 내 쪽으로 몸을 굽히며 가만히 있었다. 나는 연약한 그녀의 손에 입을 맞추었다.

"왜 숨어 있었니?"

삼 년 동안의 이별이 며칠밖에 되지 않았다는 듯 그녀는 이렇게 물었다.

"어떻게 나라는 걸 알았지?"

"나는 너를 기다리고 있었어."

"네가 나를 기다리고 있었다고?"

나는 말했다. 나는 너무도 놀라서 그녀의 말을 의아한 듯이 되풀이할 수밖에 없었다. 내가 여전히 무릎을 꿇고 있자,

"벤치로 가자."

하고 그녀가 말했다.

"나는 너를 다시 한 번 만날 줄 알고 있었어. 사흘 전부터 나는 매일 저녁 이곳에 와서 지금처럼 너를 불렀지. 그런데 왜 대답을 하지 않았어?"

나는 까무러칠 정도로 밀어닥치는 감동을 애써 억누르면서 말했다.

"네가 갑자기 오지 않았다면 나는 너를 만나지도 않고 떠나 버렸을 거야. 르아브르를 지나던 길에, 저 거리를 산책하고 정

원 둘레도 돌아볼 겸, 요즘도 네가 와서 앉을 것 같은 이회암 채굴터의 벤치에서 잠시 쉬었다 갈까 했을 뿐이야……."

"사흘 전부터 내가 이곳에 와서 무엇을 읽었는지 좀 보렴."

그녀는 내 말을 끊고 말했다. 그러고는 편지 묶음을 내게 내밀었다. 내가 이탈리아에서 써 보냈던 편지들이었다.

그 순간 나는 그녀에게로 눈을 돌렸다. 그녀는 엄청나게 변해 있었다. 야위고 핼쑥한 그녀의 모습이 내 가슴을 무섭게 죄어 왔다. 그녀는 내 팔에 의지하면서, 추위나 무서움을 타듯 내게 바싹 붙어 있었다. 그녀는 아직도 정식 상복 차림이었다. 그래서인지 모자 대신 쓰고 있던 검정 레이스가 그녀의 얼굴에 틀이 되어 창백함을 더욱 도드라지게 하고 있었다. 그녀는 미소를 짓고 있었으나 기절한 것처럼 보였다. 나는 요즈음도 퐁그즈마르에 그녀 혼자 있는지 어떤지 알고 싶어졌다. 그녀는 로베르와 함께 산다고 했다. 쥘리에트와 에두아르 그리고 그들의 세 아이들이 팔월을 나기 위해 왔다는 말도 했다.

우리는 벤치로 가서 앉았다. 그리고 얼마 동안 진부한 이야기만을 주고받는 것으로 시간을 끌었다. 그녀는 내 작업에 관해서 궁금해했다. 내키지 않는 대로 나는 대답했다. 내 작업이 이제는 더 이상 내 흥미를 끌지 못한다는 것을 그녀가 느껴 주었으면 싶었다. 그녀가 전에 내게 환멸을 느끼게 한 것과 마찬가지로, 이번에는 내가 그녀에게 환멸을 느끼게 해주고도 싶었다. 생각대로 되었는지는 지금도 모르지만 아무튼 그녀는 조금도 그런 내색을 보이지 않았다. 내 마음속에는 울분과 동시에 애정이 들어차 있었기 때문에 나로서는 될 수 있는 대로 쌀쌀맞게 말하려고 애썼다. 그러나 이따금씩 북받쳐 올라오는 감동에 목소리가 떨려 나와 스스로도 원망스러웠다.

조금 전부터 한 조각 구름에 가려졌던 석양이 우리 두 사람 앞 지평선이 맞붙은 저 멀리에 다시 나타났다. 그러더니 텅 빈 들판을 팔랑거리는 낙조로 채우고, 우리 발밑에 펼쳐진 조그마한 협곡을 갑자기 붉은빛으로 메우다가 이윽고 사라졌다. 나는 현혹되어 말없이 앉아 있었다. 나는 내 울분이 발산되어 나가는 일종의 황금빛 도취 같은 것이 다시금 나를 감싸고 온몸에 스며드는 것을 느꼈다. 내 속에서 나는 사랑 말고는 아무것도 듣지 못했다. 내게 몸을 기대고 있던 알리사가 다시 몸을 일으켰다. 그녀는 윗도리에서 얇은 종이로 싼 아주 작고 섬세한 상자를 꺼내어 내게 내밀려다 그만두었다. 망설이는 것 같았다. 내가 놀라서 그녀를 바라보자 그녀가 말했다.

"제롬, 들어 봐. 여기에 들어 있는 것은 내 자수정 십자가야. 오래 전부터 네게 주고 싶어서 사흘 전부터 가지고 다녔어."

"그걸 어떻게 하라는 거야?"

나는 퉁명스럽게 말했다.

"나를 기념하기 위해 네가 갖고 있다가 네 딸에게 줘."

"무슨 딸?"

나는 무슨 말인지 깨닫지 못하고 알리사에게 소리쳤다.

"제발, 내가 하는 말을 침착하게 들어 줘. 아니, 그렇게 쳐다보지 말고. 벌써부터 네게 말하기가 몹시 고통스러워. 하지만 이건 네게 꼭 말하고 싶어. 제롬, 들어 봐. 언젠가는 너도 결혼할 게 아니니? 아냐, 내 말에 대답하지는 마. 제발 말을 막지 말아 줘. 내가 바라는 건 다만 내가 너를 몹시 사랑했다는 걸 네가 기억해 주었으면 하는 것뿐이야. 그래서…… 벌써 오래 전부터…… 그러니까 3년 전부터…… 나는 네가 좋아하던 이 작은 십자가를, 네 딸이 어느 날엔가 나를 기념하며 달게 되리라는 걸 상상해 왔어. 오, 물론 누구의 것인지는 모르겠지만 말이야……. 그리고 어쩌면 그 애에게…… 내 이름을 붙여 줄 수도 있을 거라고……."

그녀는 목이 메어 말을 멈추었다. 나는 거의 적의에 찬 목소리로 소리쳤다.

"왜 네가 직접 그 애에게 주지 않고?"

그녀는 더 이상 말하려 하지 않았다. 그녀의 입술은 흐느끼는 어린애의 입술처럼 떨고 있었다. 그렇지만 그녀는 눈물을 흘리지는 않았다. 비상하게 반짝이는 그녀의 눈은 그녀의 얼굴을 초인간적이고 천사 같은 아름다움으로 물들였다.

"알리사, 도대체 내가 누구와 결혼하겠니? 나는 너밖에는 사랑하지 못한다는 걸 알면서……."

나는 갑자기 그녀를 미친 듯이 끌어안으며 그녀의 입술을 빨았다. 얼마 동안 나는 거의 뒤로 젖혀진 채 온몸을 내맡기는 듯한 그녀를 꼭 안고 있었다. 그녀의 눈에 그늘이 드리워지고 있었다. 그녀는 차츰 눈을 감더니 말할 수 없이 바르고 고운 음성으로 속삭였다.

"우리를 불쌍히 여겨 줘, 제롬. 우리의 사랑에 상처를 주지 마."

그리고 그녀는 아마 이렇게 덧붙였으리라. '비겁한 짓은 하지 마.'라고. 아니, 어쩌면 그것은 내가 나 자신에게 하는 소리였을지도 모른다. 나는 갑자기 그녀 앞에 무릎을 꿇고 조심스럽게 그녀를 감싸안으며 부르짖었다.

"그렇게 나를 사랑하면서 언제나 날 밀쳐 낸 건 무슨 이유야? 자, 들어 봐. 처음에는 쥘리에트의 결혼을 기다렸어. 너역시 그 애의 행복을 기다리는 거라고 나는 생각했지. 그리고 그녀는 지금 행복해. 그건 네가 해준 말이기도 하지. 그 다음에는 네가 계속해서 네 아버지 곁에서 살고 싶어하는 것이라고 나는 오랫동안 믿어 왔어. 하지만 이제는 우리 단 둘뿐이잖아."

"과거를 아쉬워하지는 마. 이제 나는 페이지를 넘겼어."

그녀가 중얼거렸다.

"그러나 아직도 늦지 않았어, 알리사."

"아니야, 제롬. 이제는 더 이상 시간이 없어. 사랑을 통해 우리가 서로를 위해 사랑보다 더 훌륭한 것을 엿보게 된 그날부터 때는 이미 늦었던 거야. 제롬 덕택에 내 꿈은 인간적인 만족이 떨어뜨릴 수 없을 만큼 높이 올라갔어. 나는 우리가 서로 같이 생활하는 것을 곰곰이 생각해 보았어. 그렇지만 혹시 우리의 사랑이 더 이상 완전하지 못하게 된다면 바로 그 순간부터 나는 더 이상 지탱할 수 없을 것만 같았어. 우리의 사랑을 말이야."

"서로가 서로를 상실한 우리의 생활에 대해 깊이 생각해 본 적은 있어?"

"아니, 한 번도."

"이제는 너도 알겠지. 3년 전부터 나는 너 없이 고통스럽게 헤매고 다녔어⋯⋯."

밤이 가까워 오고 있었다.

"추워."

그녀가 몸을 일으키며, 내가 다시 그녀의 팔을 잡지 못하도록 숄을 꼭 여미면서 말했다.

"너는 우리를 불안하게 하고 또 혹시 우리가 잘못 이해하고 있는 게 아닐까 궁금하게 했던 그 성경 구절을 기억할 거야. 주님께서는 우리를 위해 가장 좋은 것을 간직해 두셨기에 저희들이 그 약속한 바를 얻지 못했다⋯⋯."

"너는 그 말을 항상 믿고 있니?"

"믿어야 해."

우리는 더 이상 아무 말도 하지 않고 얼마 동안 나란히 걸었다. 그녀가 말을 이었다.

"그걸 생각해 보렴, 제롬. 그 '가장 좋은 것'이란 구절을."

그녀의 눈에서는 갑자기 눈물이 흘렀다. 그녀는 여전히 그 말을 되풀이하고 있었다.

우리는 아까 그녀가 나온 그 좁은 문 앞에 다다랐다. 그녀는 내게로 몸을 돌리며 말했다.

"잘 가. 아니, 더 이상 오지 마. 안녕, 사랑하는 나의 벗. 시작은 지금부터야, '가장 좋은 것'은."

그녀는 한동안 나를 바라보았다. 나를 붙들며 혹은 자기로부터 나를 밀어내면서, 팔을 뻗쳐 내 어깨에 손을 얹고 무어라 형언할 수 없는 사랑으로 가득 찬 눈을 하고서……

문이 닫히고, 문 뒤에서 빗장 지르는 소리가 들리자 나는 참을 수 없이 복받쳐 오르는 절망에 사로잡혀 문에 기댄 채 쓰러졌다. 밤이 깊도록 나는 눈물을 흘리고 흐느끼면서 움직이지 않았다.

그러나 그녀를 붙들었다면……. 그 문을 억세게 밀어붙이고 어떻게 해서든 집 안으로 들어갔다면……. 하지만 아니다. 모든 과거를 되살리기 위해서 옛날로 되돌아간다는 것은……. 오늘에 와서도 역시 그런 짓을 할 수 없었다. 현재의 나를 이해하는 사람은 그때의 나를 이해할 것이다.

걷잡을 수 없는 불안 때문에 나는 며칠 후 쥘리에트에게 편지를 썼다. 나는 그녀에게 퐁그즈마르의 방문과 알리사의 창백함과 핼쑥함이 얼마나 나를 놀라게 했는지에 대해서 썼다. 그리고 앞으로 언니를 돌봐 줄 것과 이제는 알리사로부터 더는 기대할 수 없는 소식들을 내게 알려 달라고 부탁했다.

그 뒤 한 달도 채 못 되어 나는 다음과 같은 편지를 받았다.

그리운 제롬.

무척 슬픈 소식을 전하게 되었어. 우리의 가엾은 알리사가 이제는 이곳에 있지 않아. 슬프게도 오빠의 편지에서 엿볼 수 있었던 근심들은 정말 근거가 있는 것들이었어. 몇 달 전부터 언니는 어디가 특별히 아픈 것도 아닌데 몹시 쇠약해져 갔어. 언니는 내 간청에 못 이겨 르아브르에 있는 A박사의 진찰을 받기로 했지. A박사는 언니에게 별 이상이 없다는 편지를 내게 보내 주었어. 그런데 오빠가 언니를 만난 지 사흘 후에 언니는 갑자기 퐁그즈마르를 떠나 버렸어.

언니의 출발을 안 것은 로베르의 편지를 통해서야. 언니가 내게 편지하는 일은 좀처럼 없는 일이기 때문에 만약 로베르가 없었다면 나는 언니의 행방에 관해 아무것도 몰랐을 거야. 언니로부터 소식이 없다고 해서 그렇게 놀라지는 않았을 테니까. 언니를 그냥 떠나게 한 로베르에게, 게다가 파리까지 동행하지 않았다는 이유로 나는 로베르에게 대단히 화를 냈어. 글쎄, 언니가 떠나 버린 후로 언니의 주소도 모르고 있다면 아마 믿어지지 않을 거야. 언니를 만날 수도 없고 편지조차 할 수 없는 것에 대해 내가 얼마나 애를 태웠는지 짐작할 수 있겠지? 며칠 후 로베르가 파리에 갔지만 아무것도 알아내지 못했어. 로베르가 어찌나 꾸물대는지 도대체 언니를 찾을 열의가 있는지 의심할 지경이었어. 그래서 경찰에 신고할 수밖에 없었어. 고통과 불안 속에 가만히 앉아 있을 수가 없었거든. 에두아르가 앞장서서 드디어 언니가 피신해 있던 그 조그만 요양원을 찾아냈어. 하지만 슬프게도 때는 이미 늦고 말았어. 언니의 사망을 통지하는 원장의 편지와 언니의 임종조차 보지 못했다는 에두아르의 전보를 동시에 받았지.

마지막 날, 언니는 우리가 통지를 받을 수 있도록 우리 주소를 한 장의 봉투에다 적어 놓았고, 다른 한 장의 봉투에는 르아브르의 공증인에게 유언을 적어 부쳤던 편지의 사본을 넣어 두었어. 그 편지의 한 구절은 오빠에 관한 것이라고 생각되는데 곧 알려 줄게. 에두아르와 로베르가 엊그제 치렀던 장례식에 참석했어. 상여를 따라간 사람은 그들만이 아니었는데, 요양원의 환자 몇 사람이 장례식에 꼭 참석하고 묘지까지 따라가겠다고 나섰대. 나는 다섯 번째 아이의 해산을 기다리는 참이라 안타깝게도 자리를 뜰 수가 없었어.

그리운 제롬, 나는 이 부고로 인해 제롬이 느껴야 할 슬픔과 고통을 잘 알아. 나는 찢어지는 가슴을 안고 이 편지를 쓰고 있어. 이틀 전부터는 자리에서 일어나지도 못하고 있는데, 사실 지금 이 편지도 간신히 쓰고 있는 거야. 그러나 나 아닌 다른 사람에게―에두아르나 로베르일지라도―제롬과 나만이 이해할 수 있는 알리사에 관한 이야기를 맡기고 싶지 않았어. 이처럼 다 늙은 가정주부가 된 지금, 그리고 쌓이고 쌓인 잿더미가 불타오르던 과거를 뒤집어엎은 지금은 제롬을 다시 만나도 괜찮겠지. 볼일이 있거나 유람차 님에 오게 되면 언제든 에그비브까지 와 줘. 에두아르도 오빠를 안다면 기뻐할 것이고, 두 사람 다 알리사에 관한 이야기를 할 수 있

좁은 문 • 173

을 거야. 안녕, 그리운 제롬. 무척 서글픈 마음으로 키스를
보내며.

며칠 후 나는 알리사가 퐁그즈마르의 집을 로베르에게 남겨
주었으나, 제 방에 있던 모든 물건과 몇 가지 가구들을 쥘리에
트에게 보내도록 부탁했다는 것을 알았다. 알리사가 내 이름
을 적어 봉함해 둔 서류는 가까운 시일 내에 받기로 되어 있었
다. 그리고 또 내가 마지막 방문 때 거절했던 그 작은 자수정
십자가를 자기 목에 달아 달라고 부탁했다는 것도 알았다. 그
부탁이 이루어졌다는 것을 나는 에두아르를 통해 알았다.

공증인이 내게 전송해 준 봉함 봉투에는 알리사의 일기가
들어 있었다. 그 일기 중 여러 개를 여기에 옮겨 보겠다. 아무
런 설명도 붙이지 않고 그대로 옮긴다. 이 일기를 읽으면서 내
가 생각했던 여러 가지와 글로 다 표현할 수 없는 내 마음의
혼란에 대해 독자 여러분들이 충분히 짐작할 수 있으리라 생
각한다.

알리사의 일기

에그비브에서

엊그제 르아브르 출발. 어제 님에 도착. 내 첫 여행! 살림살이나 부엌일에 대한 아무런 걱정 없이 계속되는 나태 속에서 1887년 5월 23일, 내 25살 되는 생일날, 나는 일기를 쓰기 시작한다. 이렇다 할 즐거움을 찾기 위해서가 아니라 그저 벗을 삼아 보려는 것이다. 내 생애에서 나는 처음으로 홀로 있다는 느낌이 든다. 낯선, 그래서 거의 이방이라고 할 수 있는 그리고 아직껏 아무런 인연도 맺은 바 없는 고장에서. 이 땅이 내게 들려주는 것은 노르망디나 퐁그즈마르에서 줄기차게 듣던 것과 별로 다를 것이 없다. 주님은 어느 곳에서나 다름이 없으시니까. 그렇지만 이 땅, 이 남녘 땅은 내가 아직 배우지도 못하고 놀라움으로 듣고 있는 언어를 쓰고 있다.

                                        5월 24일
쥘리에트는 내 옆 긴 의자에서 졸고 있다. 정원으로 이어지는 모래 깔린 안뜰과 엇비슷한 높이로, 이탈리아 풍으로 지어진, 이 집에 매력을 더해 주는 활짝 트인 회랑 안이다. 쥘리에트는 의자에 앉아서도 저 너머 얼룩 집오리 떼가 뛰놀고 백조 두 마리가 헤엄치고 있는 연못에 이르기까지 펼쳐져 있는 잔디밭을 볼 수가 있다. 여름에도 마르는 법이 없다는 시냇물이 이 연못에 물을 대주고선, 차츰차츰 야생의 숲으로 변해 가는 정원을 가로질러 흐르고, 메마른 벌판과 포도밭 사이에 끼어서 점점 좁혀지다가 이내 완전히 사라지고 만다.

에두아르 테시에르는 어제 내가 쥘리에트와 있는 동안 아버님에게 정원, 농장, 지하실, 포도밭 등을 구경시켜 드렸다. 그래서 나는 오늘 아침에서야 혼자서 공원의 이것저것을 살펴보며 산책할 수 있었다. 알 수 없는 많은 초목들, 그 이름들을 알기 위해 나는 잔가지들을 꺾어 모았다. 제롬이 보르게즈라든가 도리아 팡필리 별장에서 눈여겨보았다던 초록 떡갈나무가 그 가운데에 끼어 있다는 것도 알아냈다.

우리가 살고 있는 북프랑스의 나무들과 약간 비슷한 종류에 속하지만 모양은 전혀 다르다. 그 떡갈나무들은 정원이 거의 끝나는 곳에서 좁다랗고 신비로운 터를 둘러싸고 있다. 그리고 발의 감촉이 폭신폭신한 잔디밭 위에 늘어져 요정들의 합창을 권유하고 있다. 퐁그즈마르에 있을 때는 그처럼 기독교적이던 내 자연관이 이곳에 오자 나도 모르는 사이에 얼마간 신화적으로 변해 가는 것이 놀랍고도 두려울 정도이다. 그러나 점점 더 나를 억누르던 그 두려움 비슷한 느낌도 역시 종교적인 것이었다. 나는 '여기에 있는 것은 성스러운 숲이니!' 라고 중얼거렸다. 그곳은 수정같이 맑았다. 그리고 이상한 침묵이 깃들고 있었다. 바로 그때 오직 한 마리의 새소리가 들려왔다. 그 소리는 너무나 맑고 깨끗해서 모든 자연이 그 새의 소리를 기다리고 있었다는 느낌이 들었다. 그러자 내 가슴은 세차게 두근거렸다. 한동안 나무에 기대어 있다가 사람들이 일어나기 전에 집으로 되돌아왔다.

5월 26일

제롬에게서는 여전히 편지가 없다. 르아브르로 편지를 보냈다 하더라도 이리로 발송되었을 텐데……. 이와 같은 나의 불안은 오직 이 일기에 털어놓을 따름이다. 어제는 보오까지 소풍을 갔고, 사흘 전부터는 기도도 드리고 있지만 잠시도 내 기분을 돌이키지 못했다. 오늘은 여기에 그 무엇도 쓸 수가 없다. 에그비브에 도착한 이래로 나를 괴롭히는 이 야릇한 우울도 무슨 까닭이 있는 것 같지 않다. 그런데도 이 우울이 너무나 내 마음 깊은 곳에서 느껴져, 오래 전부터 그곳에 뿌리박고 있었던 것 같다. 나 자신 자랑스럽게 여기던 기쁨이라는 것도 정말은 이 우울을 감싸고 있었던 것에 지나지 않는다는 생각이 든다.

5월 27일

무엇 때문에 나는 내 자신을 속이려 하는 것일까? 내가 쥘리에트의 행복을 기뻐하고 있는 것은 다만 이론적인 것이다. 내 행복까지 희생하면서 바라던 그 행복이 아무런 고통 없이 얻어지는 것을 보고 나는 괴로워하고 있다. 이 얼마나 복잡한 얽힘인가. 나는 그 애가 자기 행복을 내 희생과는 다른 곳에서 찾아냈다는 것과, 그 애가 행복해지기 위해서는 구태여 내 희생이 필요하지 않았다는 것에 대해, 내 마음속에 되돌아온 무서운 이기주의가 분개하고 있다는 것을 잘 알고 있다.

그리고 제롬의 침묵이 내게 얼마나 불안감을 야기하는지를 느낌에 따라, 나는 그러한 희생이 정말로 내 마음속에서 이루어졌던 것인가 지금 생각하고 있다. 주님께서는 그러한 나의 희생을 요구하시지 않는 데 대해 나는 부끄러움을 느낀다. 정말 나는 그러한 희생을 할 능력이 없었던 것일까?

5월 28일

내 슬픔을 이렇게 분석한다는 것은 얼마나 위험한 것인가! 벌써 나는 이 일기에 매달리고 있다. 극복했다고 믿었던 이기심이 여기서 또다시 자기의 권리를 주장하는 것일까? 아니다. 이 일기는 내 영혼이 그 앞에서 단장을 하는 만족을 주는 거울이어서는 안 된다. 처음에 내가 생각했듯이 내가 일기를 쓰는 것은 심심풀이 때문이 아니라 슬픔 때문이다. 슬픔은 '죄의 상태'이다. 그리고 그것은 내가 잊고 있던 것이며, 지금 내가 증오하고 그것으로부터 내 영혼을 '단순하게' 하고자 원하는 것이다. 이 일기는 내 마음속에 행복을 다시 찾아내도록 나를 도와주어야 한다. 슬픔이란 하나의 착잡함. 결코 나는 내 행복을 분석하고자 한 적이 없다.

풍그즈마르에서도 나는 혼자였다. 지금보다도 더 혼자…….

그런데 왜 나는 그것을 느끼지 못하고 있었을까? 그래서 제롬이 이탈리아에서 편지를 보냈을 때도 나는 그가 나 없이도 보고, 나 없이도 살아가는 것을 말없이 받아들였으며, 생각으로나마 그를 따라다녔고, 그의 기쁨을 내 것으로 했다. 그러나 지금은 나도 모르게 그를 부르고 있다.

제롬이 없으니 내가 보는 모든 새로운 것들이 나를 괴롭힐 뿐이다.

6월 10일

시작한 지 얼마 되지 않아 이 일기는 오랫동안 중단되었다. 귀여운 리즈의 출생, 쥘리에트를 간호하면서 보낸 긴 밤들, 제롬에게 편지로 쓸 수 있는 모든 것을 왠지 여기에 쓸 마음이 없다. 허다한 여성들에게 공통적인 '너무 자주 쓴다'는 그 견딜 수 없는 결점을 나는 삼가고 싶다.

이 일기를 자기 완성의 도구로 생각할 것.

그 뒤의 일기는 독서 도중에 필기해 둔 것과 적어 둔 구절 등으로 한동안 계속되었다. 그리고는 다시금 풍그즈마르에서 적은 것이다.

쥘리에트는 행복하다. 자신도 그렇게 말하고 있고 내가 보기에도 그렇다. 나는 그것을 의심할 권리도 이유도 없다. 그런데 지금, 그 애 곁에서 내가 느끼는 불만과 불편한 감정은 도대체 어디서 오는 것일까? 아마도 이 더할 수 없는 행복이 너무나 실제적이고 너무나 쉽사리 얻어진 것이며 또 너무나 '자로 잰 듯' 완벽한 것이어서, 그 행복이 영혼을 죄고 질식시키는 것처럼 보이는 것인지……

그래서 나는 지금 내가 바라고 있는 것은 분명 행복 그 자체이기보다는, 오히려 행복으로 가는 도정이 아닌가 생각해 본다. 오, 주여! 내가 너무도 빨리 다다를 수 있는 행복으로부터 나를 멀리하게 해주옵소서. 주 계시는 곳까지 내 행복을 연기하고 미루어 두는 길을 가르쳐 주옵소서.

그 뒤로는 여러 장이 찢겨져 있었다. 그것은 분명 르아브르에서의 우리의 고통스러운 상봉을 이야기하는 것이었을 게다. 일기는 다음해에 가서야 다시 계속되었다. 날짜 없는 페이지들이 있었지만, 그것은 분명 내가 퐁그즈마르에 머무를 때 쓰여진 것이리라.

때때로 그의 이야기를 들으면서, 생각하고 있는 내 모습을 내가 보고 있다는 느낌을 갖는다. 그는 내게 나 자신을 설명하고 또 나를 발전시켜 준다. 그 없이 내가 존재할 수 있을지,

나는 오직 그와 함께 있을 때만 존재한다.

　가끔 그에 대해 내가 느끼는 바가 정말로 남들이 사랑이라고 부르는 그것인지 망설여질 때가 있다. 남들이 보통 사랑이라고 말하는 것이 내가 그리는 사랑과 너무나도 다른 것 같다. 나는 아무런 말 없이, 내가 그를 사랑하고 있다는 것도 깨닫지 못한 채 그를 사랑하고 싶다. 무엇보다도 그가 모르게 그를 사랑하고 싶다.

　그가 없이 내가 살아가야 한다면 나는 아무것에서도 기쁨을 얻지 못할 것이다. 내 모든 덕행도 오직 그의 마음에 들기 위해서다. 그런데도 나는 그의 곁에 있으면 내 덕행이 스러져 가는 것을 느낀다.

　나는 피아노 연습을 좋아했다. 왜냐하면 매일 조금씩 나아지는 것 같았기 때문이다. 이것은 동시에 내가 외국어로 된 책을 읽을 때 맛보는 즐거움을 설명해 주는 것이기도 하다. 물론 우리말보다도 어떤 외국어를 더 좋아한다거나 내가 탄복하는 몇몇 우리 나라 작가들이 어떤 면에서는 외국 작가들에 비해 손색이 있다고 생각하는 것은 결코 아니다. 그러나 의미와 감정을 추구하는 데 있어서의 약간의 곤란, 그 곤란을 극복해 나가며 차츰차츰 보다 더 잘 극복할 수 있게 될 때에 자기도 모르게 느끼는 자만심이 내 영혼에 만족감을 덧붙여 준다. 그러한 영혼의 만족감 없이는 아무것도 하지 못할 것만 같다.

　아무리 행복하다 해도 나는 진보가 없는 상태를 바랄 수가 없다. 성스러운 기쁨이란 하느님 안에서의 융합이 아니고 무한히 계속되는 주님에의 접근이라고 나는 생각한다. 그래서 언어의 유희를 두려워하지 않는다면 나는 '진보'하지 않는 기쁨 따위에 코웃음쳐 주고 싶다.

오늘 아침 우리는 가로수가 있는 거리의 벤치에 앉아 있었다. 우리는 아무것도 말하지 않았고, 또 무슨 말을 할 필요성도 느끼지 않았다. 갑자기 그가 내세를 믿느냐고 내게 물었다.
"물론이야, 제롬."
나는 큰 소리로 말했다.
"그건 내게 희망 이상의 것이야. 그것은 하나의 확신이지."
그런데 문득 내 신앙심이 그 외침 속에서 공허하게 느껴졌다.
"그런데……."
얼마 동안 말을 하지 않고 있다가 그가 덧붙였다.
"네게 신앙심이 없다면 너는 지금과 다르게 행동했을까?"
"그것을 어떻게 알겠니? 하지만 너 역시 네 자신의 생각이야 어떻든 더없이 열렬한 신앙에 빠진 이상 달리 행동할 수는 없을 거야. 그리고 만약 달라진다면 나는 너를 사랑하지 않을 거야."
라고 나는 대답했다.

아니야, 제롬. 아니야! 우리가 덕을 행하려고 애를 쓰는 것은 미래에 보상받기 위해서가 아니야. 우리의 사랑이 구하는 것은 보상이 아니야. 자신의 고통에 대한 보상이라는 생각은 고귀하게 태어난 영혼에게는 상처를 입히는 일이야. 덕이란 이러한 영혼을 위한 장식품이 아니야. 덕이란 그러한 영혼이 지니는 아름다운 형상이야.

아버지가 또다시 좋지 않으시다. 대단하지 않기를 바라지만, 사흘 전부터 우유만 들고 계시다.

어젯밤, 제롬이 막 제 방으로 올라간 다음 나와 함께 좀 더 앉아 계시던 아버지가 잠깐 동안 나를 남겨 두시고 방을 나가셨다. 나는 긴 의자에 앉아 있었다―아니, 앉아 있었다기보다는 내게 좀처럼 없는 일이지만 드러누워 있었다. 왜 그랬는지는 모르겠다. 전등의 갓이 불빛으로부터 내 눈과 상체를 가려 주었다. 나는 무의식적으로 내 발끝을 보았다. 발끝은 내 옷자락 밖으로 조금 나와 있었고 한 줄기 불빛이 거기에 걸려 있었다. 아버지가 들어오시더니 잠깐 문 앞에 서서 미소를 짓듯, 서글프신 듯 이상한 태도로 나를 찬찬히 보고 계셨다. 막연하게나마 나는 당황스러워 일어났다. 그때 아버지가 손짓하며 말씀하셨다.

"내 옆에 와 앉거라."

이미 밤이 깊었는데도 아버지는 차분한 어조로 어머님에 관해 말씀하시기 시작했다. 두 분이 헤어지신 후로 한 번도 말씀하지 않던 일이다. 어떻게 어머니와 결혼하게 되셨는지, 얼마나 어머니를 사랑하셨는지, 그리고 처음에 어머니가 어떻게 마음을 쓰셨는지에 대해 들려주셨다. 나는 마침내 말했다.

"아버지, 왜 그런 이야기를 하시는 거예요? 왜 하필 오늘 밤에 그런 이야기를 하시는지 말씀해 주세요."

"왜냐하면 말이다, 응접실에 들어오면서 긴 의자 위에 누워 있는 너를 보자 순간 네 어머니를 보는 듯했단다."

내가 그처럼 괴물은 것은 바로 그날 저녁, 제롬이 내 의자에 기대서서 내 어깨 너머로 몸을 굽혀 함께 책을 읽던 것이 생각났기 때문이다. 나는 그를 볼 수 없었지만 그의 숨소리를 느낄 수 있었고, 그는 내 체온과 떨림을 느끼고 있었다. 나는 계속해서 책을 읽는 척했지만 이미 아무것도 머리에 들어오지 않았다. 나는 더 이상 책의 줄조차 가려 볼 수도 없었다. 너무도 야릇한 마음의 동요가 나를 사로잡았기 때문에, 아직도 일어날 힘이 있는 동안 일어나자 하고 나는 얼른 의자에서 일어나지 않을 수 없었다. 다행히 그가 눈치채지 못하는 사이에 나는 잠시 방에서 나와 있었다. 그러나 얼마 후 아무도 없는 응접실의 긴 의자 위—아버지가 나를 어머니와 비슷하게 보았던 그 긴 의자—에 드러누워 있던 바로 그때, 나는 정말 어머니에 대한 생각을 더듬어 보고 있었다.

불안하고 답답하고 비참했을 뿐 아니라, 하나의 회한처럼 내 안에서 올라오고 있던 과거의 추억에 사로잡혀 나는 그날 밤 잠을 이룰 수 없었다. 주여, 악의 형상을 띤 모든 것에 대해 공포심을 갖는 법을 가르쳐 주소서.

가엾은 제롬! 때로 그가 약간의 몸짓만 하면 되리라는 것을, 그 몸짓을 내가 기다리고 있음을 그가 알기만 한다면…….

내가 어렸을 때, 나는 이미 그 때문에 아름답기를 바랐다. 지금 생각해 보면, 내가 글의 뜻을 깊이 음미한 것은 오직 그를 위해서였다. 그런데 깊이 음미하며 읽는 것은 오로지 그가 없어야만 이루어질 수 있는 것, 오 주여! 이것은 당신의 모든 가르침 중에서 나를 가장 아프게 하는 것입니다.

덕과 사랑이 한데 어우러질 수 있는 영혼을 지닐 수 있다면 그것은 얼마나 행복한 것일까. 나는 때때로 사랑한다는 것, 끊임없이 더욱 사랑한다는 것 말고 또 다른 덕이 있을까 의심해 본다. 그러나 또 어떤 날은 덕행이란 다만 사랑에 대한 항거로 보이기도 한다. 이럴 수가 있을까. 내 마음의 가장 자연스러운 '기울어짐' 을 감히 사랑이라고 부를 수 있을까. 오, 매혹적인 궤변이여! 허울 좋은 권유여! 행복의 짓궂은 신기루여!

오늘 아침 라 브뤼예르의 저서에서 다음과 같은 구절을 읽었다.

'인생의 행로에는 때때로 금지되어 있지만 허용되었으면 하고 자연스럽게 바라는 것이 있다. 그것은 너무도 소중한 쾌락과 정다운 유혹이다. 이러한 매력은 덕행으로 그것을 포기하지 않고는 도저히 단념할 수 없다.'

그런데 나는 왜 여기서 변명을 찾아냈던 것일까?

사랑의 매력보다 더 흐뭇하고 더 강렬한 매력이 은근히 내 마음을 이끌고 있기 때문인가? 오, 사랑의 힘으로 우리 두 영혼을 한꺼번에 사랑의 저 너머로 이끌어 갈 수만 있다면!

  슬프게도 이제 나는 너무나 그것을 잘 알고 있다. 주님과 제롬 사이에 나 이외에는 아무런 장애도 없다는 것을. 아마도 그가 말하는 것처럼 나에 대한 그의 사랑이 처음에는 그를 주님께 기울어지게 했다 하더라도, 이제 와서는 바로 그 사랑이 그를 가로막고 있다. 그는 내게서 머뭇거리고 나를 더 좋아하고 있다. 나는 그가 덕을 향해 앞으로 더 나아가지 못하도록 그를 붙잡고 있는 우상이 되었다. 우리 중 한 사람이라도 거기에 도달하도록 해야 한다. 천한 내 마음으로는 내 사랑을 억누르지 못하오니 오, 주여! 제발 그가 저를 사랑하지 않도록 하게 할 힘을 제게 허락해 주옵소서. 그러하오면 저의 공덕보다 무한히 훌륭한 그의 공덕을 당신께 바칠 것이오니……. 그리고 오늘 그를 잃고서 저의 영혼이 흐느껴 울더라도, 그것은 장차 당신 안에서 그를 다시 찾으려 함이 아니옵니까?
  오, 주여! 말씀해 주소서. 그 어떤 영혼인들 그의 영혼보다 당신에게 어울린 적이 있사옵니까? 저를 사랑하기 위해서보다는 더 훌륭한 일을 하기 위해서 태어난 그가 아니옵니까? 하므로 그가 저로 인해 걸음을 멈추게 된다면 저는 그만큼 더 그를 사랑하게 될 것이옵니까? 장하다 할 그 모든 것도 행복 안에서는 그 얼마나 위축되는 것인지요!

'주님께서는 우리를 보다 더 좋은 것을 위해 간직해 두셨기에.'

행복이 여기 아주 가까이에 손 내밀고 있으니, 손을 뻗치기만 하면 잡을 수 있을 텐데……. 오늘 아침 그와 이야기하면서 나는 희생을 성취했다.

그는 내일 떠난다.

사랑하는 제롬! 나는 끝없는 애정으로 여전히 너를 사랑하고 있다. 하지만 이제부터는 네게 그런 말을 하지 못할 것이다. 내가 내 눈과 내 입과 내 영혼에 부과하는 구속이 너무도 힘겹기에, 너와 헤어진다는 것이 내게는 해방이며 쓰디쓴 만족이기도 하다.

이성을 갖고 행동하고자 애쓰지만, 막상 행동하는 순간에는 나를 움직이게 하던 이성이 나를 저버리거나 아니면 어리석어 보인다.

내가 그를 피하는 이유는? 이제 나는 그런 것을 믿지 않는다. 그런데도 나는 그를 피하고 있다. 왜 내가 그를 기피하는지 그 까닭도 알지 못하고서.

주여! 제롬과 나, 서로 함께 의지하면서 당신께로 나아가도록 해주옵소서. 때로는 한 사람이 다른 사람에게 '형제여, 피곤하면 내게 기대렴' 하면 상대방은 '너를 내 곁에서 느끼는 것만으로도 내게는 충분해'라고 대답하는 두 순례자처럼 인생의 길을 따라 걷게 해주옵소서. 아니옵니다. 주께서 가르쳐 주시는 길은 좁은 길이옵니다. 그 길은 너무 좁아서 둘이서는 나란히 걸을 수도 없는 길이옵니다.

7월 4일

이 일기를 펼치지 않은 지도 육 주가 넘었다. 지난 몇 장을 읽어 보니 잘 써 보려는 마음에 어리석고 그릇된 말씨를 글에서 발견했다. 이것도 '그' 때문이리라.

'그' 없이도 나 혼자서 살아갈 수 있도록, 나를 돕도록 시작한 이 일기 속에서 나는 계속해서 편지를 쓰고 있는 것 같다.

잘 쓰여졌다고 생각되는 부분을 모두 찢어 버렸다. 그런 행동이 무엇을 의미하는지 나 자신은 잘 알고 있다. 그와 관련된 부분은 모두 찢어 버려야 했을 것이다. 그러나 나는 그렇게 하지는 못했다.

몇 장을 뜯어 낸 것만으로도 벌써 적지 않은 긍지를 느꼈기 때문이다. 내 마음이 이토록 병들지 않았던들 코웃음치고 말았을 그러한 긍지를. 참으로 장한 일을 해낸 것 같았고 그 뜯어 버린 몇 장이 사뭇 대단한 것이나 되는 양 느껴진다.

책장에서 책을 추방해 낼 수밖에 없었다. 이 책에서 저 책으로 그를 피해 달아났지만 어디에서나 그를 만나게 된다. 그가 없는 데서 펼치는 페이지에서조차 내게 읽어 주는 그의 음성이 들린다. 나는 오직 그에게 흥미 있는 것만을 좋아한다. 그래서 내 생각마저도 그의 사고방식을 취해 버렸기 때문에, 지난날 우리 두 사람의 생각이 한데 뒤섞이는 것을 기꺼워할 수 있었던 때와 마찬가지로 지금도 어떤 것이 내 생각인지 분간할 수가 없다.

가끔 나는 그의 문체에서 벗어나기 위해 일부러 악문을 쓰려고 애쓴다. 그러나 그에게 대항해서 싸운다는 것이 오히려 그에게로 몰두하는 꼴이 되고 만다. 당분간 성경―간혹 《예수를 본받아》도 함께―외에는 아무것도 읽지 않기로 하고, 일기에는 읽은 것 중 특히 눈에 띄는 구절을 날마다 적기로 결심해 본다.

7월 1일부터 시작된 일기에는 성서가 한 구절씩 덧붙는 일종의 '나날의 양식'이 계속되었다. 여기에 주석이 달려 있는 부분만을 옮겨 쓰겠다.

7월 20일

'네게 있는 것을 모두 팔아서 가난한 자에게 나누어주어라.'

종은 문 • 189

오직 제롬에게만 쓰고 있는 이 마음을 나는 가난한 사람들에게 주어야 한다는 것을 알았다. 그리고 그렇게 하는 것이 동시에 제롬에게도 그렇게 하기를 가르쳐 주는 것이 된다.

주여, 내게 그럴 용기를 주옵소서!

7월 24일

《마음의 위로》를 그만 읽기로 했다. 이 옛 글은 무척 나를 즐겁게 했지만 내 마음을 흩어지게 했다. 거기서 맛보는 거의 이교도적인 즐거움은 내가 구하려고 했던 감화하고는 전혀 관련이 없다.

《예수를 본받아》를 다시 읽었다. 이것 역시 아무리 해도 이해하기 힘든 라틴어 원서로는 읽지 않기로 했다. 읽고 있는 번역본에 서명이 없는 것이 마음에 든다. 신교파의 번역임에 틀림없지만 표제에는 '모든 기독교인에게 적합함'이라고 적혀 있다.

'오! 네가 덕을 향해 나아감으로써 너는 어떤 안식을 얻고, 남들에게 어떤 기쁨을 주는지를 네가 안다면 너는 더욱 거기에 마음을 기울여 노력하게 되리로다.'

8월 10일

주여, 제가 당신을 향해 어린아이 같은 존경과 그리움의 충동과 천사들의 초인간적인 음성으로 외칠 때…….

저는 아옵니다, 이 모든 것이 제롬에서가 아니라 당신에게서 온다는 것을. 하지만 당신과 저 사이에 당신은 어디에나 제롬의 모습을 두심은 어찌된 일이옵니까?

8월 14일

이 일을 완성하는 데에는 앞으로 2달밖에는……. 오, 주여, 저를 도우소서!

8월 20일

분명히 느끼고 있다. '내 슬픔'으로 미루어 나는 분명 느끼고 있다. 내 마음속에서 아직도 희생이 이루어지지 않았음을.

오, 주여! 오직 그만이 알게 해주던 이 기쁨을, 이제는 모름지기 당신에게서만 얻게 해주옵소서.

8월 28일

이 무슨 속되고 볼품 없는 덕에 이르렀는가. 어쩌다 나는 이렇게 내게 지나친 요구를 하는 것일까? 이제 더 이상 나를 용서할 수 없다.

언제나 주께 주의 힘을 애원하다니 이 무슨 비겁한 일인가. 이제 내 모든 기도는 하소연에 지나지 않고 있음을 느낀다.

8월 29일

'들에 핀 백합을 보라.'

이처럼 소박한 말씀이 오늘 아침 무엇으로도 되돌리지 못할

좁은 문 • 191

비탄 속으로 나를 가라앉혔다. 들로 나가 나도 모르게 되풀이하고 있던 이 말씀은 내 마음과 두 눈을 눈물로 가득 채웠다. 나는 농부가 쟁기 위에 몸을 굽혀 일을 하고 있는 텅 빈 끝없는 벌판을 바라보았다. 들에 핀 백합을……. 그런데 주여 그 백합은 어디에 있사옵니까?

9월 16일 밤 1시

다시 그를 만났다. 그는 여기 한 지붕 밑에 있다. 그의 방 창문에서 새어나오는 불빛이 잔디밭 위로 보인다. 내가 몇 줄 적고 있는 지금도 그는 자지 않고 있다. 어쩌면 나를 생각하고 있는지도 모른다. 그는 변하지 않았다.

자신도 그렇게 말하고 있고, 나 또한 그렇게 느낀다. 그의 사랑이 나를 저버리도록 내가 결심한 대로의 나를 그에게 보일 수 있을까?

9월 24일

오! 내 속에서는 진심이 곤두박질치는데도, 무관심과 냉담을 끝내 가장했던 잔악한 대화……. 지금껏 나는 그를 피하는 것에 만족하고 있었다. 그러나 오늘 아침, 주님이 내게 이겨낼 힘을 주시리라는 것과 끊임없는 싸움에서 몸을 피한다는 것이 비열한 노릇이라는 것을 나는 깨달아야 했다. 내가 승리한 것이었을까? 제롬이 나를 덜 사랑하는 것일까? 슬프게도 그것을 바라보면서 또 두려워하고 있으니……. 지금보다도 그

192

를 더 사랑한 적은 결코 없었다.

그러나 저에게서 그를 구하기 위해 제가 없어져야 한다면 주여, 그렇게 하옵소서. 제 마음과 저의 영혼 속에 들어오셔서 제 괴로움을 짊어지시고, 당신의 수난에서 아직도 남아 있는 고통을 제 속에서 계속해서 감당하옵소서.

우리는 파스칼에 대해 이야기했다. 그에게 나는 무슨 말을 할 수 있었던가? 그 무슨 욕되고 터무니없는 말을 했던가. 그런 것을 말하면서 나는 괴로웠지만, 오늘 밤은 그 말이 하느님에 대해 불경스러운 말을 한 것처럼 후회가 된다. 묵직한《명상록》을 다시 뽑아 들었다. 대뜸 펼치자 로아네 양에게 보내는 편지 구절이 적힌 곳이다.

'이끄는 이를 스스로 따를 때, 얽매인 굴레는 느껴지지 않습니다. 그러나 항거하기 시작하고 홀로 떨어져 걷기 시작하면 몹시도 괴로워지는 것입니다.'

이 말이 너무도 내 가슴을 찔렀기 때문에 나는 더 읽어 나갈 기력도 없었다. 다른 곳을 펼치자 여태껏 읽은 적이 없던 훌륭한 구절을 발견했다. 지금 막 그것을 베껴 두었다.

이 일기의 첫 권은 여기서 끝났다. 분명히 뒤이은 일기는 찢어 버린 모양이다. 왜냐하면 알리사가 남긴 서류 속에는 그로부터 삼 년 후, 다시금 퐁그즈마르의 구월, 즉 우리의 마지막 상봉이 있기 조금 전부터 일기가 이어져 있었기 때문이다.

이 마지막 일기는 다음과 같은 글로 시작된다.

오 주여! 당신을 사랑하기 위해서는 제가 그를 필요로 한다
는 것을 당신은 알고 계십니다. 당신은 알고 계십니다!

주여! 제게 그를 주시옵소서. 그러하오면 당신께 이 마음을
바칠 수 있겠나이다.

주여, 한 번만 제게 그를 만나도록 해주옵소서.

주여, 제 마음을 당신께 드리기로 약속하옵니다. 그러하오
니 저의 사랑이 당신께 청하는 바를 허락해 주옵소서. 제게 남
은 목숨은 오직 당신에게만 바치겠사옵니다.

주여, 천한 이 기도를 용서해 주옵소서. 저는 그의 이름을
입 밖에 내지도 못하옵고 제 마음의 괴로움을 잊어버리지도
못하옵니다.

주여, 당신께 외치옵니다. 제 비탄 속에 저를 버려 두지 마
옵소서.

'너희가 내 이름으로 내 아버지께 요구하는 것은 무엇이든
지…….'

주여! 당신의 이름으로 어찌 제가 감히…….

그러하오나, 비록 제가 기도를 입 밖으로 내지 않는다 하더
라도 주님께서는 이 마음에서 타오르는 소원을 알아주실 줄

아옵니다.

9월 27일

오늘 아침부터는 마음이 크게 안정되어 있다. 지난밤은 내내 명상과 기도로 보냈다. 그러자 갑자기 어린 시절에 성령에 대해서 그려보던 상상과 광채, 찬란한 평온 비슷한 것이 나를 둘러싸고 내게로 강림해 오는 것 같았다. 이 기쁨이 신경의 흥분 때문이 아닐까 하고 두려워 얼른 잠자리에 들었다. 그러한 행복감이 사라지기 전에 나는 얼른 잠들 수 있었다. 오늘 아침에도 그 크나큰 행복이 조금도 달라지지 않고 완전히 그대로 남아 있다. 이제는 그가 올 것이라는 확신을 갖게 되었다.

9월 30일

제롬! 내 벗, 아직도 '동생'이라고 부르기는 하지만 동생보다 한없이 내가 사랑하는 너. 너도밤나무 숲 속에서 얼마나 너의 이름을 불러 보았던가.

저녁마다 해질 무렵이면 채소밭의 그 작은 문으로 나가서 나는 이미 어둑어둑한 그 가로수 길을 내려간다. 네가 별안간 대답을 하고, 서둘러 내 눈길이 둘러보는 돌이 많은 그 언덕 위에서 네가 나타난다 해도, 나를 기다리며 그 벤치에 앉아 있는 네 모습이 멀리서 내 눈에 들어온다 해도, 내 가슴은 놀라 뛰지는 않을 것이다. 오히려 네 모습이 보이지 않는 데 나는 놀란다.

아직 아무 일이 없다. 태양은 비할 데 없이 맑은 하늘 속에서 저물어 갔다. 나는 기다리고 있다. 머지않아 그 벤치 위에 그와 함께 앉게 되리라는 것을 나는 알고 있다. 벌써 그의 말을 듣는다. 그가 내 이름을 부르는 것이 몹시도 듣기 좋다. 그는 거기에 있을 것이다. 나는 내 손을 그의 손안에 내버려두리라. 나는 이마를 그의 어깨에 기댈 것이다. 나는 그의 곁에서 숨을 쉬게 될 것이다. 어제도 나는 그의 편지 중 몇 장을 다시 읽어 보려고 가지고 나왔다. 하지만 너무 그의 생각에 팔려 있어서 나는 그 편지를 들추어 보지도 않았다. 또 그가 좋아하던 그 자수정 십자가, 흘러간 어느 여름날 그가 떠나지 않기를 바라는 동안은 저녁마다 목에 걸고 있기로 한 그 십자가도 나는 가지고 나왔었다.

이 십자가를 그에게 주고 싶다. 이런 꿈을 꾼 건 벌써 오래 전부터다. 그가 결혼하면 나는 그의 첫딸인 작은 알리사의 대모가 되어 이 보석을 그 어린아이에게 주고……. 그런데 왜 나는 그런 말을 그에게 하지 못했을까?

하늘에 보금자리를 지어 놓은 새처럼 오늘 내 영혼은 가볍고 즐겁다. 그는 분명히 오늘 올 것이다. 그렇게 느껴지기도 하고 또 그럴 것으로 알고 있다. 모든 사람들에게 이 말을 외치고 싶기까지 하다. 그래 여기에라도 쓰지 않고는 견딜 수가 없을 것 같다. 나는 내 이 기쁨을 이제는 숨길 도리가 없다. 어느 때는 그처럼 내게 무관심하던 로베르에게조차 그것이 눈에 띄는 모양이었다. 로베르가 캐물어 무어라고 대답해야 할지 몰라 난처했다. 저녁이 올 때까지 어떻게 기다리지?

무엇인지 알 수 없는 투명한 띠가 어느 곳을 보아도 그의 모습을 큼직하게 확대시켜 주고, 사랑의 모든 빛살을 모아 내 가슴 단 하나의 초점 위에 온통 집중시키고 있다.

오, 기다림이란 사람을 얼마나 지치게 하는 것인가!

주여! 행복의 그 넓은 문짝들을 제 앞에 잠시만이라도 살짝 열어 주옵소서.

10월 3일

모든 것이 다 사라졌다. 슬프다. 그는 내 팔에서 빠져나가 버렸다. 그림자처럼 거기 있었다. 그는 거기 있었다. 나는 아직도 그를 느끼고 있다. 나는 그를 부른다. 내 손, 내 입술은 그를 찾는다. 어둠 속에서 헛되이······.

나는 기도도 할 수 없고 잠도 잘 수 없다. 어두워진 정원으로 다시 나가 보았다. 내 방안에서나 집안 어디에서나 나는 무섭기만 하다. 내 비판이 나를, 그를 그 뒤에 남겨 두고 왔던 그 문까지 데려갔다. 나는 어리석은 희망을 갖고 그 문을 다시 열어 보았다. 혹시 그가 와 있으면 하고 불러 보았다. 나는 어둠 속을 더듬어 보았다. 그에게 편지를 쓰기 위해 나는 다시 돌아왔다. 그를 잃는다는 것을 나는 용납할 수가 없다.

도대체 무슨 일이 일어났던가? 그에게 나는 무슨 말을 했던가? 나는 무슨 짓을 했던가? 무슨 필요로 나는 항시 그의 앞에서 내 덕을 과장하려는 것일까? 내 온 마음이 부인하는 덕이 무슨 가치가 있는 것일까? 주님이 내 입술에 올려놓으신 말씀을 나는 몰래 배반하고 있었다.

내 마음을 부풀게 하던 것은 그 어느 것도 말하지 않았다. 제롬, 곁에 있으면 내 가슴이 터질 것 같고, 떨어져 있으면 내가 죽을 것 같은 내 가엾은 벗, 내가 아까 한 말 가운데서 내 사랑을 이야기하던 것 외에는 아무것도 듣지 말아 줘.

편지를 찢어 버렸다. 그러고는 다시 쓰고……. 이제 새벽이다. 눈물에 젖고, 잿빛에 싸인 내 생각만큼이나 서글픈 새벽, 농장에서 일 시작하는 소리가 들려온다. 잠자던 모든 것이 다시 삶을 시작한다. '이제 일어나라, 시간이 되었다.'

내 편지는 부쳐지지 않을 것이다.

10월 5일

그를 빼앗으신 질투심 많은 하느님, 이제 저의 마음도 가지옵소서. 모든 열정이 이 마음을 저버리고 있고, 아무것도 다시는 이 마음을 끌지 못할 것이옵니다. 하오나 내 이 서글픈 나머지를 이겨 낼 수 있도록 도와주시옵소서. 이 집, 이 정원이 제 사랑을 어쩔 수 없을 만큼 북돋아 주고 있습니다. 오직 주님만을 뵈옵게 될 어떤 곳으로 달아나고 싶습니다.

제가 재산이라고 소유하고 있는 것을 당신의 가난한 백성들을 위해 처분하도록 저를 도우소서. 제가 쉽사리 팔아 버릴 수 없는 이 퐁그즈마르의 집만은 로베르에게 남겨 주도록 허락하옵소서.

유언장을 써 놓기는 했지만 나는 필요한 형식을 거의 모른다. 어제 공증인을 만났을 때도 내가 결심한 것을 눈치채고 쥘리에트와 로베르에게 알릴까 두려워 충분히 이야기할 수 없었다. 이 일은 파리에 가서 끝내야겠다.

10월 10일

이곳에 너무 지친 몸으로 도착한 나는 이틀간을 누워 있어야 했다. 내가 싫다는데도 불러 온 의사는 꼭 해야 한다고 하면서 수술 이야기를 했다. 반대해 본들 무슨 소용이 있겠는가? 그러나 나는 수술하기가 겁나고 또 기력이 회복되기를 기다리고 싶다며 그를 설득시켰다.

이름이나 주소도 숨길 수 있었다. 나를 받아들이고, 또 주님께서 아직 필요하다고 여기실 동안 머물러 있는 데에 대해 군말이 없도록 나는 사무실에 돈을 넉넉히 맡겨 놓았다.

이 방은 마음에 든다. 죄 없이 정결하다는 것만으로도 충분히 벽을 치장할 수 있다. 이곳의 생활이 즐겁고 편안한 데에 대해 나 자신도 놀랐다. 이제 더 이상 삶에 대해 바라는 것이 없기 때문이다.

이제는 다만 하느님만으로 만족해야 한다. 하느님의 사랑이란 우리들의 마음을 송두리째 차지하실 때, 비로소 그 기쁨을 보여 주시기 때문이다.

성경 외에는 아무 책도 가지고 오지 않았다. 그런데 오늘 내 안에서는, 읽고 있는 성경의 구절보다도 더 큰 음성으로 파스칼의 그 열광적인 흐느낌이 울려 오고 있다.

'하느님이 아닌 것은 그 어떤 것도 내 기대를 채워 줄 수 없다.'

오, 지각없는 내 마음이 바라던 너무나도 인간적인 기쁨이여. 당신이 저를 절망시키신 것은 이 외치는 소리를 듣기 위함이옵니까?

10월 12일

주의 다스림이 오시옵기를! 그리하여 주께서만이 저를 다스리옵소서. 이제는 제 온 마음을 아낌없이 당신께 바치겠나이다.

몹시 늙은 듯 지쳐 있으면서도 내 영혼은 이상한 동심을 간직하고 있다. 아직도 나는 방 안에 있는 모든 것이 정돈되고, 벗어 놓은 옷을 머리맡에 가지런히 개어 놓지 않으면 잠을 자지 못하던 그 옛날의 소녀 때와도 같다.

이렇게 죽을 준비를 하고 싶다.

10월 13일

없애 버리기 전에 다시 일기를 읽었다.

'자기가 느끼는 괴로움을 털어놓는다는 것은 위대한 영혼에게는 온당하지 못하다.'

아름다운 이 말은 끌로틸드 드 보의 말이라고 생각된다.

이 일기를 불 속에 내던지려는 순간 어떤 경고 같은 것이 나를 가로막았다. 이 일기는 벌써 내 것이 아니다. 따라서 이것을 제롬에게서 빼앗을 권리가 내게는 이미 없다. 이것은 단지 그를 위해서만 쓴 것이라고 느껴진다. 일기 속에 쓰여 있는 내 불안, 내 의심도 오늘에 이르러 생각해 보면 너무나 어처구니없는 것처럼 여겨져 거기에는 아무런 중요성도 붙일 수 없었고, 제롬이 그것을 읽는다고 한들 그 때문에 그의 마음이 동요될 것 같지 않았다.

주여, 제 자신은 필사적으로 도달하려고 했던 덕의 절정에까지, 그만이라도 밀어 올리려고 미칠 듯이 원하던 이 마음의 어설픈 표현을 이 일기에서 그가 때때로 찾을 수 있도록 해주옵소서.

'주여, 제가 도달할 수 없는 그 반석 위로 저를 인도해 주옵소서.'

10월 15일

'기쁨, 기쁨, 기쁨, 기쁨의 눈물⋯⋯.'

인간적인 기쁨과 모든 고통의 저 너머에서, 그렇다! 나는 그 찬연한 기쁨을 예감하고 있다. 내가 도달할 수 없는 그 반석, 나는 그것의 이름을 잘 알고 있다. 행복에 귀착하기 위해서가 아니라면 내 모든 삶은 헛되다는 것을 나는 알고 있다.
아, 그러나 주여, 당신은 그것을 약속하셨습니다. 주여, 단념
하는 순수한 영혼에게 '이제부터 복되도다'라고 당신은 말씀
하셨습니다. '주 안에서 죽는 자는 이제부터 복되도다'라고
죽음에 이르러서까지 저는 기다려야 하옵니까? 여기에서 저
의 믿음은 흔들리옵니다. 주여, 제 온 힘을 다해 당신께 부르
짖고 있사옵니다. 저는 어둠 속에 있나이다. 새벽을 기다리고
있나이다. 목숨이 다할 때까지 당신에게 부르짖고 있사옵니
다. 제 갈증을 축여 주러 오시옵소서. 그 행복에 저는 곧 목이
마릅니다. 아니면 저는 그 행복을 가졌다고 자위해야 하는 것
이옵니까? 먼동이 트기 전에 날이 밝아 오는 것을 알린다기보
다는 차라리 애타는 마음으로 날이 밝기를 부르는 안타까운
새처럼 저는 밤이 새기를 기다리지 않고 노래를 불러야 하옵
니까?

10월 16일

제롬! 네게 완벽한 기쁨이라는 것을 가르쳐 주고 싶어.

오늘 아침, 심한 구토 증세로 일어날 수밖에 없었다. 나는
너무도 고통스러워 차라리 죽었으면 하고 바랐다. 아니, 그게
아니다. 처음에는 모든 내 속에 커다란 평온이 깃들어 있었다.
그리고는 심한 고통이 나를 휘어잡고, 전율이 내 육신과 영혼
을 휘어잡았다. 그것은 내 삶의 속박이 풀린 돌연한 '계시'와
도 같았다. 내 방의 벽이 잔인하게 벌거벗겨진 것을 처음으로

보는 것처럼 느껴졌다. 나는 무서웠다. 아직도 나는 나를 안정시키고 가라앉히기 위해 이 글을 쓰고 있다. 오, 주여! 당신을 모독함이 없이 마지막에 이르게 해주소서!

나는 다시 일어날 수 있었다. 나는 어린아이처럼 무릎을 꿇었다. 지금 빨리 죽었으면 한다. 나 혼자라는 것을 또다시 알기 전에.

9

지난해 나는 쥘리에트를 다시 만났다. 알리사의 죽음을 알려 주었던 그녀의 마지막 편지 후로 십 년이 넘는 세월이 흘렀다. 프로방스 지방을 여행중이었기 때문에 나는 잠시 님에서 발길을 멈추었다. 테시에르 집안은 그 시의 혼잡한 중심가인 프셰르 가도에 있었으며, 꽤 보기 좋은 집이었다. 나는 그 집에 들르겠다는 것을 미리 편지로 알렸음에도 불구하고 문턱을 넘을 때는 적지 않게 가슴이 설레었다.

하녀가 나를 응접실로 올라가도록 안내했고, 얼마 후 쥘리에트가 나를 맞으러 그곳으로 나타났다. 플랑티에 이모님을 보는 것 같은 느낌이 들었다. 걸음걸이며 몸 맵시, 그리고 숨 가쁜 친절까지도 똑같았다. 그녀는 내 대답도 기다리지 않고서 곧장 내가 지내 온 일이며 내 교제 관계 등에 관한 질문을 계속해서 나를 연방 몰아세우기 시작했다. 파리에서는 내가 무엇을 했는지, 그리고 에두아르가 나를 보면 무척 기뻐할 에그비브에 어째서 가 보지 않았는지, 그리고 자기 남편과 아이들, 지난번의 추수, 불경기 등에 관해 이야기했다. 그로 인해 나는 로베르가 에그비브에 와서 살기 위해 퐁그즈마르의 집을 팔았다는 것을 알았다. 현재 그는 에두아르와 동업을 하고 있고, 그래서 에두아르는 여행도 하고 대외 활동에 특별히 힘을 기울일 수 있으며, 한편 로베르는 밭에 남아서 생산에 관련된 일을 하고 있다고 했다.

나는 한편 과거를 회상시켜 줄 수 있는 것을 불안한 눈으로 찾기 시작했다. 응접실의 새로운 가구들 사이에서 나는 퐁그즈마르에 있던 몇몇 가구들을 쉽사리 알아볼 수 있었다. 그러나 내 안에서 부르르 떨고 있던 과거를 쥘리에트는 이제 모르고 있거나 아니면 일부러 거기에 신경쓰지 않으려고 애쓰는 것 같았다.

13살이나 14살쯤 되어 보이는 사내아이들이 층계에서 놀고 있었다. 아이들 가운데서 맏이인 리즈는 제 아버지를 따라 에그비브에 갔다고 했다. 10살 먹은 사내아이가 바로 알리사의 죽음을 알려 주던 당시, 해산이 가깝다고 하던 바로 그 사내아이였다. 이때의 임신은 끝까지 고통스러웠고 그 때문에 쥘리에트는 산후에도 오랫동안 불편했다고 했다. 그리고 지난해에는 생각을 바꾸어 딸아이를 또 하나 낳았다고 했다. 그녀의 말을 들어 보면, 쥘리에트는 다른 아이들보다 이 딸아이를 더 귀여워하는 것 같았다.

"내 방에서 그 아이가 자고 있는데, 바로 요 옆이에요."

쥘리에트는 말했다.

"이리 와서 그 애를 보세요."

나는 그곳으로 따라갔다.

"제롬, 감히 편지로는 부탁하지 못했지만, 이 아이의 대부가 되어 주겠어요?"

"물론이지, 너만 좋다면야."

나는 쥘리에트의 말에 놀라며 어린아이의 요람을 들여다보면서 말했다.

"이 아이는 언니를 좀 닮았어요. 그렇게 보이지 않아요?"

나는 놀라서 아무런 대꾸도 하지 못하고 쥘리에트의 손을 쥐었다. 제 어머니가 들어올리자 그 작은 알리사는 눈을 떴다. 나는 그 아이를 내 팔에 받아 안았다.

"오빠는 훌륭한 아버지가 될 거예요."

쥘리에트는 웃어 보이려고 애쓰며 말했다.

"언제 결혼하실 거예요?"

"많은 일들을 잊어버리면."

쥘리에트는 내 말에 얼굴을 붉혔다.

"꼭 잊고 싶으세요?"

"언제까지라도 잊고 싶지 않아."

"이리로 오세요."

벌써 어두워진 작은 방으로 나를 앞장서 가면서 그녀가 갑자기 말했다. 그 방의 문은 쥘리에트의 방으로 나 있었고, 또 한 문은 응접실 쪽으로 나 있었다.

"시간이 있을 때마다 제가 숨어 들어오는 곳이에요. 집 안에서 가장 조용한 방이죠. 여기 있으면 삶에서 피난해 있는 것처럼 느껴져요."

그녀가 말한 작은 응접실의 창문은 다른 방들의 창문처럼 거리의 소음 쪽으로 향해 있지 않고 나무들이 서 있는 안뜰 같은 곳으로 향해 있었다.

"앉으세요."

안락의자에 앉으면서 그녀가 말했다.

"내가 오빠를 잘못 알고 있지 않다면 아마도 오빠는 언니의 추억에 충실하려는 거죠?"

나는 한동안 대답을 하지 않고 있었다.

"아마도, 그렇다기보다는 알리사가 내게 해준 모든 생각 때문에서겠지. 아니, 그렇게 한다고 해서 내가 무슨 장한 짓을 한다고는 생각하지 말아 줘. 나는 그렇게밖에 할 수 없다고 생각하고 있으니까. 만일 내가 어떤 여자와 결혼한다면 나는 그 여자를 사랑하는 척하는 것 외에 별 도리가 없단다."

"네……."

그녀는 이미 알고 있다는 듯이 짧게 한숨을 내쉬었다. 그러고는 내게서 얼굴을 돌리더니 잃어버린 물건이라도 찾으려는 듯 바닥을 내려다보았다.

"그럼, 아무런 희망도 없는 사랑이 그처럼 오랫동안 마음속에 간직될 수 있다고 생각하세요?"

"그래, 쥘리에트."

"삶이 계속되는 한 그 사랑은 꺼지지 않으리라는 건가요?"

땅거미가 햇빛에 밀물처럼 밀려와서는 어둠 속에 잠기게 하자, 물건들이 나지막한 목소리로 자신의 과거를 되살리고 들려주는 듯했다. 쥘리에트가 가구들을 다시 옮겨다 모아 놓은 방을 보자 나는 알리사의 방을 보는 것만 같았다. 쥘리에트는 다시 내게로 얼굴을 돌렸다. 이제는 그녀의 윤곽도 잘 분간할 수 없어서, 쥘리에트가 눈을 감고 있었는지 어쩐지는 알 수 없었다. 쥘리에트는 참 아름다워 보였다. 그리고 이제 우리는 아무 말 없이 앉아 있었다. 이윽고 그녀가 말했다.

"이제 잠에서 깨어나지 않으면 안 돼요."

마침내 그녀가 일어나서 한 발자국 앞으로 걸어갔으나 기력이 없는 듯 의자에 쓰러졌다. 그녀는 손으로 얼굴을 가린 채 울고 있는 듯이 보였다.

하녀가 등불을 들고 들어왔다.

전원교향악

제1노트

1887년 2월 10일

쉬지 않고 사흘이나 내리 퍼붓는 눈이 나의 생활을 모두 꽉 막아 버렸다. 15년 전부터 달마다 두 번씩 R촌에서 예배를 맡아 주관해 왔는데 자꾸만 쌓이는 눈으로 그곳에 갈 수가 없었다. 또 오늘 아침 이곳 라 브레비느 교회에 신도가 30명밖에 모이지 않게 만들었다.

어쩔 수 없는 이 감금 상태를 어떻게 이용하면 좋을까? 달리 생각해 보면 오랜만에 얻은 휴가이기도 한데…….

나는 지난 일을 회상하기로 했다. 그리고 어떻게 해서 내가 제르트뤼드를 보살피게 되었는지 이야기하기로 했다.

아, 제르트뤼드!

오직 숭배와 사랑을 위해 어둠 속에서 찬란한 빛으로 끌어낸 어떤 새로운 것같이 여겨지는 이 경건한 영혼의 교육과 성장 발전에 관한 모든 것을 여기에 샅샅이 적으려고 한다.

이런 임무를 내려 주신 주님이시여, 찬미 받으옵소서.

2년 반 전의 일이다. 내가 쇼 드 퐁 시(市)에 갔다 올라오고 있을 때, 이전에 한 번도 본 일이 없는 소녀가 나를 급하게 따라왔다. 7킬로미터 정도 떨어진 곳에서 한 노파가 사경을 헤매고 있으니 그 불쌍한 노파의 집에 가 달라는 것이었다. 난 캄캄해지기 전에는 돌아오지 못할 것 같은 예감이 들어 등불을 준비했다. 그리고 마침 말도 끄르지 않은 터라 바로 마차에 소녀를 앉혔다.

나는 그 시의 지리는 속속들이 잘 안다고 생각했다. 그러나 소녀는 소드레의 농장을 지나자 내가 이제껏 발을 들여놓은 적이 없는 길로 인도했다. 한참 후 그곳에서 왼쪽으로 2킬로미터쯤 떨어져 있는 곳에 자리한 호수를 보았다. 그것은 내가 젊었을 적에 몇 번인가 스케이트를 타러 갔던 작고 신비로운 호수였다. 목사가 된 후 15년 동안 그곳에 갈 일이 없었기 때문에 이제는 호수가 있었는지조차 모를 정도로 까마득히 잊고 있었다. 그런데 예고 없는 소녀의 출현으로 그 호수를 다시 볼 수 있었다. 불그스레하고 황금빛이 도는 아름다운 저녁 풍경 속에서 별안간 그곳에 대한 기억이 떠올랐을 때, 처음에는 그 것이 꿈만 같았다.

노파의 집으로 가는 길은, 호수에서 흘러나오는 물줄기를 따라 수풀 가장자리를 돌아서 다시 어느 토탄 갱을 따라가야 하는 오솔길이었다. 이곳은 분명 처음 가는 길이었다.

해는 뉘엿뉘엿 서산을 넘고 있었다. 우리는 땅거미가 깔린 길을 아무 말 없이 마차 바퀴 소리만을 벗삼아 달리고 있었다.

이윽고 내 어린 안내자는 언덕 중턱에 있는 오두막집을 손으로 가리켰다.

그 작은 오두막집에서는 아주 가느다란 연기가 피어오르고 있었다. 파랗게 피어오르다가 노을진 하늘로 사라지는 그 연기조차 없었다면 빈집으로 여길 만한 분위기였다. 나는 근처 사과나무에 말을 매고 노파가 누워 있는 방으로 소녀를 따라 들어갔다.

고요하고 장엄한 낯선 노파의 임종의 모습이 전율마저 느끼게 했다. 그 곁에 한 젊은 여자가 침대 옆에 무릎을 꿇고 앉아 있었다. 나는 나를 찾아온 소녀가 죽은 이의 손녀라고 생각했다. 그런데 소녀는 노파의 심부름꾼이었다. 어느 틈엔가 그 소녀는 그을음 나는 초에 불을 켠 뒤 침대 아래쪽에 꿇어앉아 있었다. 그 먼길을 오는 동안에 나는 소녀에게 말을 걸어 보려고 애썼지만 겨우 서너 마디 대답을 들었을 뿐이었다. 죽은 사람에 대한 것은 전혀 알 수 없었다.

꿇어 앉아 있던 여자가 일어났다. 나는 그녀가 친척쯤 될 거라 생각했지만 이 여자 역시 그저 이웃 사람일 뿐이었다. 소녀가 주인이 쓰러지는 것을 보고 다른 사람을 찾았고, 그래서 이웃 여자가 뜻하지 않게 시체를 지킨 모양이었다. 여자는 내게 노파가 별 고통 없이 숨졌다고 했다.

우리는 매장과 장례식에 관한 일을 함께 의논했다. 비슷한 경험은 몇 번 있었지만 작고 외진 변두리 마을이었기 때문에 모든 것을 내가 처리해야만 했다. 그리고 아무리 초라하더라도 사람이 사는 집이며 모든 것을 이웃 여자와 심부름꾼 소녀에게 내버려둔다는 것이 왠지 꺼림칙했다. 특별히 유산이라고 할 만한 것도 보이지 않았다. 더욱이 이 보잘것없는 집에 무슨 보물이 숨겨져 있을 것 같지도 않았다. 하지만 그냥 있을 수도 없는 일이었다. 나는 우선 여자를 향해 노파에게 상속인은 없느냐고 물었다.

그러자 그녀가 촛대를 들어 벽난로 한 구석에 갖다 댔다. 나는 벽난로 안쪽에 쪼그리고 앉아 잠들어 있는 희미한 형상을 알아볼 수 있었다. 여자가 잠든 사람과 나를 번갈아 바라보며 말했다.

"심부름하는 아이 말로는 이 눈먼 계집애가 조카딸이라고 하는데, 친척이라고는 이 아이 하나뿐인 모양이에요. 그나저나 이 애는 고아원으로 보내야겠지요. 그렇지 않으면 어떻게 해야 좋을지 모르겠네요."

그 여자의 말은 내 가슴을 두근거리게 했다. 아이 앞에서 간단히 그 운명을 결정하는 인정 없는 말이 아이에게 섭섭하게 들리지나 않을까 하는 불안한 생각이 들었다. 다행히 아이는 듣지 못한 것 같았다.

"깨우지 마시오."

나는 목소리만이라도 낮추게 하려고 여자에게 속삭이듯 말했다. 하지만 그녀는 다시 큰 소리로 말했다.

"뭘요, 잠들어서 저러는 게 아니에요. 바보거든요, 말도 못하고 남의 말을 알아듣지도 못해요. 오늘 아침부터 이 방 안에

214

있었는데, 이 애는 지금까지 꼼짝도 하지 않았어요. 처음에는 귀머거리인 줄 알았어요. 그런데 심부름하는 아이가 그러는데, 그런 게 아니라 노파가 귀머거리여서 다른 사람에게도 그랬지만 이 애한테는 통 말을 하지 않았다는군요. 오래 전부터 먹거나 마시거나 할 때만 겨우 입을 열었을 뿐이래요."

"몇 살이나 되었나요?"

아이를 바라보며 내가 물었다.

"한 열 댓 살은 되었을 거예요. 자세한 건 모르지만……"

이 가엾은 고아를 내가 돌봐 주어야겠다는 마음이 금방 생기지 않았다. 그러나 아이를 보며 기도했다. 기도를 올리고 나자─더 정확히 말하면 침대 머리맡에 꿇어앉아 있는 이웃 여자와 심부름꾼 소녀 가운데에 꿇어앉아 그들과 함께 기도 드리는 동안─하나님이 내 앞에 일종의 의무를 갖다 놓은 것으로, 비겁한 사람이 아니고는 피할 수 없는 일이라는 생각이 들었다. 결국 내가 기도를 마쳤을 때에는 아이를 누구에게 맡기겠다거나 어떻게 하겠다거나 하는 것은 생각하지도 않았다. 다만 이 아이를 그날 밤 안으로 데리고 가야겠다고 마음먹었을 뿐이었다.

그런 뒤에 얼마 동안 노파의 잠든 얼굴을 들여다보았다. 주름이 잡혀 쭈글쭈글하게 오므라든 입은 행여 한푼이라도 빠져나갈까 싶어 구두쇠가 주머니 끈을 힘껏 졸라 맨 것 같았다. 나는 노파에게서 눈을 돌려 눈먼 여자아이를 돌아다보며 이웃 여인에게 내 생각을 전했다.

"하긴 내일 사람들이 시체를 거두러 올 때에 이 아이는 여기 없는 편이 좋겠죠."

여자는 아이에 대해 관심조차 없다는 듯 대답했다. 아이는 여전히 움직이지 않았다. 사람들이 가끔 그 실없는 반론만 즐기지 않는다면 많은 일이 쉽게 처리될 것이다. 어렸을 때부터 우리가 하고 싶었던 많은 일을 단지 주위 사람들이 '저 아이는 해내지 못할 거야'라고 했기 때문에 하지 못한 일이 얼마나 많은가.

눈먼 여자아이는 의지가 없는 덩어리처럼 그저 끄는 대로 끌려 나왔다. 아이의 얼굴은 요모조모 꽤 아름다웠지만 표정이 전혀 없었다. 나는 방 한구석 다락으로 올라가는 안쪽 계단 밑에서 아이의 것으로 보이는 이불을 하나 가져왔다.

이웃 여자는 나를 도와 여자아이를 조심스럽게 감싸 주었다. 그날 밤은 매우 맑았다. 하지만 몹시 추웠기 때문에 아이가 얼지 않도록 주의했다. 나는 마차에 등불을 켜고 웅크린 채 내게 기댄, 영혼 없이 피부에 전해지는 체온으로 살아 있음을 깨닫게 하는 살덩어리를 데리고 길을 떠났다. 가끔씩 아이를 바라보며 나는 생각에 빠지곤 했다.

이 아이는 자는 걸까? 그렇다면 얼마나 캄캄한 잠을 자고 있는 걸까? 도대체 언제쯤 어떻게 하면 깨어날까? 그리고 이 아이에게 깨어 있는 것과 자는 것은 무엇이 다를까?

주여, 이 빛이 없는 육체에 갇혀 있는 영혼은, 당신이 은혜

216

의 빛을 내려 마침내 그를 비춰 줄 날이 있을 것이라고 기다리
는 것은 아닙니까. 주여, 당신께서 도우시어 내 사랑으로 하여
금 이 영혼에게 무서운 암흑을 물리칠 수 있게 해주시옵소
서……. 빛을 만나게 하시옵소서.

진실되기를 원하는 만큼 나는 거짓을 말할 수 없다. 때문에
집에 돌아왔을 때 받은 불쾌한 장면을 지나치고 얘기할 수는
없다.

내 아내 아멜리는 부덕(婦德)의 동산 같은 여자였다. 그래
서 우리가 가끔 겪는 난처한 경우에 나는 한 번도 그녀의 훌륭
한 용기를 의심한 적이 없었다. 그리고 의심할 수도 없었다.
하지만 그녀의 타고난 자비로움은 갑작스러운 일을 당하는 것
만큼은 몹시 싫어했다. 아멜리는 알뜰한 여자였다. 그래서 의
무를 다하지 않는 것이나 의무 이상의 것을 하는 것이나 똑같
이 싫어했다. 어떤 때 그녀는 발끈 성내며 내뱉는 듯한 투로
말하기도 했다. 때문에 그 순간 그녀의 반응을 예기치 못하였
던 것은 아니었다.

"아니, 이번에는 무슨 짐을 맡아 갖고 오는 거예요?"

아이들의 눈이 동그래졌다.

나는 우리가 다툴 일이 있을 때마다 늘 그렇듯 우선 놀란 아
이들을 밖으로 내보냈다. 아이들은 무슨 일인가 하고 멍하니
입을 벌린 채 거기 서 있었다. 이것은 내가 바라던 것과 너무
나 거리가 멀었다. 나는 이런 만남을 바란 적이 없다. 오직 샤

를 로트 혼자만 어떤 새로운 것이, 어떤 살아 있는 것이 마차에서 나오리라는 것을 알고 손뼉을 치며 좋아했다. 하지만 이미 어머니의 방침대로 교육받은 다른 아이들은 어린 동생의 흥분을 가라앉히고 얌전히 굴게 했다.

집안은 뒤죽박죽이었다. 그리고 아멜리와 아이들은 여자아이가 눈이 멀었다는 사실을 몰랐다. 이 때문에 내가 왜 그렇게까지 조심스럽게 그 아이의 걸음을 인도하는지 이해하지 못했다. 길을 오는 동안 줄곧 붙잡고 있던 아이의 손을 놓자 이 불쌍한 장님 아이는 괴상한 신음 소리를 질러댔다. 그 바람에 식구들이 놀란 것은 물론 나 자신도 얼떨떨했다. 아이의 부르짖음은 도무지 사람의 소리 같지 않았다. 오히려 작은 개의 슬픈 울음소리와도 비슷했다. 아이는 자신에게 익숙한 감각의 테두리 밖으로 태어나 처음 끌려 나온 듯 두 무릎이 주저앉을 것처럼 휘청거렸다. 내가 그 앞으로 의자를 내밀어 주었지만 아이는 의자에 앉을 줄도 모르는 듯 그냥 방바닥에 주저앉아 버렸다. 나는 주저앉은 아이를 다시 일으켜 난로 곁으로 데려갔다. 잠시 후 아이는 노파의 집 난로 옆에서 처음 보았을 때 가졌던 자세 그대로 난로 벽에 기대어 쪼그리고 앉고서야 겨우 진정되는 것 같았다. 아이는 집으로 오는 마차 안에서도 자리 밑에 들어가 줄곧 내 발밑에 웅크리고 있었다.

아멜리는 못마땅해하면서도 나를 거들었다. 그녀의 자연스러운 대처법은 언제나 훌륭했다. 하지만 아멜리의 이성은 쉴 새 없이 활동해서 그녀의 신경을 자주 곤두세웠다.

"당신을 이걸 어떻게 할 작정인가요?"

아이가 자리를 잡자 아멜리는 또 이렇게 말했다. 그녀가 그 아이를 물건처럼 부르는 것을 듣고 몸이 부들부들 떨려 왔다. 분노가 치미는 것을 참을 수 없었다. 그러나 나는 참는 것에 익숙해 있었다. 그것은 고요한 사색에 젖어 온 오랜 습관 탓이었다. 나는 둘러앉은 가족을 향해 돌아선 뒤 한 손으로 눈먼 여자아이의 이마를 짚고 될 수 있는 한 엄숙하게 말했다.

"길 잃은 양을 데리고 왔소."

이렇게 말하면서도 한 가지 사실을 생각했다. 복음서의 교훈 중에는 무엇이든 이치에 어긋나거나 이치를 초월한 것이 있을 수가 있다는 사실을 아멜리는 인정하지 않는다. 나는 아멜리가 반대하리라는 걸 알았다. 그래서 우리 부부 싸움에 익숙할 뿐 아니라 본래 호기심이 별로 없는—부족하다고까지 할 정도로—자크와 사라에게 눈짓을 하자 그들은 두 어린아이를 데리고 나갔다. 아멜리는 아직도 낯선 침입자로 인해 어쩔 줄 모르고 성이 나 있는 듯해 보였다. 나는 덧붙여 말했다.

"이 애 앞에서는 말해도 괜찮소. 가엾은 것이 알아듣지 못하니까."

그제서야 아멜리는 아무것도 내게 할말이 없으며 관습과 상식에 어긋나는 일이라도 당신이 하는 일이라면 언제나 그랬던 것처럼 복종할 수밖에 없노라고 항변했다. 아이를 어떻게 해야겠다는 생각은 전혀 하지 않았다. 우리 집에 둘 수 있을까 하는 것도 생각해 보지 않았고, 생각했다 하더라도 그것은 막연한 것에 지나지 않았다. 아멜리가 이 집에 식구가 이만하면 너무 많은 것 같지 않냐고 물었을 때에야 비로소 그런 생각을 가졌다고 말할 수 있을 정도였다. 그리고 아멜리는 내가 식구들의 반대는 아랑곳하지 않고 언제나 제멋대로이며, 자기로서는 아이가 다섯이면 넉넉하다고 생각하며, 클로드가 태어난 뒤로는—바로 그때 제 이름을 듣기나 한 것처럼 클로드가 요람 속에서 울기 시작했다—손이 꽉 차서 이제는 더 이상 어찌할 수 없다며 반대 이유를 늘어놓았다.

이렇게 아내의 푸념을 몇 마디 들었을 때, 내 마음속에서 그리스도의 말씀 몇 구절이 입술까지 흘러나왔다. 그것은 이상한 일이었다. 그러나 성서의 권위를 내세워 내 행위를 변명한다는 것은 정당하지 못한 일이라는 생각이 들었으므로 꾹 참았다. 그리고 아멜리가 피곤하다고 말할 때에는 풀이 죽었다. 주책없이 흥분된 내 열정으로 생긴 결과를 그녀에게 짊어지게 한 적이 한두 번이 아니었음을 인정하기 때문이다. 그러나 이 비난은 내 의무를 가르쳐 주었다. 그리하여 나는, 만일 아멜리가 나와 같은 처지에 있더라도 나처럼 하지 않을 수 없었을 것이며, 의지할 데가 없는 아이를 불행하게 내버려둘 수가 있는지 생각해 보라고 아주 조용히 타일렀다. 그리고 살림 걱정에다 불구인 아이의 시중까지 들려면 얼마나 많은 수고를 더 해야 하는지 모르는 것도 아니며 당신을 좀더 도와 줄 수 없는 것을 미안하게 생각한다고 덧붙여 말했다. 나는 될 수 있는 대로 그녀를 달래야만 했다. 그리고 원망받을 일도 하지 않은 여자아이를 탓하지 말도록 간청했다. 이제는 집안일을 거들어 줄 수 있을 만큼 사라도 자랐으며 자크도 우리가 돌봐 주지 않아도 될 만큼 자랐음을 말했다. 그녀의 의지를 누그러뜨리지 않았더라면 실랑이가 오래 벌어졌을 것이 뻔했다. 그러나 고맙게도 신은 아멜리가 충분히 생각할 수 있도록 하고, 그녀를 설득시키기에 도움이 될 만한 말을 내 입에 담아 주셨다. 나는 신에게 감사 드렸다.

나는 싸움에 거의 이긴 것으로 생각했다. 아멜리도 상냥하게 아이 곁으로 가까이 갔다. 그러나 아멜리가 여자아이를 살펴보려고 램프를 비추었을 때 그 말할 수 없이 더러운 꼴을 보고 억눌렸던 그녀의 분노가 마침내 폭발했다. 아멜리는 부르짖었다.

"아유, 냄새! 이게 무슨 꼴이야, 털어라, 빨리 털어, 아니 여기서 털지 말고 밖에 나가 털어, 에그머니나, 아이들한테 벌써 잔뜩 옮았겠군. 나는 이를 제일 싫어하는데……."

아이의 몸에는 이가 우글대고 있었다. 순간 나는 마차 안에서 그렇게 오랫동안 그 아이를 내 몸에 꼭 기대게 했던 것을 생각하고 내 몸에도 이가 기어다니는 느낌이 들었다.

조금 뒤에 그 아이가 말끔히 몸을 털고 들어오자, 아멜리는 두 손을 머리에 감싼 채 안락의자에 쓰러져 울었다. 나는 자랑스럽게 말했다. 결코 그렇지 않다고 해도 나는 떳떳하게 말했다.

"당신에게 이런 시련까지 겪게 할 생각은 없었소. 어찌 되었든 오늘 밤은 그만 자도록 합시다. 너무 늦어서 보이지도 않으니 말이오. 나는 이 애가 자는 곁에서 밤을 새우며 불을 보살피리다. 참, 내일은 머리를 깎고 목욕을 시킵시다. 하지만 이 애를 예사로 바라볼 수 있을 때까지 당신은 보살펴 주지 않아도 좋소."

나는 아내가 알아들을 수 있도록 이야기했다. 이 이야기를 아이들에게 하지 말라고 부탁하면서.

저녁 시간이다. 늙은 하녀인 로잘리가 우리의 식사 시중을 들면서 아이를 못마땅한 눈초리로 흘겨보았다. 그 아이는 내가 내미는 수프 접시를 마치 집어삼키기라도 하려는 듯 마셨다.

식사중에는 누구도 말을 하려고 하지 않았다. 마음 같아서는 이번 일을 아이들에게 이야기하면서, 아이들이 가난이란 이토록 참혹한 것임을 느낄 수 있도록, 하나님이 우리에게 보내신 이 아이를 불쌍히 여기도록 그들을 감동시키고 싶었다. 하지만 아멜리의 성을 돋울 것이 두려워 입을 꾹 다물었다.

우리들 중 누구도 다른 것은 도무지 생각할 수가 없었지만 이 사건은 암암리에 잊어버리라는 명령이라도 내린 듯이 조용히 마무리되고 있었다.

다들 잠자리에 들고, 아멜리도 나를 혼자 남겨 두고 나간 지 한 시간쯤 지났을 때 어린 샤를로트가 잠옷 바람에 맨발로 문을 열더니 가만히 들어와 내 목을 힘껏 껴안았다.

"나는 아빠한테 안녕을 하지 않았어."

샤를 로트가 귓속말로 소곤거렸다. 그리고 잠들기 전에 한 번 더 보고 싶었는지 눈먼 여자아이가 자고 있는 것을 조그만 집게손가락으로 가리키면서 아주 작은 목소리로 말했다.

"저 애에게 키스를 하지 않았는데……."

"내일 해주렴. 지금은 그냥 두자, 자고 있으니까."

나는 샤를 로트를 문까지 데려다 주며 말했다. 그리고 돌아와 책을 읽기도 하고 다음 설교 준비를 하기도 하면서 그럭저럭 밤을 새웠다.

나는 이런 생각을 했다. 지금도 기억에 남지만, 샤를 로트는 분명히 언니들보다 훨씬 다정한 태도를 보여 주었다. 그러나 그 아이들도 모두 이만한 나이 때는 처음에 나를 속이지 않았던가. 지금은 저렇게 빈정거리는 큰아들 자크까지도……. 사람들은 그들을 다정한 아이들로 생각하지만 어쩌면 아첨하고 알랑거리는 것에 속고 있는 것일 게다.

2월 27일

오늘 밤에도 눈이 많이 왔다.

아이들은 얼마 후면 창문으로 나가야 한다고 무척 즐거워했다. 사실, 오늘 아침 문이 막혀 세탁장으로 해서 겨우 밖에 나갈 수 있었다. 어제 나는 식량이며 땔감이 걱정스러워 마을로 내려갔다. 마을에 식량이 넉넉하다는 말을 듣고 다행스럽게 생각했다. 이제 얼마 동안은 외부와 끊어진 채 떨어져 살아야할 테니까.

눈 때문에 꼼짝하지 못하기는 이번 겨울이 처음은 아니다. 그러나 이렇게까지 막힌 것은 일찍이 본 적 없었다. 나는 이것을 이용해서 이제 시작한 이야기를 계속하려고 한다. 앞에서도 말했지만 여자아이를 데려왔을 때 이 아이가 장차 우리 집안에서 어떤 자리를 차지할지에 대해 심각하게 생각하지 않았다. 다만 아멜리가 조금은 못마땅하게 여기리라는 것을 짐작한 정도였다. 우리가 비워 줄 수 있는 자리와 우리의 궁색한 살림도 잘 알고 있었다.

나는 늘 하는 버릇대로, 내 충동으로 인해 갑자기 사용될 비용은 아예 따질 생각도 하지 않고—그렇게 하는 것은 복음 정신에 어긋나는 것으로 생각했다—주님의 자연스러운 지시에 따라 행동했다. 그렇다고 해서 일방적으로 아멜리에게 맡긴다거나 남에게 책임을 지우는 따위의 일을 해서는 안 된다는 것 또한 잘 알고 있었다.

어느 정도 시간이 흘러서야 아멜리에게 너무 많은 짐을 안겨 준 것 같아 그녀를 마주대할 때는 언제나 바늘방석에 앉아있는 기분이었다. 그것이 얼마나 무거운 짐이었는지 나도 처음에는 어찌할 바를 모를 정도였다.

나는 아멜리가 아이의 머리를 깎아 주는 것을 할 수 있는 한도와 주었다. 그녀는 싫은 일을 억지로 하는 기색이 역력했지만 아이의 몸을 깨끗이 해주는 일은 아멜리에게 맡기는 수밖에 없었다.

아멜리는 이제 아무런 푸념도 하지 않았다. 그녀는 밤새 심사숙고하며 이 새로운 짐을 떠맡기로 작정한 모양이었다.

그녀는 거기에 어떤 쾌감까지도 느끼는 것 같았다. 아이의 단장을 마친 다음에는 상냥하게 웃어 보이기까지 했다. 내가 포마드를 발라 준 짧은 머리에는 흰 모자가 씌워졌다. 더러운 누더기는 아멜리가 불에 던져 버리고 깨끗해진 제르트뤼드에게 사라의 헌 옷가지와 속옷을 입혔다.

아, 제르트뤼드라는 이름은 샤를 로트가 고른 것으로, 눈먼 그 아이 자신도 이름을 몰랐고 어디에서도 이름을 알 수 없었으므로 모두들 그렇게 부르기로 했다. 사라가 작년 이후로 입지 못하는 옷이 아이에게 맞는 것을 보면 제르트뤼드는 사라보다 어린 것 같았다.

여기서 내가 처음에 맛본 깊은 환멸을 고백하지 않을 수 없다.

처음에 제르트뤼드의 교육에 관해 한 편의 소설을 구상했다. 그러나 현실은 철저히 그것을 짓밟았다.

그 무관심하고 우둔한 표정, 아니 그보다 완전무결한 그 무표정은 내 호의를 송두리째 얼어붙게 했다. 그 아이는 하루종일 방어 태세를 갖추고 불 옆에 움츠리고 있었다. 그리고 우리들의 말소리가 들리거나 누가 그 옆으로 가까이 가거나 하면 아이의 얼굴은 곧바로 험상궂게 일그러졌다. 제르트뤼드의 얼굴이 표정을 띠는 것은 오직 적의를 보일 때뿐이었다. 누가 조금이라도 주의를 끌려고 하면 짐승처럼 웅웅거리거나 낑낑거렸고 손을 휘둘러 주위의 물건을 금새라도 집어던질 것처럼 행동했다.

그 아이의 난폭함이 가라앉는 유일한 시간은 모두가 테이블에 둘러 앉는 식사 때였다. 식사는 내가 직접 갖다 주었는데, 짐승처럼 덤벼드는 그 꼴은 차마 눈뜨고 볼 수 없을 정도였다. 사람의 마음이란 사랑스러운 아이에게 정이 더 가고 귀엽게 대하는 법이다. 그 아이의 무례하고 모든 것을 거부하는 모습을 보면 누구라도 싫은 마음이 들 것이다.

처음 열흘 동안은 그 상태가 절망에 빠질 만큼 심각해, 내 최초의 충동을 후회하고 아이를 데려오지 않았더라면 하고 생각할 정도였다. 그래서 차츰 제르트뤼드를 거들떠보지 않을 정도까지 이르렀다. 감출래야 감출 수 없는 이런 감정을 알아차린 아멜리는 약간 의기양양한 모습이었다. 그녀는 제르트뤼드가 내게 짐이 되고, 그 아이가 집에 있는 것이 내 괴로움이란 것을 깨달은 다음부터는 그만큼 더 친절하게 제르트뤼드를 보살폈다.

그러던 무렵, 발 트라베르에 사는 의사 마르탱이 환자를 회진하던 길에 나를 찾아왔다. 내가 제르트뤼드의 상태에 대해 이야기하자 그는 흥미를 갖고, 눈먼 여자아이에 지나지 않는데도 그렇게까지 지능이 발달하지 못한 것을 매우 이상하게 여겼다. 그런 그에게 나는, 아이가 장님인데다 이때까지 보살펴 주던 사람이 귀머거리 노파뿐이었던 탓에 아무도 말을 건

낸 적이 없었으며, 그래서 이 가엾은 아이는 완전히 버림받은 상태였음을 설명했다. 그러자 그는 낙담하기에는 아직 이르다 며 내 방법이 틀렸다고 지적했다.

그는 이렇게 말했다.

"자네는 튼튼한 기초도 다져 보기 전에 집을 지으려 하는 군. 생각해 보게. 이 영혼 안에는 최초 원시림의 상태, 고대의 성들만이 가득 차 있다네. 이 때문에 아무런 윤곽조차 잡히지 않을 뿐 아니라 본능이 지배하고 있어. 우선 몇 개의 촉각과 미각을 한데 엮어 거기에 소리 하나, 말 한 마디씩을 꼬리표 모양으로 매달아 놓고 듣기 싫을 때까지 거듭 말해 준 다음 그 아이에게 그것을 거듭 외우도록 힘써야 하네. 반복 교육이지. 그렇다고 효과를 너무 서둘러 확인하려고 하지 말게. 정해진 시간에 그 아이를 돌봐 주고, 너무 오랫동안 계속하지 말게. 이 방법은 조금도 어려운 것이 아닐세—그는 이 방법을 자세 히 설명하고 나서 덧붙여 말했다—이건 내가 발명한 게 아니 라, 벌써 많은 사람들이 실험해 본 것이라네. 자네 생각나지 않나? 우리가 철학을 함께 배울 때 교수들이 콩디약과 그의 살아 있는 조상(彫像)에 대해 이것과 비슷한 경우를 이야기해 주었던 것을……. 하긴—하고 그는 고쳐 말했다—그 다음에 어떤 심리학 잡지에서 읽었는지 어렴풋하지만 그 이야기는 내 게 충격을 주었다네. 그래서 그 불쌍한 여자아이의 이름까지 도 기억하고 있지. 그 아이는 눈이 멀고 귀머거리이며 벙어리 였으니 제르트뤼드보다도 더 상황이 좋지 않은 셈이었지. 18

세기 중엽의 일이었는데, 로라 브리지먼이란 여자아이를 영국의 어떤 의사가 돌보고 있었네. 자네도 앞으로 그렇게 해야겠지만, 이 의사는 아이를 가르치기 위해 애쓴 내용들을 일기에 기록했다네. 그는 며칠이고 몇 주일이고 꾸준히 2개의 작은 물건과 펜을 번갈아 만져 보고 더듬어 보게 했지. 그런 다음에는 점자책 위에 볼록 나온 핀과 펜이라는 두 글자를 만져 보게 했다네. 하지만 몇 주일 동안 그는 아무 효과도 얻지 못했어. 여자아이의 육체는 마치 영혼이 없는 것 같았네. 그래도 그는 신념을 잃지 않고 이런 말을 했네. 자신은 깊고 캄캄한 우물에 다가가서 언젠가는 그것을 잡을 테지 하는 희망을 안고 무턱대고 줄을 흔드는 사람과도 같았다고. 왜냐하면 그는 그 우물 속에 반드시 누군가 있다는 것과 결국에는 그 줄을 잡을 거라는 걸 조금도 의심하지 않았던 걸세. 믿음이란 언제 어디서나 중요한 모양이야. 그러던 어느 날 그는 로라의 감각 없는 얼굴에 미소가 어리는 것을 보았다네. 그 순간 아마도 그의 눈에서는 감사와 사랑의 눈물이 쏟아졌을 테고 주께 감사하기 위해서 무릎을 꿇었겠지. 마침내 그 의사가 원하는 것을 로라가 이해했던 걸세. 살아난 거야! 이 날로부터 로라는 정신을 차렸고 그만큼 진보도 빨랐네. 오래 가지 않아 로라는 혼자서 공부할 만큼 좋아졌고 그 뒤 맹인 학교 교장까지 되었다네. 최근에는 이런 예가 많이 늘었지. 좀 어리석다고 생각하네만, 이런 장애자들도 행복해질 수 있음을 이상하게 여겼는지 잡지와 신문들이 사설을 내보내면서 특별히 다루더군. 게다가 그들이 쓴 글까지 게재하고 말이야. 이것이 왜 어리석게 생각되느냐 하면 말이지, 이건 하나의 사실 아닌가. 불구자들도 그들 나름대로 행복하게 산다는……. 그래서 각기 자신의 생각을 표현하는 방법을 알게 되자, 그들은 자신들의 '행복'을 이야기하기 위해 글을 쓴 걸세. 물론 잡지와 신문들은 모든 감각을 누리고 있으면서도 불평하는 이들에게 적지 않은 교훈을 주었지."

여기서 마르탱과 나 사이에 논쟁이 시작되었다. 나는 그가 성급하게 단정짓는 것처럼 우리의 모든 감각이 우리를 괴롭히는 것밖에 되지 않는다는 점을 절대로 인정할 수 없다고 말했다. 그러자 마르탱이 항변했다.

"내가 말하는 건 결코 그런 뜻이 아닐세. 세상을 더럽히고 타락시키며 파괴하는 무질서의 죄악에 비한다면 사람의 영혼은 아름다움과 평안과 조화를 더 쉽게 더 즐겨 상상한다는 걸세. 실제와는 아주 다르게 상상할 때도 있지. 그렇다고 무질서가 지닌 죄악이 그렇게 나쁜 것은 아닐세. 우리의 모든 감각은 무질서라는 죄악을 우리에게 알려줌과 동시에 우리를 도와 거기에 이바지하게 한다네. 그래서 나는 고대 로마의 시인인 베르길리우스의 '얼마나 행복한 일인가!' 다음에 그가 말하고 있는 '그들의 행복을 안다면' 보다는 차라리 '그들이 불행을 모른다면' 이라고 붙였으면 하네. 불행을 겪지 않는 사람들은 얼마나 행복할까?"

그 뒤 마르탱은 디킨스의 어떤 짧은 소설에 대해 이야기했다. 그는 그것이 로라 브리지먼에게서 힌트를 얻어 썼을 것이라며 내게 곧 보내 주겠다고 약속했다.

나흘 뒤에 정말 마르탱으로부터 《난롯가의 귀뚜라미》라는 책을 받았고 나는 대단히 흥미롭게 읽었다. 그것은 눈먼 여자아이에 관한 이야기로, 조금 지루한 감도 있었지만 감명 깊은 장면도 있었다. 아이의 아버지는 자신은 비록 가난한 장난감 제조업자였지만, 그 아이가 세상이란 평화롭고 행복하다는 환상 속에서 살게 한다.

디킨스의 작품은 이 거짓말을 경건한 것으로 보이게 하려고 애쓴 흔적이 역력했다. 하지만 나는 굳이 그런 거짓말을 제르트뤼드에게 할 필요가 없다고 생각했다.

나는 마르탱이 찾아왔던 그 다음날부터 그가 말한 방법을 실행하기 위해 최선을 다했다.

처음 몇 주일 동안은 상상 이상의 인내가 필요했다. 그것은 이 초보적인 교육에 걸린 시간 때문만이 아니라, 그로 인해 내가 받는 주위의 비난 때문이었다. 그 비난이 아멜리에게서 온 것임을 말해야 하는 내 자신조차 너무나 가슴 아프다. 하지만 여기서 그것을 말하려는 것은 그 일에 대해 그 어떤 원한도 품고 있지 않기 때문이다.

시간이 지나, 이 기록이 아내의 눈에 띨 경우를 위해 그것을 엄숙히 증명해 둔다. 그리스도께서 길 잃은 양의 비유 바로 뒤에 남의 죄과를 용서하라고 우리에게 가르쳐 주지 않으셨던가.

나는 한 걸음 더 나아가 말하리라. 내가 아멜리의 비난으로 인해 괴로워 했던 때에도, 그녀가 제르트뤼드를 위해 많은 시간을 바치는 나를 탓할 때에도, 결코 그녀를 원망할 수 없었다. 아멜리가 나를 비난하는 것은 내 수고가 어떤 성과를 거두리라고 그녀가 믿지 않기 때문이었다. 그랬다. 결코 낙심하지는 않았지만 나를 괴롭히는 것은 나를 믿지 않는다는 것이었다.

"글쎄, 무슨 성과라도 거두실 수 있다면 모르지만……."

나는 아멜리의 이런 말을 몇 번이나 들어야 했다.

그녀는 내 수고가 헛된 것이라고 확신하고 있었다. 그래서 내가 그 일에 시간을 들이는 것이 무의미하며 그런 시간을 다른 일에 쓰는 것이 훨씬 유익할 거라 입버릇처럼 말했다.

아멜리는 내가 제르트뤼드를 돌볼 때마다, 나를 기다리는 이들을 위해 해야 할 일이 있다는 사실과, 다른 사람들에게 베풀어야 할 시간을 제르트뤼드 때문에 허비한다는 것을 차가운 시선을 통해 느끼게 했다. 하지만 그것은 일종의 모성적인 질투가 그녀 자신을 날카롭게 만든 것이라고 생각했다. '당신은 우리 아이들을 이만큼 돌본 적이 없어요'라는 아내의 말을 들은 게 한두 번이 아니었기 때문이다.

그건 사실이었다. 나는 내 아이들을 매우 사랑하고 있지만 그 사랑을 애써 표현하거나 그들을 그렇게 돌봐 주어야 한다고 생각한 적은 한 번도 없었다.

나는 길 잃은 한 마리 양이라는 비유가 그리스도교에 깊이 젖어 있는 이들조차 쉽게 공감할 수 없는 비유 중 하나라는 것을 실감했다. 양떼 가운데 어느 양이든 한 마리를 따로 놓고 볼 때, 그 한 마리의 양이 목자의 눈에는 다른 양들보다 더 귀하게 보일 수 있음을 그들은 미처 깨닫지 못했다.

그리고 그들에게 이 말씀을 들려주면 어떨까?

"어떤 사람에게 양 백 마리가 있는데 그중에서 한 마리를 잃어버렸다면, 아흔 아홉 마리를 들에 내버려두고 잃어버린 양을 찾으러 가지 않겠느냐?"

아마도 그들은 자비에 빛나는 이 말씀을 가장 심한 모순이라고 단언할 것이다.

처음으로 보인 제르트뤼드의 몇 차례의 미소로 내 모든 수고는 크게 위로받았다. 진실로 너희에게 이르노니, 목자가 잃어버린 한 마리의 양을 찾으면, 다른 아흔 아홉 마리의 양보다 그 한 마리 양 때문에 더 기뻐하리라라는 말씀 그대로였다.

그렇다. 내 아이들 중 어떤 아이의 웃음도 어느 날 아침, 조각 같은 그 아이의 얼굴에서 떠오른 그 순결한 웃음만큼 내 마음에 기쁨을 넘치게 한 적이 없었다. 제르트뤼드는 그날 아침 갑자기 오래 전부터 내가 그 아이에게 가르치려던 것을 이해하고 거기에 흥미를 느끼기 시작한 것 같았다.

3월 5일. 나는 이 날짜가 무슨 생일이라도 되는 것처럼 기록했다. 그것은 미소라기보다 부활이었다. 불꽃처럼 살아나는 생명. 마치 그것은 여명 무렵에 눈 쌓인 산꼭대기를 어둠 속에서 끌어내어 비추는, 알프스 산봉우리에서 볼 수 있는 보랏빛과도 같았다. 그것은 신비의 색채라고 할 수 있을 것이다. 아울러 천사가 내려와서 고요히 문을 흔들어 놓은 베데스다 연못도 떠올리게 했다.

나는 제르트뤼드가 천사와 같은 표정을 짓는 것을 보고 기뻐 어쩔 줄 몰랐다. 나에게 그 순간 찾아온 것은 정성이나 노력이라기보다는 사랑이라고 생각했다. 나는 북받치는 감사함에 주체하지 못하고 아이의 아름다운 이마에 키스를 했다. 그리고 그것은 신에게 바치는 것처럼 경건했다.

처음 성과를 얻기 어려웠던 만큼 그 뒤의 진보는 빨랐다. 나는 지금 그때 그 환희와 더불어 제르트뤼드와 내가 어떤 길을 걸었는지 생각하려 애쓴다.

교육이 시작되고 얼마 지나지 않았을 무렵 제르트뤼드는 내 방법을 비웃기나 하는 듯 껑충껑충 뛰어 다니기 일쑤였다. 나는 우선 물건의 종류보다도 그 성질을 공들여 가르쳤다. 더운 것, 찬 것, 뜨거운 것, 단것, 쓴 것, 거친 것, 부드러운 것……. 그 다음은 움직임으로, 멀리했다가 가까이했다, 들었다, 엇갈려 놓았다, 눕혔다, 매었다, 흩어 놓았다, 모았다 하는 따위를…….

그리고 조금 시간이 흐른 뒤 나는 논리나 사고 등 그 모든 방법에서 벗어나, 제르트뤼드의 두뇌가 나를 따라오는지 걱정하지 않고, 아이가 천천히 그리고 마음대로 질문하도록 유도

하고 자극하면서 함께 이야기를 나누기까지 했다. 내가 제르트뤼드를 혼자 둔 동안 분명히 그 아이의 두뇌 안에서는 어떤 작용이 일어났다. 이야기할 때마다 새로운 호기심이 더 커지는 것을 느끼곤 했으니 말이다.

따뜻한 공기와 봄기운이 겨울을 이기는 것도 다 그와 같은 이치라고 생각했다. 정말 생각만 해도 통쾌한 일이었다. 나는 눈이 녹는 모양을 보고 얼마나 경탄했던가. 그것은 안쪽은 낡아 해졌는데도 거죽 모양은 그대로 간직하고 있는 외투와도 같았다. 아멜리는 겨울마다 거기에 속아서 '눈은 아직도 그대로인걸요' 하고 말했고 다른 사람들 역시 눈 두께가 그대로인 줄 알지만 눈은 어느새 힘이 꺾여 군데군데 생명이 그 모습을 드러낸다.

노파처럼 하루종일 난로 옆에 웅크려 있는 제르트뤼드가 쇠약해지지나 않을까 염려되어 나는 함께 산책을 나가려 했지만 그 아이는 내 팔을 뿌리치며 강하게 거부했다.

제르트뤼드는 집을 나서자 정신없이 놀라고 무서워했다. 그것을 보고 나는 아이가 지금까지 밖을 나와 본 적이 없음을 확실히 깨달았다. 내가 제르트뤼드를 처음 만난 오두막집에서는 근근히 먹을것을 주어 죽지 않도록 해주는—살도록이라는 말은 여기서 감히 쓸 수가 없으므로—것 외에는 어느 누구도 그 아이를 돌봐 주지 않은 것 같았다.

제르트뤼드의 세계는 그 아이의 유일한 공간이었던 네모난 방의 벽에 가로막혀 있었다. 기껏해야 여름철, 햇빛 찬란한 대우주를 향해 문이 열렸을 때 문지방까지 나가 본 것이 고작이었을 것이다. 제르트뤼드가 나중에 내게 말한 것이지만, 새들의 노랫소리를 들었을 때 그것 역시 자기의 볼과 손을 어루만지는 것처럼 느껴지는 따사로운 햇살과 같은 빛의 작용인 줄 알았다고 한다. 그리고 물을 가열하면 끓는 것과 마찬가지로 날이 따뜻해지면 새들이 노래하기 시작하는 건 지극히 자연스러운 일이라 생각했다고 한다.

제르트뤼드를 보살펴 주기 전까지 나는 이런 일에 아무런 관심도 두지 않았다. 그 무엇에도 흥미를 느끼지 못한 채 깊은 잠 속에 빠져 있었던 것 같다.

나는 그 아름다운 목소리가 자연의 기쁨을 깊이 깨닫고 표현하는 것을 유일한 즐거움으로 삼는, 숲속의 짐승들로부터 나온다는 사실을 가르쳐 주었다. 그때 제르트뤼드가 한없이 기뻐했던 것이 생각난다. 아이가 '저는 새처럼 즐거워요'라는 말을 버릇처럼 하게 된 것도 그날부터이다. 그렇지만 아름다운 새소리, 졸졸졸 흐르는 시냇물 소리의 실체를 자신이 평생 볼 수 없는 것이라는 생각이 들었는지 이내 다시 우울해지기 시작한 모습이었다.

제르트뤼드는 이렇게 말했다.

"정말로 이곳은 새들이 노래하는 것처럼 아름다운가요? 사람들은 왜 그 얘기를 자세히 해주지 않을까요? 목사님은 어째서 제게 이야기해 주지 않으세요? 제가 그걸 보지 못한다는 것을 배려해서 도리어 저를 괴롭히게 될까 봐 그러세요? 그건 잘못 생각하시는 거예요. 저는 새들의 노랫소리가 얼마나 잘 들리는지, 새의 말을 모두 알아들을 수 있는 것처럼 느껴지는 걸요."

"제르트뤼드야, 눈이 보이는 사람들은 너만큼 새들의 노랫소리를 잘 듣지 못한단다. 아니, 들리지만 듣지 못한다고 얘기하는 것이 더 옳을 게다."

나는 위로하듯 말했다.

"왜 새들만 노래하고 다른 짐승들은 노래하지 않을까요?"

제르트뤼드는 다시 물었다.

아이의 질문이 문득문득 나를 놀라게 해서, 잠시 동안 어리둥절하게 만들기도 했다. 때로는 심오한 철학자 같기도 해서 그때까지도 별로 이상하게 여기지도 않은 것도 한층 더 깊이 생각하게 했다. 이렇게 해서 나는 처음으로 동물이 땅에 가까이 얽매어 있을수록, 그리고 묵직할수록 그 슬픔이 더 크다는 것을 생각해 보았다. 나는 이것을 아이에게 이해시키려고 애썼다. 그리고 다람쥐에 대한 이야기와 그것이 재주를 부리는 것에 대해 이야기해 주었다. 제르트뤼드는 다시 조금 전의 호기심 넘치는 얼굴로 날아다니는 짐승은 새뿐이냐고 물었다.

"나비도 있지."

"나비도 노래하나요?"

"나비는 다른 모양으로 기쁨을 노래한단다."

"……."

"나비의 기쁨은 그 날개 위에 물감으로 알록달록하게 그려져 있지⋯⋯."

나는 나비의 빛깔과 모양을 설명해 주었다.

2월 28일

어제는 생각나는 대로 중구난방 썼기 때문에 다시 뒤로 돌
아가기로 한다.

제르트뤼드를 교육시키기 위해 나 자신이 그 아이가 되어야
했다. 그래서 눈먼 사람들이 사용하는 알파벳을 배우지 않으
면 안 되었다. 그러나 얼마 지나지 않아 나보다도 그 아이가
글자 읽은 것에 훨씬 더 익숙해졌다. 나에게는 그것을 배우는
것이 생각보다 꽤 힘들었을 뿐만 아니라 그 답답함 때문에 손
으로 더듬어 가는 것을 포기하고 눈으로 읽는 적이 더 많았다.

나 혼자서만 제르트뤼드를 가르친 건 아니었다. 그나마 이
일에 도움을 받게 된 것은 무척 기쁜 일이었다. 왜냐하면 나는
할 일이 많은데다 마을의 집들이 너무 흩어져 있어 가난한 이
들과 병자를 찾아다니기에도 항상 시간이 부족했고 때때로 먼
길을 걸어야 할 일도 많이 생겼기 때문이었다.

자크가 집으로 돌아와 크리스마스 휴가를 보내던 중 스케이
트를 타다가 팔에 골절상을 입는 사고가 있었다(자크는 그동
안 초등과를 마친 로잔으로 돌아가서 신학 대학에 들어갔다)
그리 큰 부상이 아니어서 곧 달려온 마르탱이 외과의의 손을
빌리지 않고 쉽게 붙일 수 있었다. 하지만 좀더 치료와 요양이

필요했기에 얼마 동안 집에 있지 않으면 안 되었다.

어느 날부터 자크는 그전까지 거들떠보지도 않았던 제르트 뤼드에게 갑자기 관심을 가지기 시작하여, 나를 도와 그 아이의 공부를 거들었다. 자크의 협력은 제르트뤼드를 나날이 눈에 띄게 진보시켰다. 이제는 비상한 열의가 아이를 채찍질하기 시작했다.

어제까지만 해도 주춤거리던 제르트뤼드의 지적 능력은 첫걸음부터, 아니 걸음을 채 배우기 전에 뛰기 시작하는 것 같았다. 그 아이는 별로 힘들이지 않고 자기 생각을 말할 수 있었고, 우리가 가르쳐 준 것이나, 우리가 이야기해 주되 그것을 직접 이해시키지 못할 때에는—우리는 그 아이가 쉽게 이해하지 못하는 것을 설명할 때는 만질 수 있거나 냄새 맡을 수 있는 것을 사용했다—우리가 생각하지도 못할 만큼 아주 엉뚱하고 재미있는 방법으로 구체화시켰다. 그것도 전혀 유치하지 않고 정확하게 자기의 의사를 표현하는 속도를 보면 입을 벌리고 감탄하지 않을 수 없었다.

나는 이 최고의 교육 단계를 여기에 모두 기록할 필요는 없다고 생각한다. 그런 것은 어느 눈먼 사람의 교육에서나 흔히 볼 수 있는 일일 것이다.

그러나 눈먼 사람을 가르치는 선생들이라면 색깔 문제에 있어서는 똑같은 곤란을 겪었으리라 생각된다. 복음서에는 색깔에 관한 것이 그 어느 곳에도 쓰여져 있지 않았다. 다른 사람들은 어떻게 다루었는지 모르지만 나는 프리즘의 색깔을 순서

대로 차례차례 일러 주었다. 그러나 곧 제르트뤼드의 머릿속에는 색과 빛의 혼돈이 생겼다. 결국 나는 아이의 상상력이 색조의 차이와 화가들이 말하는 '농담도(濃淡度)'를 전혀 분간하지 못한다는 사실을 깨달았다. 나는 색 하나하나가 짙을 수도 엷을 수도 있다는 것과 그것들이 얼마든지 서로 섞일 수 있다는 것을 가르치는 데 많은 노력을 기울였다. 이제 껏 배워온 것 중 가장 까다로운 문제였는지 그 아이는 자꾸만 색과 빛의 차이나 그 밖의 문제를 끄집어내곤 했다.

그러는 동안 나는 뇌샤텔에 제르트뤼드를 데리고 갈 기회가 있어, 거기서 그 아이에게 음악 연주를 들려 주었다. 교향악의 각 악기들이 맡은 역할에서 힌트를 얻어 이전에 미루어둔 색깔 문제를 다시 끄집어냈다. 금관 악기, 현악기, 목관 악기의 음색이 각각 다르다는 것과 그 하나하나가 가장 얕은 음에서 가장 높은 음까지의 모든 음계를 강하게 혹은 약하게 낼 수 있음을 제르트뤼드에게 가르쳐 주었다.

이와 같이 자연계에 있어서의 붉은빛과 오렌지 빛은 호른과 트롬본의 음색과 비슷하고 플루트·클라리넷·오보에 등은 자주와 파랑을 연상하며 상상해 보라고 말했다. 그때부터 제르트뤼드의 의혹은 가시고 일종의 내면적 희열이 마음에 깃드는 것 같았다.

"아, 얼마나 아름다울까!"

아이는 꿈을 꾸듯 읊조렸다.

그러다 별안간,

"그러면 흰색은요? 흰색은 무엇과 비슷한지 저는 알아들을 수 없는걸요."

비로소 나는 내 비유가 얼마나 적절하지 못했는지 곧 느꼈다. 나는 당황했다. 그렇지만 곧 이렇게 말했다.

"흰색은 모든 음이 융합되는 제일 밝은 음색이란다. 상대적으로 검은색은 제일 굵은 음이지."

그러나 이러한 설명은 그 아이에게나 내게도 그리 만족을 주지 못했다. 제르트뤼드는 곧 목관 악기, 금관 악기, 현악기가 최저 음에서나 최고 음에서나 각각 분명히 구별된다고 내게 지적했다. 나는 조금 전보다 더욱 당황해서 말 한 마디 하지 못하고 어쩔 줄 몰라했다. 무슨 비유를 들어야 할지 도무지 생각이 떠오르지 않았다. 결국 나는 이렇게 말했다.

"그러면 흰색을 아주 순수한 것, 아무 색깔도 없고 빛만 있는 것이고, 검은색은 그와 반대로 색이 여러 개 겹쳐져서 아주 진해진 것이라고 생각해 보렴."

여기에서 이런 대화의 한 토막을 생각해 낸 것은 내가 자주 곤란에 부딪쳤을 때 쓰는 회화법이었다.

제르트뤼드는 흔히 다른 사람들처럼 결코 알아들은 체하지 않는다는 좋은 점을 가지고 있었다. 아는 체하는 사람들은 그로 인해 정확하지 못하고 그릇된 사실로 자기 머리를 채우고, 마지막에 가서는 그들의 모든 가치관이 삐뚤어진다. 제르트뤼드는 개념 하나하나를 자기의 것으로 정확히 받아들이지 못하는 한 수없이 질문을 퍼부었고 불안과 조바심으로 안절부절못했다.

앞에서 말한 것을 보아도 제르트뤼드의 머릿속에는 처음에 배운 빛의 개념과 색의 개념이 긴밀하게 연결되어 있었다. 따라서 곤란은 점점 더해져 나중에 그것을 분리시키기가 여간 힘든 게 아니었다. 이렇게 해서 나는 그 아이를 통해 시각의 세계와 음의 세계가 얼마나 다르며 그중 하나를 설명하기 위해 다른 것에서 끌어들이는 일체의 비유가 얼마나 부족한가를 경험했다.

2월 29일

나는 흰색에 대한 비유에 온통 정신이 팔려 제르트뤼드가 뇨샤텔 음악회에서 느낀 무한한 즐거움에 대해서는 조금도 이야기하지 않았다. 거기서는 마침 전원교향악을 연주하고 있었다. 마침이라고 한 것은 이보다 더 아이에게 들려주고 싶은 작품이 없다는 생각에서이다. 연주회장을 나온 지 한참이 지나도록 제르트뤼드는 말 한마디 없이 황홀경에 잠겨 있는 것 같았다.

"목사님이 보시는 세계는 정말 저처럼 아름다운가요?"

"무엇만큼 말이냐?"

"그 〈시냇가의 경치〉란 곡만큼 말이에요."

나는 바로 대답하지 못했다. 왜냐하면 그 〈시냇가의 경치〉의 미묘한 화음은 현실 그대로의 세계를 그린 것이 아니라, 악과 죄가 없다면 하는 희망을 그린 것으로 앞으로 그런 세계가 실현될 수 있을지 연주를 듣는 내내 곰곰이 생각했기 때문이다. 더구나 나는 그때까지 악과 죄와 죽음에 대한 것을 제르트뤼드에게 이야기하지 못하고 있었다.

"눈 뜬 사람들은 자기네 행복을 모른단다."

나는 마침내 내뱉듯 말했다.

그러자 그 아이는 들떠서 외쳤다.

"나는 볼 수 없는 대신 듣는 행복은 알아요."

아이는 내게 바짝 다가서 꼬마들이 하는 모양으로 내 팔에 꼭 매달려 걸었다.

"목사님, 제가 얼마나 행복한 줄 아세요? 저는 목사님을 즐겁게 해 드리려고 그런 말을 하는 게 절대로 아니에요. 저를 좀 보세요. 거짓말할 때는 그것이 얼굴에 나타나잖아요? 저는 목소리만 듣고서도 그런 걸 아주 잘 알아요. 얼마 전에 아주머니가—제르트뤼드는 아멜리를 이렇게 불렀다—자기를 조금도 위해 줄 줄 모른다고 목사님을 비난했을 때 목사님은 울고 있었으면서도 울지 않았다고 제게 대답하셨던 적이 있었어요. 생각나세요? '목사님, 거짓말하지 마세요!' 하고 제가 말했잖아요. 저한테 바른 대로 말씀하지 않으신다는 걸 목사님 목소릴 듣고 금방 알았어요. 저는 목사님 뺨을 만져 보지 않고도 울고 계셨다는 걸 느꼈다고요."

제르트뤼드는 거듭해서 목소리를 높여 말했다.

"그래요, 목사님 뺨을 만져 볼 필요도 없었어요."

그 아이와 나는 아직 거리에 있었고, 지나가던 사람들이 힐끔힐끔 우리를 돌아보았다. 나는 아이의 말에 얼굴을 붉혔지만 그 아이는 말을 멈추지 않았다.

"저를 속이려고 하지 마세요. 약속해요. 정말이지 눈이 보이지 않는 저를 속이려는 건 너무 비겁해요. 그리고 또 속지도 않을 테고요."

제르트뤼드는 작게 웃으며 덧붙여 말했다.

"저어, 목사님. 목사님은 절대 불행하지 않으시죠, 네?"

나는 내 행복의 일부분이 그 아이에게서 온다는 것을 고백하지 못하고 본인 스스로 느끼도록 아이의 손을 끌어다 입을 맞추며 대답했다.

"그럼 난 불행하지 않단다. 내가 왜 불행하겠니?"

"그래도 가끔은 우시잖아요."

"그야, 이따금 울기도 하지."

"제가 그 말을 한 다음부터는 울지 않으셨나요?"

"그 이후로는 울지 않았지."

"그리고 울고 싶은 생각도 없으셨어요?"

"그렇단다."

"그럼 그 뒤로는 거짓말하고 싶은 생각이 든 적마저 없었어요?"

"아, 아니."

"절대로 저를 속이지 않겠다고 약속할 수 있으시죠?"

"약속하지."

"그러면 지금 말씀해 주세요. 저, 예쁘게 생겼나요?"

그 아이의 갑작스러운 질문은, 내가 그때까지 제르트뤼드의 천사 같은 아름다움에 주의를 돌리지 않으려고 무던히 애썼던 만큼 더욱 나를 당황하게 했다. 뿐만 아니라 제르트뤼드가 자신이 아름답다는 것을 아는 건 쓸데없는 일이라고 생각했다.

나는 아이에게 물었다.

"그건 왜 알고 싶지?"

"그게 늘 알고 싶었어요. 저는 혹 제가……. 그걸 뭐라고 하지요……. 제가 교향악 안에서의 불협화음처럼 생긴 건 아닐까, 그것이 항상 궁금했어요. 목사님, 그걸 다른 어떤 사람에게 물어 볼 수가 있겠어요?"

"목사는 얼굴의 아름다움 같은 것에는 관심을 둘 필요가 없단다."

나는 될 수 있는 한 조심스럽게 말했다.

"왜요?"

"영혼의 아름다움만 있으면 족하니까."

그러자 그 아이는 귀엽게 입술을 삐죽 내밀면서 말했다.

"목사님은 내가 밉게 생겼다고 말하고 싶으신 거죠?"

나는 참지 못하고 흥분된 어조로 소리지르듯 말했다.

"제르트뤼드, 네가 아름답다는 걸 잘 알고 있으면서 그러니?"

아이는 입을 다물었다. 그렇게 굳어진 얼굴 표정은 집에 돌아올 때까지도 사라지지 않았다.

우리가 돌아오자 아멜리는 나의 행동이 못마땅하다는 눈치를 보였다. 미리 그런 말을 할 수 있었을 텐데도 아무 말 없이 제르트뤼드와 내가 나가게 내버려두었다가 나중에 그것을 비난하는 것이 그녀의 버릇이었다. 게다가 면전에서 직접 비난하지 않았다. 아멜리가 침묵하는 바로 그 자체가 가장 큰 비난이었다.

내가 제르트뤼드를 데리고 음악회에 갔던 것을 아는 만큼 우리가 무슨 곡을 듣고 왔는지 물어 보는 게 자연스러운 일이 아닐까? 제르트뤼드는 다른 사람이 자신의 즐거움에 조금이라도 관심을 가져 준다면 얼마나 기뻐할까? 아멜리는 아무 말도 하지 않는 것이 아니라, 아무렇지도 않은 것들을 화제로 삼는 재주를 일종의 자랑처럼 여기는 듯했다.

나는 아멜리를 따로 불러 말했다.

"당신은 내가 제르트뤼드를 데리고 음악회에 간 것 때문에 화가 난 게요?"

그러자 아멜리가 말했다.

"당신이 그 아이를 위해서는 당신의 친자식 그 누구에게도 하지 않았던 일을 하니까 그렇지요."

그것은 저녁때가 되어 아이들이 모두 잠을 자러 간 다음의 일이었다.

생각해 보면 그것은 언제나 똑같은 푸념이었다. 전에 말한 비유처럼, 되찾은 아이를 환대하는 것이지 집에 남아 있던 아이들을 환대하는 법이 아니라는 것을 도무지 이해하려 들지 않았다. 그리고 그런 작은 일 외에는 아무런 즐거움이 없는 제르트뤼드의 처지를 그녀가 전혀 배려해 주지 않는 것이 항상 마음을 아프게 했다. 그렇게도 바쁜 내가 하나님의 섭리로 그날 자유로운 시간을 가족들과 나누고자 할지라도 아이들은 제각기 공부를 해야 하거나 무슨 다른 일로 집에 있어야만 했고, 아멜리 자신은 음악에 조금도 취미가 없는 탓에 음악회가 우리 집 문 앞에서 열린다 할지라도 거기에 갈 생각은 처음부터 없었을 것이므로 그녀의 비난은 정당하지 못했다.

나를 한층 더 슬프게 한 것은 아멜리가 제르트뤼드 앞에서 서슴없이 이 말을 했다는 점이다. 내가 그녀를 따로 불렀음에도 불구하고 제르트뤼드가 들으라는 듯이 일부러 목소리를 크게 냈다. 나는 슬프다기보다는 분한 생각이 들었다. 그래서 조금 뒤에서 아멜리가 우리를 남겨 두고 나갔을 때 제르트뤼드 곁으로 가서 그 아이의 가냘픈 손을 내 얼굴에 가져다 대면서 말했다.

"자! 보렴, 이번에는 울지 않았지?"

"네, 하지만 이번은 제가 울 차례예요."

제르트뤼드는 내게 애써 웃어 보이려 했다. 언뜻 보니 나를 향한 그 아이의 아름다운 얼굴은 눈물에 젖어 있었다.

3월 8일

내가 아멜리에게 줄 수 있는 유일한 즐거움은 그녀의 마음에 들지 않는 일을 하지 않는 것이었다. 그녀 역시 내게 허락하는 것은 극히 소극적인 사랑의 표시뿐이었다. 아멜리가 얼마만큼 내 생활을 위축시키고 있는지 그녀 자신은 전혀 이해하지 못한다.

아아, 제발 그녀가 내게 무슨 어려운 일이라도 요구했으면……. 차라리 그렇게만 해준다면 경솔한 일, 위험한 일이라도 얼마나 기쁘게 할 것인가.

그러나 그녀는 무엇이든 익숙하지 않은 일은 싫은 모양이었다. 생활의 진보라는 것이 그녀에게 있어서는 똑같은 날을 지난 날에 보태는 것 외에는 아무것도 아닌 듯했다. 아멜리는 내게서 새로운 감흥이나 지금까지 있었던 애정의 발전도 바라지 않고 인정하지도 않았다. 그녀는 그리스도교가 가지는 본능의 길들임 이외의 것을 찾으려는 사람들의 모든 행동을 부정하거나 불안한 마음으로 바라보았다.

그리고 한 가지 여기서 고백하고 넘어가야 할 일이 있다. 나는 뇌샤텔에서 평소 단골인 방물장수에게 들러 아멜리가 부탁한 실 한 상자를 사 오기로 약속했던 것을 까맣게 잊고 있었다. 그러나 나는 아멜리가 그것 때문에 화를 낼 것보다도 훨씬 더 나 자신에 대해 화가 났다. 나는 '작은 일에 충실한 자는 큰일에도 충실하리라'는 것을 너무나 잘 알고 있었다. 그리고 그것을 잊어버리면 터질 결과를 어느 누구보다 잘 알고 있었기에 한층 더 화가 났다. 나는 아멜리가 이 말에 어느 정도 비난을 했으면 좋겠다는 생각을 했다. 그 점에 있어서는 분명히 비난받아 마땅했으니까. 그러나 늘 그랬던 것처럼 그녀는 확실한 비난보다는 터무니없는 푸념만 일삼았다.

아아, 우리가 우리 정신의 환상과 요구에 귀를 기울이지 않고 현상의 낙으로 만족할 수 있다면, 우리의 생활은 얼마나 더 아름답고 우리의 불행은 얼마나 더 홀가분해질까.

나는 차라리 설교의 제목이 된 것을 생각나는 대로 여기 적어 놓았다. '정신을 어지럽게 갖지 말지어다.'(〈마태복음 12장 29절〉)

내가 여기에 쓰려고 한 것은 제르트뤼드의 지적, 도덕적 발육에 관한 이야기이다. 그러므로 붓끝을 그곳으로 돌리기로 한다.

나는 여기서 그 발전 과정을 한 걸음 한 걸음 더듬어 갈 수 있기를 바랐고 따라서 그것을 자세히 이야기하고자 했다. 그러나 그 모든 현상을 세밀하게 기록할 시간도 없었을 뿐 아니라 지금은 그 정확한 연결을 찾아내기도 여간 어려운 일이 아니다. 아마 훨씬 뒤의 일인 제르트뤼드의 깊은 사고나 둘이 주고받은 대화에 대한 것을 먼저 이야기했기 때문에 우연히 이 글을 읽는 사람은 제르트뤼드가 곧 그렇게 정확히 제 생각을 표현하고, 그렇게 제대로 추리하게 된 것을 듣고 놀랄 것이다. 하긴 그 아이의 진보가 놀랄 만큼 빨랐던 때문이기도 하다. 내가 가르쳐 주는 지식의 양식이나 손에 닿을 수 있는 무엇이든지 어찌나 재빠르게 붙잡아서 끊임없는 동화 작용과 성숙 작용으로 자기 것을 만드는지 감탄이 절로 나올 만했다. 제르트뤼드는 쉴 새 없이 내 생각을 앞지르고 뛰어넘어 나를 놀라게 했고, 또 이 얘기 저 얘기가 거듭됨에 따라 제르트뤼드가 내 제자라는 사실도 잊게끔 만들었다.

불과 몇 달 지나지 않아 제르트뤼드는 처음 보았을 때의 모습이라곤 전혀 찾아볼 수 없을 만큼 변했다. 그뿐 아니라 바깥 세상에 정신이 팔려 여러 가지 쓸데없는 생각과 망상에 젖어 있던 대부분의 소녀들보다 더 많은 지혜를 보여 주기까지 했다.

제르트뤼드는 처음에 우리가 생각했던 것보다 더 성숙해 보였다. 장님이란 사실을 비관하기보다는 오히려 모든 일에 남다른 집착을 보였고, 나 역시 아이의 예리한 감각을 대할 때마다 그 예민함이 자기 성장에 도움을 줄 거라는 생각이 들었다.

나는 무심히 제르트뤼드와 샤를 로트를 비교해 보았다. 어느 날, 샤를 로트에게 복습을 시키고 있을 때, 딸 아인 파리 한 마리가 날아가는 것에만 정신을 쏟는 표정이었다.

'눈이 보이기만 한다면 이 아이는 내가 말하는 것을 얼마나 쉽게 이해할 수 있을까?'

얼마나 안타깝고 한스러웠는지…….

제르트뤼드가 책 읽기에 몹시 욕심을 냈던 것은 말할 것도 없다. 하지만 나는 될 수 있는 대로 나와의 좀더 많은 대화가 필요하다는 생각에 적어도 둘이 함께 있을 동안만은 책을 읽지 말았으면 했다. 그리고 성서에 있어서는 더욱 그랬다. 프로테스탄트라면 이것을 매우 이상하게 여길 것이다. 나는 이 점에 대해 설명하기에 앞서 음악에 관한 작은 사건 하나를 말하고자 한다. 그것은 아마도 뇌샤텔 음악회가 있고 나서 조금 뒤에 생긴 일일 것이다.

그렇다. 그 음악회는 분명 자크가 여름 방학에 집에 돌아오기 3주일 전의 일이었다. 그동안 나는 우리 교회의 작은 풍금 앞에 제르트뤼드를 자주 앉혔다. 그때는 루이즈 드 라 M 양에게 아직 제르트뤼드의 음악 교육을 부탁하기 전이었다. 나는 음악을 좋아하면서도 별로 아는 것이 없었고, 건반 앞에 나란히 앉아 있을 뿐 가르쳐 줄 것이 없었다.

"아니에요, 그냥 놔두세요, 혼자 해보고 싶어요."

처음 거기에 앉았을 때도 그 아이는 이렇게 말하며 건반을 조심스레 더듬었다.

교회에서는 거룩한 곳에 대한 경의로 보아서도 그랬고, 사람들의 뒷이야기가 두려워 단둘이 앉아 있다가도 금방 일어서곤 했는데—어느 때는 사람들의 공론쯤은 도외시하여 상관하지 않기로 노력했지만—이 경우에는 거기에 관계되는 문제가 한둘이 아니었다.

순회 방문 때문에 다른 곳으로 갈 때는 아이를 교회까지 데리고 가서 오랫동안 혼자 있게 했고 돌아오는 길에 데려오곤 했다. 그럴 때마다 나는 제르트뤼드가 어떤 화음에 귀를 기울이며 한참 동안 황홀경에 잠겨 있는 것을 발견하기도 했다.

그로부터 반년 남짓 지난 8월 초순의 어느 날, 어떤 과부를 위로해 주러 갔다가 집이 비었음을 확인하고 제르트뤼드를 납겨 놓고 온 교회로 다시 갔다. 내가 그렇게 일찍 돌아오리라곤 생각치도 않았을 것이다. 나는 뜻밖에도 자크가 그 아이의 곁에 있는 것을 보았다. 내가 낸 자그마한 소리는 풍금 소리에 묻혀 버렸기 때문에 둘 다 내가 들어온 것을 알지 못했다.

엿본다는 것은 결코 내 성미에 맞지 않았지만 제르트뤼드에 관한 일이라면 무엇이든 모두 알고 싶었다. 그래서 발소리를 죽여 연단으로 통하는 계단을 몇 단 살그머니 올라갔다. 둘의 모습을 살펴 보기에는 좋은 자리였다. 내가 거기에 있는 동안 둘의 이야기 중 특별한 내용은 전혀 없었다. 그러나 자크가 제르트뤼드 옆에 걸터앉아 여러 번 건반 위에 손가락을 인도해 주는 것이 보였다. 내게는 받지 않겠다던 주의와 지도를 자크에게 받고 있다니, 그 자체가 벌써 미심쩍은 일이었다.

나는 그것을 보고 나 스스로도 생각하기 싫을 만큼 놀랍고 마음이 아팠다. 그래서 곧 그들 곁에 다가가려 할 순간 자크가 갑자기 시계를 꺼내는 것이 보였다.

"이제 가 봐야겠어. 아버지가 곧 돌아오실 테니."

그리고 제르트뤼드가 자크에게 내맡기는 손을 입으로 가져 가는 것이 보였다. 그런 다음 그는 나갔다.

조금 뒤에 나는 소리나지 않게 계단을 내려온 다음 제르트 뤼드가 그것을 들을 수 있도록, 그리고 내가 그때 바로 들어온 줄로 알도록 문 소리를 크게 내어 열었다.

"그래, 제르트뤼드, 돌아갈 준비는 됐니? 풍금은 어때?"

"네, 잘 돼요—그 아이는 아주 자연스럽게 말했다—오늘은 정말 많이 늘었어요."

어떤 크나큰 슬픔이 내 마음에 가득 차 올랐다. 그러나 내가 조금 전 목격한 장면에 대해서는 아무 내색도 하지 않았다. 나는 당장에라도 자크와 단둘이 만나고 싶었다. 아멜리와 제르트뤼드와 아이들은 평소 식사가 끝나면 밤늦게까지 공부하는 우리를 남겨 두고 일찍 물러가곤 했다. 나는 그때를 기다리고 있었다.

몇 차례 시도하려고 했지만 너무나 가슴이 떨리고 머리가 어지러워서 도대체 이 문제를 어떻게 꺼내야 할지 막막할 따름이었다. 그런 침묵을 먼저 깨뜨린 건 자크였다. 그는 방학을 집에서 보내기로 했다며 내게 알려 왔다.

자크는 며칠 전에 프랑스 산봉으로 여행할 계획이라는 걸 우리에게 말했고 아멜리와 나는 그 계획에 찬성했다. 나는 자크가 길동무로 택한 T라는 친구가 그를 기다리고 있는 걸 알고 있었다. 그래서 이 갑작스러운 변심이, 바로 교회에서 목격한 광경과 전혀 관계가 없지 않으리라고 생각했다.

처음에는 굉장히 분노가 치밀었다. 그러나 자칫 분노에 이끌리면 부자 사이의 대화가 영영 끊어지지 않을까 하는 우려도 있었고, 너무 격한 말을 했다가 나중에 후회하는 일이 없도록 난 될 수 있는 한 부드럽게 말했다.

"나는 T가 너를 기다리고 있을 거라고 생각하는데."

"뭘요, 저 대신 갈 사람이 있겠죠. 저는 여기서도 오베르란드에서와 마찬가지로 쉴 수 있고, 산을 쏘다니는 것보다는 더 유익하게 시간을 쓸 수 있다고 생각해요."

이것이 그의 대답이었다.

"말하자면 너는 여기서 해야 할 일이 생겼단 말이지?"
하고 나는 말했다. 자크는 내 목소리에 약간 비꼬는 어투가 섞여 있음을 알아차리고 나를 바라보았다. 그러나 아직 그 이유는 알아채지 못한 듯 다시 쾌활한 목소리로 말을 이었다.

"저는 언제나 등산 지팡이보다 책을 더 좋아했잖아요? 잘 아시면서."

"물론 그렇지."

이번에는 내가 그를 똑바로 보며 말했다.

"하지만 풍금 가르치는 것에 더 매력을 느끼는 것 같더구나."

얼굴이 달아올랐는지 램프의 불빛을 가리는 것처럼 그는 이마를 짚었다. 그러나 이내 마음을 가라앉히고 얄미울 만큼 아주 침착하고 또렷한 목소리로 말했다.

"아버지, 저를 너무 나무라지 마세요. 저는 아버지께 숨기려는 생각은 없었어요. 단지 아버지께서 조금 앞질러 말씀하셨을 뿐이지요."

그는 책을 읽듯이 천천히, 그리고 그 어느 때보다도 신중한 모습으로 말끝을 맺었다. 그가 보여 주는 비상한 침착함에 나의 분노는 극도에 달하고 있었다. 내가 자크의 말을 가로막으려 하자 그는 '아버지는 나중에 말씀하시고 우선 내가 하던 말을 끝맺게 해주십시오' 하는 뜻인지 손을 내저었다. 나는 자크의 팔을 잡아 흔들며 격렬하게 부르짖었다.

"네가 제르트뤼드의 깨끗한 영혼을 어지럽히는 것을 보기보다는 차라리 다시는 너를 보지 않는 편이 낫다. 네 고백을 들을 필요는 없어. 불구에다 순진하고 깨끗한 아이를 농락한다는 것은 너무나 비겁한 짓이다. 나는 네가 그런 짓을 할 수 있으리라고 생각한 적이 한 번도 없었다. 그런데 나한테 그 일을 이렇게 태연스럽게 이야기하다니⋯⋯. 내 말 잘 들어라. 나는 제르트뤼드에 대한 책임을 지고 있다. 이제부터 그 애에게 풍금을 가르친다는 구실로 따로 만나거나 얘기는 물론 아는 척도 하지 말아라."

"하지만 아버지."

여전히 침착한 자크의 항변에 나는 화가 머리끝까지 치밀었다.

"아버지가 제르트뤼드를 아끼는 만큼 저도 아끼고 있다는 걸 믿어 주세요. 그런 제 뜻과 행동에 대해서 나무랄 것이 있다고 생각하신다면 그건 오해예요. 저는 제르트뤼드를 사랑합니다. 그리고 사랑하는 만큼 아끼고 있어요. 깨끗한 마음을 어지럽힌다거나, 그의 순진함과 눈먼 것을 나쁘게 이용한다면 아버지 말씀대로 정말 비겁한 짓입니다."

그는 제르트뤼드의 의지가 되고 말벗이 되고 남편이 되는 것이 자신이 품어 왔던 생각이라는 것과, 그 아이를 아내로 맞을 결심을 정하기 전에 내게 말할 필요가 없다고 생각했던 것, 그리고 이 결심은 제르트뤼드 자신도 아직 알지 못하며 먼저 내게 말하려고 했다는 것을 설명했다.

"제가 아버지께 말씀드리려고 했던 것은 이것뿐이에요. 더 이상 달리 고백할 건 없습니다."

하고 그는 덧붙였다. 그 말을 듣고 나는 정신이 멍해짐을 느꼈다. 이야기를 듣고 있는 동안에도 관자놀이가 지끈거렸다. 내 입에서 나올 비난과 성낼 일을 그가 모두 없애 버리는 바람에 점점 더 어찌 할 수 없음을 느꼈다. 그래서 그가 말을 마쳤을 때는 이미 아무 말도 할 수가 없었다.

"이제 그만 자자."

꽤 긴 침묵이 흐른 뒤에 나는 일어났다. 그리고 그의 어깨에 손을 얹었다.

"이 일에 대한 나의 생각은 내일 말해 주마."

"이제는 제게 역정을 내지 않으시겠다는 말씀만이라도 해 주세요."

"밤새 신중히 생각해 봐야할 것 같구나."

이튿날 자크를 다시 만났을 때 나는 정말 그의 얼굴을 처음으로 보는 것 같았다. 문득 내 아들은 이제 아이가 아니라 다 자란 청년이라는 생각이 들었다. 내가 그를 어린아이로 생각하는 한 그가 입에 올리던 사랑이란 것은 해괴망측한 발언일 뿐이었다.

나는 밤새 궁리 끝에 그것은 매우 자연스럽고 떳떳한 일이라는 생각이 들었다. 그럼에도 불구하고 내 불만이 한층 더 심해진 것은 무엇 때문일까? 나는 그것을 훨씬 더 뒤에야 분명히 이해할 수 있었다. 그건 그렇고 나는 우선 자크에게 내 결심을 알려야만 했다. 그런데 양심의 본능만큼이나 강한 어떤 느낌이 둘의 혼인은 어떠한 일이 있어도 막지 않으면 안 된다고 내게 일러 주었다.

나는 자크를 뜰 안쪽으로 데리고 갔다. 거기서 나는 먼저 이렇게 물었다.

"제르트뤼드에게 네 마음을 고백한 게냐?"

"아뇨—여전히 침착했다—그러나 제 감정을 벌써 깨닫고 있을지도 모릅니다."

"그럼 그 애에게 이런 이야기는 절대로 하지 않겠다고 약속해 다오."

"아버지, 저는 아버지께 순종하기로 결심했어요. 하지만 왜 그러시는지 이유를 말씀해 주세요."

나는 그에게 이유를 말해 주어야 할지 잠시 망설였다. 처음 머리에 떠오르는 이유가 정말 그에게 납득이 갈 만한 것인지 나조차 알 수 없었다. 사실 그때 내 행동을 지휘했던 것은 이성보다 양심이었다.

"제르트뤼드는 너무 어리다—나는 띄엄띄엄 말했다—생각해 보렴, 그 애는 아직 성체 배수식도 받지 않았어. 그래, 너도 알다시피 그 애는 다른 아이들 같은 아이도 아니고 발육도 매우 뒤졌다. 순진한 아이니까 처음으로 사랑의 말을 들으면 기뻐 감동하겠지. 그렇기 때문에 더 더욱 그런 말은 하지 말아야 해. 스스로 지킬 힘도 없는 것을 빼앗는다는 건 비겁한 짓이다. 나는 네가 비겁하지 않다는 것을 알고 있단다. 너는 네 감정을 조금도 나무랄 것이 없다곤 하지만 너무 성급한 판단이라 오히려 나는 그것을 죄스러운 짓이라고 말하고 싶다. 제르트뤼드가 아직 채 갖추지 못한 지각을 우리가 대신 가져 주어야 한다. 이것은 양심의 문제이니까 말이다."

자크에게 훈계를 할 때는 으레 네 양심에 호소한다는 그 한마디가 가장 큰 효과가 있었기에 아주 어릴 적부터 그 말을 자주 써 왔다. 나는 잠시 말을 멈추고 자크를 바라보았다. 그리고 제르트뤼드의 눈이 보인다면, 이렇게 곧고도 보드라운 육체며, 주름살 하나 없는 고운 이마며, 그 맑은 눈빛이며, 아직 애띤 모습이 남아 있지만 어느새 어른스러운 빛이 감돌고 있는 얼굴을 황홀하게 바라볼 것이라는 생각이 들었다. 그는 머리에 아무것도 쓰고 있지 않으며, 제법 길게 자란 회색 머리카락은 관자놀이께에서 가볍게 굽이쳐 귀를 반쯤 덮고 있었다.

"또 한 가지 네게 청하고 싶은 것이 있단다—나는 우리가 앉아 있던 의자에서 일어나며 말을 이었다—예정대로 모레 떠나기로 했다면 절대 단 하루라도 지연하지 말도록 해라. 또 한 달 동안은 절대 돌아오지 말거라. 알겠니?"

"알겠어요. 아버지 말씀대로 할께요."

내가 보기에는 그의 얼굴이 매우 헬쑥해져 입술까지 핏기가 걷힌 것처럼 보였다. 그러나 나는 자크가 그렇게 순순히 받아들이는 모습을 보고 그의 사랑이 그다지 열렬하지 않았구나라는 생각에 마음이 한결 가뿐해졌다.

"내가 사랑하던 아들을 다시 찾았구나."

나는 다정하게 말하며 그의 이마에 입을 맞추었다. 그는 약간 뒤로 물러났다. 하지만 나는 그것을 섭섭하게 여길 생각은 없었다.

3월 10일

우리 집은 매우 좁아서 서로 포개어 살다시피 해야 할 정도로 궁색했다. 나는 2층에 작은 방 하나를 따로 들였다. 그로써 가족을 피해 혼자 있을 수도 있고, 손님을 맞아들이는 일도 가능해졌다. 하지만 일할 때에는 적지 않게 지장을 주었다. 특히 가족 중의 한 사람과 이야길 나눌 때는 필요 이상의 관심을 받기 때문에 매우 거북했다. 아이들이 장난삼아 거룩한 곳이라고 부르고 그들의 출입이 금지되었으므로 하찮은 이야기라도 어마어마하게 여겨지기 때문이었다.

그날 아침 자크는 여행용 구두를 사러 뇌샤텔로 떠났다. 그리고 유난히 날씨가 아주 좋았던 날이라 아침 식사가 끝난 뒤 아이들은 제르트뤼드와 함께 밖으로 나갔다. 저희끼리 제르트뤼드를 인도해 주고 인도를 받기도 했다. 그중 샤를로트는 여느 아이보다 신경써 주었고 다정히 지내는 모습이 흐뭇하게 했다.

우리가 늘 차를 마시던 시간에 아이들이 나갔기 때문에 자연스럽게 아멜리와 단둘이 남게 되었다. 나는 그녀에게 자크

258

와 나눴던 이야기를 전해 주기에는 더없이 좋은 기회라고 생각했다. 하지만 아멜리와 단둘이 있는 시간이 매우 드물었기 때문에 왠지 어색하기까지 했다. 우습게도 내가 하려던 말이 자크의 고백이 아닌 내 자신의 고백인 것처럼 가슴이 뛰었다.

또 막상 말을 꺼내려고 하자, 같이 생활하고 사랑하는 사람끼리 얼마나 서로를 이해하지 못한 채 지낼 수 있을까—과연 지낼 수 있을까—하는 생각이 들었다. 이런 경우 서로 이해하지 못한다면 오가는 말이 지질 검사기의 소리와도 같고, 두 사람을 서로 갈라놓을 수도, 끝내는 그 장벽과 저항이 점점 더 두터워질 위험도 있었다.

"자크가 어젯밤 내게 이야기했는데—나는 아멜리가 차를 따르는 동안 입을 열었다. 이상하게도 내 목소리는 어제 자크의 자신만만했던 음성과는 반대로 가늘게 떨리고 있었다—그 애가 제르트뤼드를 사랑한다더군."

"잘했네요."

그녀는 너무나 자연스러운 일인 듯, 아니 오히려 내가 가르쳐 준 사실을 벌써 다 알고 있기나 한 것처럼 차 따르는 손도 멈추지 않은 채 말했다.

"자크는 제르트뤼드와 결혼하고 싶다고 했소. 그 애의 결심은…….."

"그건 예전부터 알고 있었어요."

아멜리는 가볍게 어깨를 들썩거리며 중얼거렸다.

"그럼 당신은 눈치챘단 말이오?"

나는 약간 짜증을 내며 말했다.

"이런 일이 있으리라는 건 전부터 예정된 일이었죠. 하지만 여간해서 남자들은 눈치채지 못하죠."

부정해도 아무 소용없었고 그 말에도 일리가 있는 것 같았기에 나는 다만 이렇게 나무랐다.

"그렇거든 내게 귀뜸이라도 해주었더라면 좋았을 텐데."

아멜리는 입술 한구석을 조금 찡긋거리며 웃었다. 언제나처럼 그런 웃음을 지어서 해야 할 말을 슬쩍 덮어 두려는 것이었다. 그녀는 머리를 비스듬히 끄덕거리며 말했다.

"당신이 몰랐던 일들을 모두 들추기 시작하면……."

이 말은 무얼 의미하는 것일까? 나는 그것을 알지도 못했거니와 알려고 하지도 않았다. 그래서 그 말은 그냥 지나쳐 버리고 이렇게 말했다.

"나는 당신이 이 일을 어떻게 생각하는지 듣고 싶었을 뿐이오."

아멜리는 한숨을 쉬더니 대답했다.

"글쎄, 저는 그 애가 우리 집에 있는 걸 처음부터 반대하지 않았나요?"

나는 그녀가 이렇게 지난 일을 다시 들추는 데에 참을 수 없는 분노를 느꼈다.

"제르트뤼드가 있고 없고의 문제가 아니오."

하고 나는 말했다. 그러나 아멜리는 계속 말을 이었다.

"저는 그 애가 집에 있으면 성가신 일밖에 생기지 않을 것 같아 늘 걱정했어요."

나는 다시 부딪치기가 싫어 성급히 이야기를 마무리짓고 싶어 이렇게 말했다.

"결국 당신도 둘의 결혼을 못마땅해하고 있단 말이지. 그래, 그게 바로 내가 당신에게 듣고 싶었던 거요. 우리의 의견이 서로 맞으니 정말 다행이오."

그리고 말을 이어서, 자크도 내 말을 순순히 받아드렸으니 당신은 이제 더 걱정할 필요가 없다는 것과, 꼬박 한 달이나 걸리는 그 여행을 내일 떠나기로 결정했다는 것을 알려 주었다. 끝으로 나는 이렇게 말했다.

"그 애가 여행에서 돌아와 제르트뤼드를 다시 만난다는 것은 나도 당신과 마찬가지로 바라지 않는 일이오. 그래서 나는 제르트뤼드를 루이즈 양에게 맡기는 것이 가장 좋으리라고 생각했소. 그 집이라면 계속해서 그 애를 만날 수 있을 것이오. 그 애에 대해 책임을 지고 있는 이상 그래야 되지 않겠소? 이제 당신은 원하던 대로 그 애를 보살피지 않아도 될 게요. 루이즈 드 라 M 양은 제르트뤼드를 보살펴 주게 된 걸 아주 반가워하고, 벌써부터 그 애에게 풍금을 가르칠 수 있다며 기뻐하고 있소."

아멜리는 입을 열지 않기로 작정한 모양이었기에 나는 다시 내 생각을 말했다.

"자크가 우리 몰래 거기로 가서 제르트뤼드를 만나는 건 막아야 하니 내 생각에는 전후 사정을 루이즈 양에게 알려 주는 것이 좋을 것 같은데 당신 생각은 어떻소?"

나는 이렇게 말하며 아멜리의 말을 유도하려 했다. 그러나 그녀는 여전히 아무 말도 하지 않기로 맹세한 것처럼 입을 열지 않았다. 나는 그녀의 침묵이 견딜 수가 없어 다시 말을 이었다.

"자크가 여행에서 돌아올 때쯤에는 아마 사랑도 엷어질 게요. 그 나이에는 제가 해야 할 일을 스스로 깨닫지 못하니까."

"나이를 먹었다고 반드시 다 아는 것은 아니지요."

겨우 아멜리의 닫힌 입술이 열렸지만 그 수수께끼 같은 말은 오히려 날 화나게 했다. 나는 본래 대단히 솔직한 성격인 까닭에 빙빙 돌려 하는 말을 잘 참지 못했다. 나는 그녀를 향해 돌아앉으며 그것이 대체 어떤 뜻으로 말한 것인지 설명해 보라고 했다.

"뜻은 무슨 뜻이요—아멜리는 아무렇지 않은 듯 말했다—저는 조금 전 당신이 눈치채지 못한 것을 섭섭해 하던 모습을 떠올려 봤어요."

"그래서?"

"그래서 그런 걸 귀띔해 준다는 건 결코 쉬운 일이 아니예요."

아까도 말했지만 나는 돌려 말하는 것을 매우 싫어했고 또 말속에 다른 뜻이 들어 있는 것은 더욱 질색이었다.

"당신 말을 알아들을 수 있게 하려거든 좀더 확실히 말해 주시오."

순간적으로 너무 우악스럽게 말한 듯 싶었다. 그리고 곧 그것을 뉘우쳤다. 나는 아멜리의 입술이 잠깐 동안 파르르 떨리는 것을 보았다. 그녀는 내 시선을 외면하며 몸을 일으켜 쓰러질 듯한 걸음으로 방 안을 걸었다.

"아멜리, 이제 모두가 예전처럼 되었는데 왜 아직도 스스로를 괴롭히고 있는 거요?"

그녀가 내 눈길을 거북해 한다는 걸 알았다. 그래서 뒤로 돌아서서 테이블에 팔꿈치를 올려 놓고 양 손 위에 턱을 괴며 이렇게 말했다.

"내가 좀 심하게 말했나 보오. 용서해 주오."

아멜리가 내게 가까이 다가오는 소리가 들렸다. 그리고 이마 위에 그녀의 손가락이 가만히 와서 얹히는 것이 느껴졌다. 아멜리는 눈물을 머금은 따뜻한 목소리로 '가엾은 양반' 하고 말했다. 그리고는 곧 방을 나가 버렸다.

그제서야 의문투성이었던 아멜리의 말을 겨우 이해할 것 같았다. 하지만 그날은 제르트뤼드가 떠날 시기가 되었다는 생각만으로도 머릿속이 꽉찬 상태였다.

3월 12일

나는 매일 의무처럼 얼마간의 시간을 제르트뤼드를 위해 보내려 했다. 그것은 그날그날 일의 형편에 따라 길어질 때도 있었고 극히 짧을 때도 있었다.

아멜리와 그런 이야기를 나눈 이튿날, 나는 시간도 꽤 있었고 좋은 날씨에 끌리기도 해서 수풀을 지나 쥐라 산맥의 한 기슭까지 제르트뤼드를 데리고 갔다. 그곳에는 나뭇가지 사이로 환하게 내다보이는 웅대한 풍경이 있었고 날이 맑은 때에는 엷은 안개 위로 솟은 흰눈에 덮인 알프스의 모습을 바라볼 수도 있었다. 우리가 늘 앉던 그 자리에 이르렀을 때에 해는 벌써 서쪽으로 기울고 있었다. 목장의 짧게 깎인 풀이 우리 발밑에 펼쳐져 있었고 좀더 아랫쪽에는 암소 몇 마리가 풀을 뜯어 먹고 있었다. 산 속에 사는 그 암소들은 제마다 목에 방울을 달고 있었다.

"저 방울 소리를 들으면 마치 경치가 눈에 보이는 것처럼 느껴져요."

제르트뤼드는 방울 소리에 귀를 기울이며 말했다.

그리고 언제나 산보할 때마다 그랬던 것처럼 우리가 발을 멈춘 자리의 풍경을 이야기해 달라고 했다.

"하지만 여기는 네가 벌써 아는 곳인걸. 바로 알프스가 보이는 산기슭이란다."

"오늘도 알프스가 잘 보여요?"

"그 웅장하고 화려한 모습이 한눈에 보이는구나."

"날마다 조금씩 달라 보인다고 말씀하셨잖아요?"

"오늘은 무엇에 비유하면 좋을까? 여름 한낮의 목마른 모양이라고 할까? 저녁 때까지는 하늘에 깨끗이 녹아들 모양이다."

"우리 앞에 있는 이 커다란 목장에 백합꽃이 있는지 살펴봐 주세요."

"아니, 백합은 이런 높은 곳에서는 피지 않는단다. 가끔 드문 종류의 꽃나무 몇이 자라는 수가 있지."

"들백합 말인가요?"

"들에는 백합꽃이 없단다."

"뇌샤텔 근처의 들에도 없나요?"

"들백합이라는 건 원래 없단다."

"그러면 주님은 왜 '들백합을 보라'고 말씀하셨나요?"

"그런 말씀을 하신 걸 보면 그때는 아마도 있었는가 보지. 그러나 사람들이 재배한 뒤로 들에서는 없어졌단다."

"저는 목사님이 자주 이 땅에서 가장 필요한 것은 믿음과 사랑이라고 하시던 것이 생각나요. 사람들이 조금만 더 믿음을 가진다면 들백합을 다시 보리라고 생각하지 않으세요? 저는 그 말씀을 들을 때에는 들백합이 정말 보여요. 어떻게 생겼는지 말해 볼까요? 불꽃 같은 방울, 사랑의 향기가 가득한 하늘빛의 커다란 방울이라고 할까, 그것이 저녁 바람에 흔들거리고 있어요. 저기 저렇게 있는걸요. 저는 향기까지 맡고 있어요. 이 목장 안에 가득 피어 있는 게 보여요."

"네게 보이는 곳보다 더 아름답지는 않단다."

"덜 아름답지도 않다고 말해 주세요."

"네게 보이는 것만큼이나 아름답지."

"진실로 너희에게 이르노니 솔로몬의 그 모든 영화 중에서도 그 이름이 이 꽃 하나에 미치지 못하였느니라."

제르트뤼드는 그리스도의 말을 인용해서 나직하게 외쳤는데, 그 목소리가 어찌나 아름다운지 내용마저 새롭게 들릴 정도였다.

그 아이는 갑자기 깊은 생각에 잠긴 채 '모든 영화 중에서도' 라는 말을 되풀이하더니 한참 동안 입을 다물었다. 그래서 내가 말을 건넸다.

"전에 네게 이런 말을 한 적이 있지. 제르트뤼드, 눈뜬 사람들은 볼 줄 모른다고."

그리고 나는 '하나님, 지혜 있는 자들에게는 감추시고 비천한 자에게는 보여 주심을 감사하나이다' 하는 기도가 마음속에서 솟아오름을 깨달았다.

그때 제르트뤼드는 기쁨에 넘친 흥분 속에서 이렇게 부르짖었다.

"이 모든 것이 얼마나 쉽게 상상되는지 목사님은 아마도 모를 거예요. 아니, 알 수 없을 거예요. 자, 여기 경치를 이야기할 테니 들어 보시겠어요? 우리 뒤에는 송진 냄새를 풍기는 전나무가 **빽빽**하게 둘러싸고 있어요. 석류 빛깔의 줄기에 거무스름한 가지들이 옆으로 뻗어 있어 바람이 지날 때마다 구슬픈 소리를 내요. 우리 발밑에는 산을 책상 삼아 그 위에 비스듬히 펴 놓은 책과도 같이 푸른 바탕에 무늬를 놓은 넓은 목장이 펼쳐져 있어요. 그늘진 곳은 푸른 빛을 띠고 해가 비치는 곳에는 금빛이 돌아요. 거기에는 꽃들이 글자처럼 선명히 쓰여져 있어요. 과남풀도 있고, 할미꽃도 있고, 미나리아재비도 있고, 그 아름다운 솔로몬의 백합도 있어요. 그것들을 소들이 와서 저희들 방울 소리로 자음과 모음을 맞추면 천사들이 내려와서 읽어요. 사람들의 눈에는 보이지 않는다고 목사님은 말씀하셨지요. 책 아랫쪽에는 자욱히 안개를 뿜으면서, 깊은 신비의 늪을 싸고 흘러가는 꽃빛 같은 큰 강이 보여요. 이 강은 매우 넓어서 아름다운 알프스 산맥이 겨우 보일 뿐이에요……. 자크가 가는 길은 저 곳이에요. 저어, 정말인가요? 자크가 내일 떠난다는 건?"

"내일 떠날 예정이지. 자크가 그렇게 말했니?"

"그런 말은 없었어요. 하지만 알고 있었어요. 오랫동안 떠나 있나요?"

"한 달 동안……. 제르트뤼드에게 물어 볼 게 있는데……. 너는 왜 자크가 교회로 너를 만나러 왔다는 걸 이야기하지 않았지?"

"그는 두 번 저를 만나러 왔어요. 하지만 걱정을 끼쳐 드릴까 봐 조심스러웠어요."

"말을 하지 않으면 오히려 더 걱정된단다."

아이는 더듬더듬 손을 찾았다.

"그는 떠나기 싫어했어요."

"그래, 제르트뤼드야……. 그 아이가 너를 사랑한다고 했니?"

"아니요. 하지만 말하지 않아도 저는 그걸 알아요. 그래도 자크는 목사님만큼 날 사랑하지 않아요."

"그래, 제르트뤼드 너는 그가 떠나는 게 괴로우냐?"

"저는 떠나는 게 잘 되었다고 생각해요. 어차피 전 상대도 되지 않는걸요."

"그가 떠나는 게 괴롭냐는 말이다."

"목사님, 제가 사랑하는 사람은 목사님이라는 걸 잘 아시면서……. 왜 자꾸 도망치시죠? 목사님이 결혼을 하지 않으셨다면 이런 말은 하지 않을 거예요. 아무도 눈먼 여자아이를 아내로 맞을 사람은 없을 거예요. 그러니 우리가 어떻게 서로 사랑할 수 있겠어요? 목사님, 제 생각이 잘못된 건가요?"

"사랑하는 마음에 잘못이란 없는 법이란다."

"저는 그를 괴롭히고 싶지 않아요. 저는 아무도 괴롭히고 싶지 않아요……. 저는 사람들에게 행복만을 주고 싶어요."

"자크는 너와 결혼할 생각이었단다."

"떠나기 전에 그와 이야기해도 될까요? 저를 단념해야 한다는 걸 이해시켜 주고 싶어요. 목사님, 목사님은 제가 누구와도 결혼할 수 없다는 걸 잘 아시죠, 네? 그에게 이야기해도 괜찮을까요?"

"오늘 저녁에라도 이야기하렴."

"아니요. 내일 하겠어요. 바로 떠날 무렵에……."

해는 타오르는 듯 번쩍이며 기울고 있었다. 대지는 미지근해졌다. 우리는 몸을 일으켜 서로 이야기를 주고받으며 어둑어둑한 길을 걸어 돌아왔다.

제2노트

4월 25일

꽤 오랫동안 짬이 나지 않았다. 눈이 녹아 길이 트이자 그동안 수없이 밀려 있던 마을 일들을 처리하기 바빴다.

이제야 겨우 한숨을 돌리고 이 노트를 펼쳐 볼 수 있었다. 밤새 한 장 한 장 넘기면서 그때는 전혀 느끼지 못했던, 나 자신까지 가두었던 내 모든 감정에 대해 생각해 보았다.

왜 그때는 그렇게 받아들였는지, 왜 여기 적힌 아멜리의 말들이 내게는 수수께끼처럼 여겨졌는지…….

제르트뤼드의 그 순진한 고백을 듣고도 그 아이가 날 사랑한다는 말이 왜 그렇게도 어색하고 죄를 짓는 것처럼 두렵게 들렸는지 알 수 없다. 아마도 그것은 결혼을 떠나서는 사랑이 허용될 수가 없다고 굳게 믿었던 까닭일 것이다. 그리고 그렇게도 열렬히 관심을 쏟기는 했지만 그 감정 속에는 결코 이상한 뜻이 없음을 자신했기 때문이리라.

그 고백이 순진하고 솔직하다는 점에서 제르트뤼드가 내게 느낀 감정은 그다지 염려할 문제는 아닌 것 같았다.

그 아이는 아직 어렸다. 제르트뤼드가 얘기하던 사랑이 남녀 사이에 느끼는 그런 것이라면 어떻게 머뭇거리지도 얼굴을 붉히지도 않고 말할 수 있겠는가. 그리고 나 역시 그랬다. 흔히 사람들이 장애인을 대하듯 일종의 동정어린 사랑이었고, 하나의 도덕적 책임으로 보살폈을 뿐이다.

제르트뤼드가 나와 비슷한 종류의 감정으로 이야기하던 그날, 어찌나 마음이 가볍고 기뻤던지 내 감정을 의심할 정도였다. 그 말을 적고 있는 순간에도 그랬다.

사랑은 불미스러운 것이며 그 때문에 그것은 죄가 되고, 죄라는 것은 편안하지 못한 존재라 여겨 오던 나로서는 그 아이를 향하는 감정이 사랑이라곤 생각조차 할 수 없었다.

나는 그 아이와 주고받은 이야기들을 전부 그대로, 그때와 똑같은 기분으로 적어 왔다. 어젯밤 이 글을 다시 읽으면서 다시 깨달은 사실이지만······.

자크가 떠나자—나는 제르트뤼드가 그와 이야기하도록 내버려두었는데, 자크는 방학이 끝날 무렵에야 돌아와서 제르트뤼드를 피하는 것 같았고, 내 앞에서가 아니면 그 아이에게 말도 걸지 않으려는 눈치였다—우리 생활은 곧 조용히 제 걸음을 회복하고 있었다.

제르트뤼드는 예정대로 루이즈 양 집에 머물렀고 나는 매일 그 아이를 만나러 그곳에 예정대로 갔다. 그러나 서로의 감정이 그 이상 커지는 것이 두려워 서로의 마음을 설레게 할 만한 것은 전혀 이야기하지 않기로 애썼다. 그리고 대개 루이즈 양이 있는 곳에서만 이야기하려고 했다. 특히 나는 목사로서 아이의 교육과 성체 배수식 준비하는 데에만 마음을 쏟았다. 그리고 부활절에 제르트뤼드와 나는 함께 성체 배수식을 치루었다.

그 뒤로 보름이 지났다. 한 주일 동안의 방학을 지내러 집에 온 자크가 놀랍게도 내 성찬식에 나오지 않았다. 그리고 더 섭섭했던 것은 아멜리가 우리가 결혼한 뒤 처음으로 성찬식을 받지 않았다는 사실이었다. 그들은 함께 이 엄숙한 모임에 빠짐으로써 내 기쁨에 검은 그림자를 던지기로 작정한 것 같았다. 여기서도 나는 제르트뤼드의 눈이 보이지 않아 나 혼자 이 어려운 시련을 견디는 것을 다행스럽게 생각했다.

나는 아멜리를 너무도 잘 알고 있기 때문에 그녀의 행동에 들어 있는 간접적인 비난을 모를 리가 없었다. 그녀는 드러내 놓고 나를 반대하는 일은 절대로 하지 않았으며 서로의 관계를 끊음으로써 자신의 거부 의사를 보여 주려고 했다.

그 따위—생각하기조차 불쾌한—불만 때문에 아멜리가 자기의 영적 이득을 저버릴 만큼 변하는 것이 너무 슬펐다. 그리고 집에 돌아와서 진심으로 그녀를 위해 기도했다.

자크가 참석하지 않은 것은 다른 동기에서 나온 것으로, 그것은 그 후 얼마 되지 않아 그와 주고받은 이야기를 통해 명백하게 밝혀졌다.

제르트뤼드에게 종교 교육을 시키는 동안 나는 새로운 눈으로 복음서를 다시 읽었다. 날이 갈수록 기독교 신앙을 이루는 많은 개념이 그리스도의 말씀에 의한 것이 아니라, 사도 바울의 해석에 의한 것같이 여겨졌다. 바로 이것이 자크와 토론한 내용이다.

성격이 조금 보수적이라 그 애의 사상은 넉넉한 양식의 혜택을 받지 못한 채 전통주의, 독단주의로 흘렀다.

자크는 내가 그리스도 교리 가운데 '내 마음에 드는 것'만 추려 낸다고 비난했다. 그러나 나는 그리스도의 말씀 중에서 어떤 것을 골라내는 것이 아니었다. 다만 그리스도와 사도 바울 중에서 그리스도를 택한 것 뿐이었다. 그 애는 이들을 대립시키는 것이 두려워 분리하기를 거부했고, 두 분 사이에 있는 영감의 차이를 가려내기조차 싫어했다. 그래서 사도 바울의 말씀은 사람의 말에 귀를 기울이는 것이고, 그리스도에 있어서는 하나님의 말씀을 듣는 것이라고 하면 자크는 심하게 반박했다. 그의 이론은 들으면 들을수록 그가 그리스도의 지극히 작은 말씀에도 스며 있는, 비할 데 없이 숭고하고 거룩한 말씀에 너무 무감각한 것은 아닌가 여겨지기까지 했다.

나는 복음서 그 어디를 찾아봐도 계명이나 위협이나 금지를 찾아볼 수 없었다. 그런 것들은 오직 사도 바울이 하는 말이었다. 바로 그 점, 즉 그리스도의 말씀 가운데 그것을 발견할 수 없다는 것이 자크의 고민이었다. 대개 그와 같은 영혼은 정신적으로 의지하던 보호자나 대상이 없어졌음을 깨달으면 곧 자신이 멸망하는 줄로 짐작한다. 그뿐 아니라 자신은 그것을 포기하면서도 그 자유를 다른 사람에게 허용하지 않는다. 그리고 사람들이 사랑을 통해 그에게 주려는 것을 강제로 얻으려 한다.

"하지만 아버지, 저도 역시 영혼의 행복을 바라고 있어요." 하고 그는 말했다.

"아니다. 너는 영혼들의 복종을 바라고 있어."

"복종이야말로 참된 행복입니다."

나는 이런 쓸데없는 토론이 싫었다. 그 때문에 그의 마지막 말은 그냥 넘어가기로 했다. 그러나 나는 사람들이 결과에 지나지 않는 것으로써 행복을 얻으려고 해서 결국 불행해진다는 것을 잘 알고 있다. 그리고 사랑이 가득한 영혼으로 자신의 자발적인 복종을 바치는 것은 몰라도, 사랑 없는 복종처럼 행복과 멀어지게 하는 것은 아마도 없을 것이다.

하지만 자크의 이론만큼은 훌륭했다. 그렇게 어린 머릿속에 어울리지 않을 정도로 쌓여 있던 완고함―교리에 대한―이 틀리지만 않았다면 그 논리의 체계성과 탁월함에 감탄했을 것이다.

자크와의 대화가 끝날 때마다 나는 그 애보다도 내가 더 젊고, 오늘은 어제보다도 더 젊어졌구나 하는 생각이 들었다. 그래서 '너희가 돌이켜 어린아이와 같이 되지 않으면 결코 천국에 들어가지 못하리라' 하신 말씀을 되새기곤 했다.

복음서 안에서, 특히 복된 생활에 이르는 방법을 눈여겨보는 것이 과연 그리스도를 배반하고 복음서의 가치를 깎는 행위일까?

기쁨의 상태는 우리의 의혹과 우리 마음의 메마름으로 인해 방해된다. 하지만 그리스도 교인에게는 그것이 의무이다. 사람들은 누구나 작게나마 기쁨을 맛볼 능력을 가지고 있다. 사람들은 각각 기쁨을 향해 나가야 한다. 제르트뤼드의 미소, 그것 하나로도 내가 아이에게 가르쳐 주는 것보다 더 많은 것을 그 아이에게서 배운다.

그리고 '너희가 만일 눈이 멀었더라면 죄가 없으련만' 하는 그리스도의 말씀이 찬란한 빛을 내며 내 앞에 마주섰다. 죄야말로 영혼을 어둡게 하며 기쁨에 저항한다. 제르트뤼드의 온몸에서 비치는 완전한 행복은 그 아이가 죄를 모르는 데서 온다. 그 아이에게는 오직 밝음과 사랑만이 존재할 뿐이다.

나는 제르트뤼드의 조심스러워 하는 손에 사복음서와 시편과 묵시록과 요한 삼서를 쥐어 주었다. 이 요한복음에서는 '나는 세상의 빛이니 나를 따르는 자는 어두운 곳에 행하지 않을 것이니라' 하신 주의 말씀처럼 '하나님은 빛이시며, 그 안에는 어떤 작은 어둠도 있지 아니하다' 는 말씀을 읽을 수 있다.

나는 그 아이에게 사도 바울의 서간을 주지 않을 생각이다. 그렇지 않아도 눈이 먼 아이가 죄라는 개념도 알지 못하는 상태에서 '죄가 계명으로 인해 극히 큰 죄로 나타나느니라' (〈로

274

마서 7장 13절)〉라는 말 그 뒤에 따르는 변증법을—그것이
아무리 훌륭하더라도—읽게 함으로써 그 아이를 불안하게 할
필요가 없었기 때문이다.

5월 8일

마르탱이 어제 쇼 드 퐁에서 왔다. 그는 오랫동안 검안경으
로 제르트뤼드의 눈을 검사했다. 그는 로잔에 있는 전문의 루
오 박사에게 벌써 제르트뤼드의 상태를 이야기했다. 그리고
자기가 검사한 결과를 그에게 보고하기로 되어 있다는 말을
했다. 그들은 둘 다 제르트뤼드의 눈은 수술할 수 있다고 생각
했다. 그러나 우리는 좀더 확신을 갖기 전까지 비밀로 하기로
했다. 공연히 알려서 일이 되지 않을 경우에 제르트뤼드가 입
을 상처를 어떻게 할 것인가? 지금 상태로도 행복해 하고 있
는 아이인데 말이다.

마르탱이 그곳에서 협의가 끝나는 대로 내게 알려 주기로
되어 있다. 좋은 소식이 왔으면 좋으련만……

5월 10일

부활절날 자크와 제르트뤼드는 내가 있는 자리에서 다시 만
났다. 아니, 자크가 일방적으로 제르트뤼드 앞에서 말을 건넸
는데, 주로 일상적인 말밖에는 하지 않았다.

자크는 내가 염려했던 것과는 달리 차분해 보였고, 그의 사랑이 깊었더라면 제르트뤼드가 어떤 말을 하든 그리 쉽게 마주 대할 수 없었을 것이다.

그리고 나는 자크가 그전 같지 않게 제르트뤼드를 향해 높임말을 쓰는 것을 발견했다. 이것은 확실히 반가운 일이었다. 그렇게 하라고 시킨 것도 아닌데 스스로 그것을 깨달았다는 사실이 더욱 흐뭇했다. 분명 자크에게는 좋은 점이 많이 있다.

하지만 자크의 이 순종 뒤에는 반드시 적지 않은 번민과 투쟁의 시간이 있었으리라고 생각한다. 한 가지 염려되는 것은 그가 자기 마음에 가해 왔던 속박을 여전히 정당한 신념이라 여기고 있다는 점이었다.

아마 자크는 제르트뤼드와 자신과의 일이 모든 사람에게서 지워지기를 바라고 있으리라. 그것은 전에 기록했던 그와의 토론 가운데서 얼마든지 느낄 수 있다.

'이제는 자주 감정에게 속는다'고 다라로슈푸코는 말했다. 나는 자크의 기질―이야기를 할수록 점점 더 자기 생각만 고집하는―을 알기 때문에 그 점에 대해 지적할 수 없었다. 그래서 그날 밤 바로 사도 바울의 서간 중에서―그를 쓰러뜨리는 데에는 이 구절을 무기로 쓸 수밖에 없었다― '먹지 못하는 자는 먹는 자를 판단하지 말라. 이는 하나님이 저를 받으셨음이니라'(《로마서 14장 3절》)라는 구절을 적어 그의 방 안에 갖다 놓았다.

나는 그 다음에 나오는 '내가 주 예수 안에서 알고 확신하는 것은 무엇이든지 스스로 속된 것이 없으되, 다만 속되게 여기는 그 사람에게만 속되니라' 하는 말씀도 함께 적어 놓으려 했다. 하지만 내가 제르트뤼드에 대해 부정한 감정을 품고 있는 줄로 상상하지나 않을까 두려웠고 그러한 내 염려마저 자크가 꿰뚫어 볼 것 같은 생각에 그만두기로 했다.

분명 이 구절은 음식에 대해 하신 말씀이다. 그러나 성경의 다른 많은 구절도 두 세 가지 뜻으로 해석되는 일이 얼마나 많은가?

'만일 네 눈이……'의 교훈, 작은 빵으로 여러 사람을 먹게 하신 일, 혼인 잔치에서 행하신 기적 등등.

여기에서 쓸데없는 이론을 캐자는 것은 아니다. 이 구절의 뜻은 넓고 깊다. 즉 속박은 율법으로서 명해질 것이 아니라 사랑으로서 명령되어야 한다는 뜻이다. 그래서 사도 바울은 바로 그 다음에 '너희 형제를 음식 때문에 근심하게 한다면 너는 이미 사랑을 따라 행하는 자가 아니니라' 하고 부르짖고 있는 것이다. 악마가 우리를 습격하는 것은 사랑이 없기 때문이었다. 주여! 내 마음에서 사랑에 속하지 않는 모든 것을 없애 주소서.

그 이튿날 나는 위의 성경 구절을 적었던 쪽지가 내 책상 위에 놓여 있는 것을 발견했다. 내가 애초에 자크를 건드린 것이 잘못이었다. 자크는 그 쪽지 뒤에 같은 장(章)의 다른 구절을 적어 놓았다.

'그리스도께서 대신해서 죽으신 형제를 네 음식물로 망하

게 하지 마라.' (《로마서 14장 15절》)

나는 그 장 전부를 다시 한번 읽어 보았다. 그것은 끝없는 논쟁의 시초였다. 제르트뤼드의 맑게 빛나는 하늘을 내가 이런 문제로 괴롭히고, 이 검은 구름으로 어둡게 해야 옳은가? 난 남의 행복을 해하거나 우리 자신의 행복을 위태롭게 하는 것이 죄라고 믿게 할 때 비로소 내가 더욱 그리스도 가까이 있을 수 있으며 그 애까지도 그리스도 곁에 가까이 인도해 줄 수 있다고 믿고 있었다.

슬픈 일이다. 행복의 불만을 상대에게 책임지우고 무능하다느니 서투르다고 불평하다니.

가엾은 아내 아멜리를 생각한다. 나는 끊임없이 그녀를 행복으로 이끌고 재촉하며 억지로라도 행복하게 해주려 하고 있다. 그렇다. 나는 모든 사람을 하나님 곁에까지 이끌려고 한다. 하지만 아멜리는 끊임없이 빠져나가고, 아무리 해가 내리쬐어도 피지 않는 꽃처럼 몸을 움츠린다. 보이는 것 모두가 자신을 불안하게 하고 괴롭히는 것 같았다.

"할 수 없잖아요, 나는 눈이 멀게 태어나지 못했는걸."

지난번에는 이렇게 말하기도 했다.

아아! 아멜리의 비틀린 그 말이 얼마나 내 마음을 괴롭혔는지…….

그런 말을 듣고도 저항을 느끼지 않으려면 얼마나 큰 사랑이 필요할까? 이유가 어찌되었든 제르트뤼드의 눈먼 것을 빗대어 말하는 것은 도저히 용납할 수 없다.

아멜리의 이런 모습을 보며 내가 그토록 제르트뤼드에게 기울어지는 이유 중 하나가 그 아이의 한없는 온순함임을 깨달았다. 나는 제르트뤼드가 남에게 조금이라도 짜증난 듯한 음성으로 말하는 것을 들어 본 적이 없다. 또한 아이의 마음을 상하게 할 만한 것은 말하지 않으려 부단한 노력도 기울였다.

그리고 행복한 영혼이 뿜어 내는 사랑의 광채로써 그 둘레에 행복을 퍼뜨리는 것처럼 모든 것이 아멜리의 주위에서는 어둡고 우울해진다. 아미엘(스위스의 철학자·문학자)은 아멜리의 영혼이 검은 광선을 뿜고 있다고 쓰리라.

가난한 이들, 병든 이들, 근신하는 이들을 찾아다니는 지친 하루를 보내고 날이 저물어 휴식과 애정과 따뜻한 기운을 찾아 돌아왔을 때 날 반기는 것은 걱정, 나무람, 알력뿐이었다.

로잘리 할멈이 원칙에 어긋난 일을 싫어하는 건 잘 안다. 그러나 할멈이 언제나 맞는 것도 아니고 그런 할멈을 몰아세우는 아멜리가 언제든지 옳은 것도 아니다.

샤를로트와 가스페리가 부산스러운 아이들이라는 것도 잘 안다. 그러나 아멜리가 늘 그렇게 야단만 치지 말고 좀더 부드럽게 타이른다면 더 효과가 있지 않을까? 항상 자상하게 주의시키고 타이르고 꾸짖으면, 아이들은 바닷가의 조약돌처럼 겉모양이 원만해져 나보다도 훨씬 더 순종적인 아이들로 성장할 것이다.

어린 클로드가 이가 나는 중이라는 것도 잘 안다. 적어도 애기 엄마는 그 애가 울기 시작할 때마다 그렇게 말하니까. 그러나 아멜리나 사라가 쫓아가서 쉴 새 없이 얼르는 것이 울라고 시키는 것이나 다름없지 않은가? 내가 집에 없을 때 몇 번쯤 실컷 울게 두면 그처럼 자주 울지 않을 것이라고 확신한다. 그러나 그들은 내가 없을 때는 특히 더 다급하게 서두른다.

사라는 어머니를 닮았다. 내가 그 애를 기숙사에 넣었으면 하는 것도 그 때문이다. 그것도 제 나이 또래에 나와 약혼했던 시절의 어머니는 조금도 닮지 않고, 물질적인 생활고로 인해—자칫 생활고의 배양이라고 말할 뻔했다. 왜냐하면 아멜리는 확실히 그것을 기르고 있었으니까—지금과 같은 아멜리를 닮았다. 슬픈 일이다.

나는 사라에게서 세속적인 관심 외에는 아무것도 발견할 수 없었다. 제 어머니같이 쓸데없는 걱정거리를 가지고 허둥거린다. 마음속에 아무런 정신적 불꽃도 없는 그 애는 표정까지도 시무룩하게 굳어진 것 같다. 시에 대해 아무런 취미도 없을 뿐 아니라 독서 자체도 별로 취미가 없다.

그 모녀 사이에는 나도 한몫 끼고 싶을 만큼의 대화다운 대화가 없었다. 그래서 나는 내 서재에 틀어박혀 있을 때보다 그들 곁에 있을 때에 더 뼈저린 고독을 느꼈다.

가을이 되자 해가 빨리 저무는 바람에 일찍 집에 돌아왔고, 그 때마다 루이즈 양의 집에 들러 차 마시는 버릇이 생겼다. 그곳에는 지난 11월부터 3명의 눈먼 여자아이가 제르트뤼드와 함께 신세를 지고 있었다. 마르탱의 말에 따르면 제르트뤼드가 그 애들에게 책 읽기와 여러 자질구레한 수공품 만들기를 가르치는데, 벌써 제법 잘들 한다고 했다.

그 집의 따뜻한 공기 속으로 들어갈 때마다 그것이 내게 얼마나 휴식이 되고 위안이 되는지, 어쩌다 2, 3일 동안 들르지 못하면 마음이 허전할 정도였다.

루이즈 양은 제르트뤼드와 세 어린 기숙생을 보살펴 주고 있어도 그들의 양육 때문에 쪼들려 하거나 속을 태우지도 않았고, 하녀 셋이 정성껏 그들의 편의를 돌봐 주고 있었다.

자신의 여가 시간을 이보다 더 잘 쓸 수가 있을까 하는 생각마저 들었다. 루이즈 드 라 M 양은 그전부터 가난한 사람들을 많이 돌봐 왔다. 그녀는 깊은 신앙을 갖고 이 세상을 위해 몸을 바치고, 사랑하기 위해서만 인생을 살고 있는 것 같았다. 속이 비치는 레이스 모자를 쓴 그녀의 머리는 벌써 거의 백발이 되었음에도 그 순진한 웃음과 부드러운 자태, 그리고 음성의 아름다움은 무엇에 비교할 바가 없었다.

제르트뤼드는 그녀의 태도, 말투, 목소리뿐 아니라 생각하는 것과 전체의 몸짓, 일종의 억양까지도 닮아 갔다. 가끔 나는 그것을 놀려 주곤 했다. 하지만 루이즈 양과 그 아이는 서로가 그 점을 깨닫지 못한 것 같았다.

시간이 나서 그들 곁에 좀 오래 머물면, 제르트뤼드가 루이즈 양 어깨에 이마를 대거나 손 하나를 그녀의 손에 맡긴 채 나란히 앉아서 내가 읽어 주는 라마르틴이나 위고의 시 몇 구절을 듣는 모습이 얼마나 다정하게 보였는지 모른다. 그들의 맑은 영혼에 내가 읽는 시가 전해진다는 것은 너무나 즐거운 일이었다. 어린 기숙생들도 거기에 무감각할 수는 없다. 이 아이들은 평화와 사랑의 분위기 안에서 놀라울 정도로 성장하고 눈부시게 발전했다.

루이즈 양이 건강과 놀이를 겸해 그 아이들에게 춤을 가르쳐 주겠다고 말했을 때 나는 웃어 넘겼다. 그러나 지금은 그들의 아름다운 율동을 보고 감탄을 금할 수 없다. 하지만 가엾게도 자신들은 그 춤을 감상할 수 없었다. 그러나 루이즈 양은 그들이 이 모습을 보지 못하더라도 근육을 통해 그 부드러운 움직임을 느낄 수 있다고 일러 주었다.

제르트뤼드가 그 춤을 출 때의 모습은 우아하고 자연스러웠다. 그뿐 아니라 그 아이는 거기서 커다란 위안을 얻는 것 같았다. 이따금 루이즈 양이 어린아이들의 놀이에 끼는 일이 있었는데, 그럴 때는 제르트뤼드가 피아노 앞에 앉았다. 그 아이의 음악적 진보는 놀라웠다. 주일마다 교회의 파이프 오르간을 맡아 치기도 하고 즉흥적으로 찬송가에 짧은 전주곡까지 만들어 연주하기도 했다.

일요일마다 제르트뤼드는 우리 집에서 점심을 함께 했다. 집의 아이들은 제르트뤼드와는 취미가 나날이 달라지고 있는데도 그 아이와의 만남을 즐거워했다. 아멜리도 괜한 신경을 곤두세우지 않아 식사는 별탈없이 끝났다. 식후엔 집안 식구 모두가 제르트뤼드를 배웅하고 돌아와 집에서 간식을 먹었다.

루이즈 양이 아이들의 응석을 받아 주고 맛있는 것을 실컷 먹여 주므로 아이들에게는 이 날이 명절이었다. 아멜리도 남의 친절을 고마워할 줄 알기 때문에 그때가 되면 갑자기 젊어진 듯 표정이 매우 밝아졌다. 나는 아멜리가 앞으로도 어려운 생활을 이끌어 가는 동안 이렇게 즐거운 시간을 자주 갖을 수 있기를 기도했다.

5월 18일

맑은 날씨가 다시 찾아왔으므로 제르트뤼드를 데리고 밖에 나갈 수 있었다. 벌써 오래 전부터 제르트뤼드와 단둘이 만나는 일도 없었지만 이렇게 산책하는 것도 오랫동안 없었던 일이었다. 이즈음 다시 몇 차례 눈이 내려 며칠 전까지도 길이 엉망이었다.

우리는 빨리 걸었다. 시원한 바람에 제르트뤼드의 뺨은 불그레해졌고 황금빛 머리는 끊임없이 얼굴에 나부꼈다. 우리가 토탄 갱을 따라 걷고 있을 때 나는 꽃이 핀 왕골을 몇 대 꺾어 그 줄기를 그 아이의 베레모 밑에 꽂아주고 빠지지 않도록 머리와 함께 땋아 주었다.

그 아이는 단둘이 다시 만나게 된 것만으로도 즐거운 듯 그저 말없이 걷기만 했다. 그때 제르트뤼드는 보이지 않는 눈을 내 쪽으로 돌리며 갑자기 이렇게 물었다.

"자크가 아직도 절 사랑하고 있다고 생각하세요?"

"아니, 단념한 것 같더구나."

하고 나는 곧 대답했다.

"하지만 목사님이 절 사랑하시는 걸 그가 알고 있을까요?"

앞서 적어 놓은 이야기들을 지난 여름에 주고 받은 이후, 우리는 반년 이상이 지나도록 사랑이라는 말을 한 마디도 입밖에 내지 않았다. 나는 그것을 이상하게 여겼다. 이미 말했던 것처럼 우리는 단둘이 있을 때가 없었고 어쩌면 그것이 다행인지도 몰랐다.

제르트뤼드의 질문은 내 걸음을 늦추게 할 만큼 가슴을 뛰게 했다.

"제르트뤼드야, 내가 널 사랑하는 것은 세상 사람이 다 아는 사실이잖니."

하지만 그 아이는 속지 않았다.

"아니, 제가 묻고 있는 건 그런 게 아니에요."

그리고 잠시 입을 다물었다가 얼굴을 숙이더니 말을 이었다.

"아멜리 아주머니도 알고 계세요. 그 때문에 아주머니가 늘 언짢아하고 계시다는 것도 알아요."

"아주머니는 그런 일이 아니더라도 늘 언짢아하시는 분이란다―나는 당황한 목소리로 말했다―우울은 그 사람의 기질인걸."

"목사님은 언제나 저를 안심시키려고만 하세요―그 아인 몹시 갑갑하다는 듯 말했다―그렇지만 저는 안심시켜 주시길 바라지는 않아요. 제가 걱정하거나 괴로워할까 봐 제게 알려 주시지 않는 게 너무 많다는 걸 알아요. 너무도. 그래서 가끔······."

제르트뤼드의 목소리는 점점 더 작아졌다. 나중에는 숨이 찬 듯 말끝을 잇지 못했다.

나는 그 아이의 마지막 말을 이어서 황급히 물었다.

"가끔 어떻다는 말이냐?"

제르트뤼드는 슬픈 듯 대답했다.

"그래서 저는 가끔 목사님이 제게 주시는 행복은 모두 제 어리석음에서 나오는 것처럼 느껴져요."

"하지만, 제르트뤼드······."

"아뇨, 제 말을 끝까지 들어 주세요. 저는 이런 행복은 원하지 않아요. 저는 행복을 고집하지도 않고요. 그보다도 저는 알고 싶어요. 제가 보지 못하는 일, 그중에는 기억하고 싶지 않은 일도 많이 있을 거예요. 하지만 목사님이 제게 숨기실 권리는 없어요. 저는 기나긴 겨울이 지나는 동안 곰곰이 생각했어요. 목사님, 저는 이 세계가 온통 목사님이 제게 믿게 해주신 만큼 아름답지 않은 건 아닐까, 아니 오히려 그와 반대가 아닐까 생각했어요."

"사람들 때문에 땅이 아주 더럽혀진 것은 사실이란다."

나는 조심조심 끊어 말했다.

나는 그 아이의 상상이 엉뚱하게 비약될까 두려워 소용없다고 생각하면서도 그것을 다른 곳으로 돌려 보려 애썼다. 그러자 이 몇 마디를 기다리기라도 했던 것처럼 제르트뤼드가 부르짖었다.

"그래요. 저는 제가 상황을 더 나쁘게 만들지 않는다는 걸 확실히 알고 싶어요."

우리는 오랫동안 입을 다문 채 매우 빠른 걸음으로 길을 걸었다. 내가 무슨 말을 하든 미리 그 아이에게 분명하게 느껴져 아이의 생각과 맞부딪쳤다. 나는 우리 둘의 운명이 달려 있는 몇 마디 말이 그 작은 입술에서 튀어나올까 두려웠다. 그리고 아이의 시력을 회복시킬 수 있을 것이라고 한 마르탱의 말을 떠올리며 말할 수 없는 불안에 사로잡혔다.

"목사님께 여쭈어 보고 싶은 게 있어요―잠시 후 아이는 말을 다시 이었다―그렇지만 어떻게 말해야 될지……."

분명히 제르트뤼드는 있는 용기를 다하고 있었다. 그것은 나도 마찬가지였다. 그러나 이런 문제가 그 아이를 괴롭히고 있을 줄은 짐작도 하지 못했다.

"장님의 어린아이는 눈이 멀어서 태어날까요?"

이 문답이 우리 둘 중의 누구를 더 괴롭혔는지 알 수 없다. 그러나 이미 나온 말은 그대로 계속 할 수밖에 없었다.

"너무 염려하지 말아라, 제르트뤼드. 아주 특수한 경우를 제외하고는 그렇게 되어야 할 아무런 이유도 없지."

그 아이는 안심하는 것 같았다. 이번엔 내가 왜 그런 말을 했느냐고 묻고 싶었지만 차마 용기가 나지 않아 어색하게 말을 이었다.

"그렇지만 제르트루드, 아이를 낳으려면 결혼을 해야만 한단다."

"목사님, 그런 말씀은 제발 하지 마세요. 그게 정말이 아니라는 것쯤은 저도 알아요."

"너한테 충분히 할 수 있는 말을 한 거란다―나는 반박했다―그러나 자연의 법칙에는 인간의 법칙과 신의 법칙에서 금지되어 있는 것도 허락되는 수가 있기도 하지."

"신의 법칙은 바로 사랑의 법칙이라고 제게 자주 말씀하셨잖아요."

"여기서 말하는 사랑이란 자선과는 다르단다."

"목사님은 저를 동정해서 사랑하신 건가요?"

"그렇지 않다는 건 너도 잘 알지 않니?"

"그렇다면 목사님은 우리의 사랑이 신의 법칙에서 벗어나는 일이라고 인정하시는군요?"

"그게 무슨 말이냐?"

"다 알고 계시잖아요. 이건 할말이 아닌 것 같아요."

나는 아무렇지 않은 듯 넘어 갈려고 했지만 그 모두가 헛일이었다. 내 심장은 앞뒤 없는 내 이론이 허둥지둥 뭉개지듯 몹시 뛰었다. 나는 정신없이 부르짖었다.

"제르트뤼드……. 너는 네 사랑이 죄라고 생각하고 있니?"

그 아이는 내 말을 바로잡았다.

"우리의 사랑이요……. 저는 그렇게 생각하고 있어요."

"그래서……."

내 목소리가 어느덧 애원에 가깝게 흘러나오고 있음을 느꼈다. 그렇지만 그 아이는 망설임 없이 말했다.

"그렇지만 목사님을 사랑하지 않을 수 없어요."

이것은 모두 어제 일어났던 일이다. 나는 처음에 이것을 쓸까 말까 망설였다. 산보가 어떻게 끝났는지 도무지 알 수 없다. 우리는 도망치듯 바삐 걸었으며 나는 그 아이의 팔을 꼭 껴안았다. 내 영혼은 몸에서 완전히 빠져나가, 길 위의 조그마한 돌에 발이 걸리기만 해도 그냥 땅에 고꾸라질 것만 같았다.

5월 19일

오늘 아침에 마르탱이 또 찾아 왔다. 제르트뤼드의 수술은 가능성이 있다고 했다. 루오 씨가 그것을 장담하며 얼마 동안 제르트뤼드를 자기에게 맡겨 달란다고 한다. 나는 그것을 반대할 이유가 없었다. 그러나 비겁하게도 생각해 보겠다고 말했다. 나는 제르트뤼드가 마음의 준비를 할 수 있는 여유를 달라고 청했다. 내 마음은 기쁨이 용솟음쳐야 할 텐데도 가눌 수 없는 불안으로 가슴이 무겁게 짓눌리는 느낌이었다. 제르트뤼드에게 시력을 회복할 수 있을 것이라고 알려 주어야 할 생각을 하자 도무지 용기가 나지 않았다.

5월 19일 깊은 밤

나는 제르트뤼드를 다시 만났으나 그 아이에게 아무 말도 하지 않았다. 오늘 저녁 댁—루이즈 양의 집은 '댁'이란 표현이 적절할 것 같다—의 객실에는 아무도 없었다. 그 때문에 나는 제르트뤼드의 방까지 올라갈 수 있었다. 우리는 단둘이 되었다.

나는 오랫동안 그 아이를 껴안았다. 그 아이는 조금도 뿌리치지 않았다. 그리고 그 아이가 내게로 얼굴을 들었을 때 우리는 입술을 맞추었다.

5월 21일

주여, 이렇게도 깊고 이렇게도 아름다운 밤은 우리를 위해 만드신 것입니까? 나를 위해서입니까?

바람은 훈훈하고 열린 창으로는 달빛이 비쳐 들어옵니다. 그리고 저는 하늘의 무한한 침묵에 귀를 기울이고 있습니다. 오오! 제 마음은 말없이 다만 황홀하게 우주만상의 그윽한 예배 속으로 녹아 들고 있습니다. 저는 다만 무아지경으로 기도할 뿐입니다. 사랑에 어떤 한계가 있다면, 하나님이시여, 그것은 당신이 만드신 것이 아니라 인간들의 짓일 것입니다. 제 사랑이 비록 사람의 눈에는 죄스러운 것으로 보일지라도 오오, 당신 눈에는 거룩한 것이라고 말씀해 주십시오.

저는 죄의 관념을 초월하려고 힘씁니다. 그러나 죄는 역시 견딜 수 없는 것같이 보입니다. 그리고 저는 그리스도를 저버리고 싶지 않습니다. 저는 제르트뤼드를 사랑하여 죄를 범할 생각은 없습니다. 이 사랑은 제 마음을 송두리째 뿌리뽑아 버리기 전에는 없앨 수 없습니다. 왜 그렇겠습니까? 비록 제가 그 아이를 사랑하지 않게 되었다 하더라도 저는 동정으로도 그 아이를 사랑해야만 합니다. 그 아이를 사랑하지 않는 것은 잔인한 배반입니다. 그 아이는 제 사랑이 절대적으로 필요합니다.

주여, 저는 이제 아무것도 모르겠습니다. 저는 당신밖에는 이제 아무것도 모릅니다. 저를 인도해 주소서. 때때로 저는 암흑의 세계로 빠져들며 제르트뤼드의 시력을 회복시켜 주려는 것을 제 자신이 빼앗은 게 아닌가 하고 여겨질 정도입니다.

제르트뤼드는 어제 로잔의 병원에 입원했다. 그 아이는 20일 뒤에나 퇴원할 것이다. 나는 퇴원 날짜만을 불안한 마음으로 기다렸다. 마르탱이 그녀를 데려오기로 되어 있다. 그 아이는 내게 그때까지는 절대로 찾아오지 않겠다는 약속을 지켰다.

5월 22일

마르탱에게서 편지가 왔다. 수술이 성공했다는 내용이었다. 하나님은 찬양 받으실지어다!

5월 24일

이때까지 내 얼굴을 보지 못한 채 나를 사랑했던 제르트뤼드가 나를 보리라는 생각이 견딜 수 없는 괴로움을 자아냈다. 그 아이가 나를 알아볼까? 나는 생전 처음으로 초조하게 거울을 들여다보았다. 만일 그 아이의 눈길이 그 마음보다 덜 너그럽고 덜 사랑스럽다면 나는 어찌 될 것인가?

주여, 저는 때때로 당신을 사랑하기 위해서는 제르트뤼드의 사랑이 반드시 필요하다고 생각합니다.

5월 27일

일이 많이 밀려 있었기 때문에 며칠 동안은 초조하지 않게 지낼 수 있었다. 내 마음을 다른 데로 돌려 줄 수 있는 일은 모두가 고맙다. 그러나 하루종일 무슨 일을 하든지 제르트뤼드의 모습이 나를 따라다닌다.

그 아이는 내일 돌아오기로 되어 있다. 아멜리는 지난 주일 내내 기분좋게 나를 대했고 제르트뤼드를 잊어버리게 하려고 애쓰는 것 같았다. 그녀는 아이들과 함께 제르트뤼드의 퇴원 축하 준비를 했다.

5월 28일

카스페리와 샤를 로트가 수풀과 목장을 돌아다니며 눈에 뜨이는 대로 꽃을 꺾어 왔다. 로잘리 할멈은 굉장히 큰 케이크를 만들고, 사라는 거기에 금종이로 무엇인지 꾸몄다. 제르트뤼드는 오늘 점심 때 돌아오기로 되어 있었다.

나는 기다리는 시간을 보내기 위해 이렇게 글을 쓰고 있다. 지금은 11시이다. 나는 자꾸 머리를 들어 마르탱의 마차가 올 길을 바라본다. 마중을 나가는 것은 그만두기로 했다. 아멜리를 봐서도 마중 나가지 않는 편이 낫다. 그러나 내 마음만은 벌써 제르트뤼드 곁에 있는 듯했다. 아아! 저기 온다.

5월 28일 밤

얼마나 몸서리쳐지는 어둠 속으로 빠져들어 가는 걸까! 주여, 절 불쌍히 여기소서! 나는 그 아이를 단념하겠사오니 당신은 그 아이가 행복하게 살 것을 허락하시옵소서.

이러한 걱정은 공연한 것이 아니었다. 그 아이는 무엇을 했는가? 무엇을 하려고 했던가?

아멜리와 사라가 제르트뤼드를 댁 문 앞까지 데려다 주었고 루이즈 양이 그 아이를 기다리고 있었다고 한다. 그런데 그 아이는 다시 외출하려 했다고 한다. 대체 어찌된 사정일까?

나는 내 생각을 가다듬어 보려고 한다. 내가 들은 이야기는 걷잡을 수가 없고 온통 모순 투성이이었다. 내 머릿속도 뒤죽박죽인 상태였다.

루이즈 양의 정원사가 의식을 잃은 그 아이를 '댁'에 막 데려다 놓았다고 호들갑이었다. 그의 말에 의하면 제르트뤼드는 시냇가를 따라 걷고 있었다고 한다.

천천히 동산 다리를 건너 몸을 굽히는가 싶더니 그만 없어졌다고 한다. 그러나 처음에는 그 아이가 떨어진 줄 몰랐기 때문에 그는 곧 달려가지 않았다. 결국 이상하게 여긴 정원사는 그 아이가 작은 수문까지 흘러내려간 것을 찾아냈다.

조금 뒤에 내가 제르트뤼드를 다시 만났을 때에는 아직 의식을 회복하지 못하고 있었다. 아니, 곧 의식을 다시 잃었다. 사고 직후 바로 손을 쓴 덕택에 잠시 동안 정신이 돌아왔다고 한다. 마르탱이 그 아이를 데리고 온 후, 바로 떠나지 않아 천만다행이었다. 그는 제르트뤼드의 상태를 살피며 이러한 혼수 상태와 무감각은 이해하기 어렵다고 했다.

마르탱이 아무리 그 아이에게 물어도 소용이 없었다. 마치 아무 것도 들리지 않거나 그렇지 않으면 말을 하지 않기로 결심한 것 같았다. 호흡은 아직도 매우 거칠다. 마르탱은 폐 충혈을 일으키지나 않을까 염려하는 모습이었다. 그는 겨자 고약과 부항을 붙여 주고, 내일 다시 오겠다고 하며 돌아갔다. 처음에 제르트뤼드를 소생시키는 데만 정신이 팔려 젖은 옷을 입은 채로 너무 오랫동안 둔 것이 잘못이었다. 시냇물은 얼음처럼 차가웠다.

루이즈 양만이 그 아이에게서 몇 마디 말을 들을 수가 있었는데, 그녀의 말에 의하면 제르트뤼드가 그쪽 개울가에 잔뜩 피어 있는 물망초를 따려고 하다가 아직 사물과의 거리를 재는 데 익숙하지 못해 그랬는지, 아니면 물 위에 뜬 꽃 무더기를 굳은 땅으로 잘못 알고 그랬는지, 갑자기 발을 헛디뎠다는 것이다. 이 말을 내가 믿을 수만 있다면, 그것이 단지 뜻하지 않은 사고에 지나지 않는다는 것을 믿을 수만 있다면 내 마음은 이토록 힘겹고 무서운 짐에서 벗어날 수 있으련만!

제르트뤼드가 도착한 뒤 우리는 매우 즐거운 분위기 속에서 점심 식사를 즐기고 있었지만 나는 그 아이의 얼굴에서 사라지지 않는 이상야릇한 웃음이 몹시 마음에 걸렸었다. 그것은 이제껏 본 적 없는 억지로 짓는 미소였다. 그러나 나는 그것을 새롭게 눈 뜬 세상에 적응해 가는 과정이라 생각하려 애썼다. 그것은 눈물과도 같이 그 아이의 눈에서 얼굴 전체로 흘러내리는 것 같았다. 그것을 보고 있노라면 다른 사람들의 속된 즐거움까지 내게 불쾌한 기분을 일으키게 했다. 제르트뤼드는 다른 사람들과 함께 즐거워하지 않았다. 반대로 무슨 큰 비밀이라도 알아낸 것처럼 불안해 하고 있었다. 만일 나와 단둘이 있었다면 내게 그것을 말해 주었을 것이다.

또 거의 입을 떼지도 않았다. 그러나 다른 사람들 옆에 있을 때 그들이 떠들면 떠들수록 잠자코 있던 일이 많았기 때문에 아무도 그것을 이상하게 여기지 않았다.

주여, 간절히 바라옵니다. 그 아이와 이야기할 것을 허락하옵소서. 저는 꼭 알아야겠습니다. 그러지 않고선 이대로 살아갈 수가 없습니다.

그러나 그 아이가 삶을 등지려 했던 것이라면, 그것은 무엇을 안 탓이었을까? 제르트뤼드여, 알았다면 도대체 무슨 몸서

294

리쳐지는 일을 알았단 말인가? 도대체 그렇게 죽기까지 해야할, 그리고 그렇게 금방 알아챌 수 있는 그 무엇을 내가 너에게 숨겨 왔단 말인가?

나는 두 시간 이상을 그 아이 머리맡에서 보내며 창백한 이마와 말할 수 없는 슬픔을 간직한 채 다시 감긴 가냘픈 눈꺼풀을, 그리고 아직도 물기를 머금어 마른 풀처럼 베개 위에 치렁치렁 늘어진 머리칼을 내려다보았다. 아직도 고르지 못한 숨소리에 가만히 귀를 기울이며…….

5월 29일

오늘 아침 내가 '댁'에 가려고 준비하던 차에 루이즈 양이 보낸 사람이 도착했다. 제르트뤼드는 하룻밤을 거의 편안히 지내고 난 뒤에 혼수 상태에서 깨어났다고 했다.

내가 방에 들어가자 그 아이는 나를 향해 생긋 웃으며 머리맡에 와 앉으라고 눈짓했다. 나는 성급히 그 아이에게 물어 볼 수가 없었다. 그 아이도 아마 내가 물을까 봐 겁이 났는지 곧 모든 말을 막으려는 듯 이렇게 말했다.

"제가 개울 위에서 따려고 했던 저 작고 파란, 하늘빛이 도는 꽃 이름은 뭔가요? 목사님은 저보다 손재주가 좋으시니까 그걸로 꽃다발을 만들어 주세요. 여기 침대 옆에 장식해 놓고 싶어요."

제르트뤼드가 일부러 목소리를 쾌활하게 내는 것이 내 가슴을 더욱 아프게 했다. 아마 그 아이도 그것을 깨달았는지 곧 차분하게 말투를 바꾸었다.

"저, 오늘 아침에는 목사님께 말씀드릴 수가 없어요. 너무 피곤해요. 꽃을 꺾어다 주세요, 네? 그리고 조금 있다 다시 오세요."

1시간 뒤, 물망초 꽃다발을 가지고 갔을 때, 루이즈 양이 제르트뤼드는 잠이 들었으니 저녁때까지는 만나지 못할 것이라고 했다.

오늘 저녁에 나는 다시 그 아이를 만날 수 있었다. 쿠션을 침대 위에 포개 놓고 기대어 있는 모습이었다. 몸상태도 한결 좋아졌는지 머리를 모아 이마 위로 땋아 얹었는데, 내가 가져다 준 물망초가 거기 섞여 있었다.

확실히 그 아이에게는 신열이 있고 호흡이 괴로운 것 같았다. 내가 내민 손을 쥔 손이 펄펄 끓고 있었다. 나는 그 아이의 곁에 서 있었다.

"목사님께 다 털어놓겠어요. 아무래도 저는 죽을 것만 같으니까요—그 아이는 고개를 숙인 채 말했다—오늘 아침 거짓말을 했어요. 저는 꽃을 따려던 게 아니었어요. 자살하려고 했던 것이라고 말해도 용서해 주시겠어요?"

나는 그 아이의 가냘픈 손을 잡은 채 침대 옆에 털썩 무릎을 꿇었다. 하지만 그 아이는 내가 눈물을 삼키고 흐느껴 우는 소리를 막으려고 요에 얼굴을 파묻고 있는 동안 손을 빼내어 내 이마를 쓰다듬었다.

"목사님은 그게 아주 나쁜 일이라고 생각하세요?"

제르트뤼드는 상냥하게 물었다.

내가 아무런 대답도 하지 않자 다시 말을 이었다.

"목사님, 목사님도 잘 아시다시피 저는 목사님의 마음과 생활 가운데 너무나 크게 자리를 차지하고 있었어요. 제가 목사님 곁으로 돌아왔을 때 깨달은 게 바로 그거였어요. 제가 차지하고 있는 자리가 적어도 어느 다른 여자의 것이고 그리고 그분은 그것을 서러워하고 있다는 걸요. 그것을 더 일찍이 깨닫지 못한 게 잘못이에요. 그리고 그걸 깨달으면서도, 아주 오래 전부터 그런 것을 깨닫고 있었으면서도·목사님이 저를 사랑하시게 내버려 둔 거예요. 그러나 갑자기 그분의 얼굴이 제 눈앞에 나타났을 때, 그 가엾은 얼굴에 그렇게나 많은 슬픔이 깃들어 있는 걸 보았을 때, 그 슬픔은 제가 가져다 준 것이라는 생각에 견딜 수가 없었어요. 아니, 목사님은 절대로 자신을 책망하지 마세요. 그냥 저를 떠나게 놔두시고 그분을 다시 기쁘게 해 드리세요."

제르트뤼드는 내 이마를 쓰다듬던 손을 멈추었다. 나는 그 손을 와락 잡아 입을 맞춤과 동시에 눈물로 뒤덮었다. 그러나 그 아이는 귀찮은 듯이 손을 빼냈다. 어떤 새로운 고민이 그 아이를 괴롭히고 있는 듯했다.

"제가 말하려던 건 그게 아니었어요. 아니 제가 말하려던 건 그게 아니에요."

그 아이는 이렇게 말했다.

제르트뤼드의 이마에는 축축이 땀이 배었다. 그리고 눈꺼풀을 내리고 생각을 모으려는 듯이, 아니 애초의 눈이 멀었던 상태로 돌아가려는 듯이 얼마 동안 눈을 감았다.

이윽고 그 아이는 입을 열었다. 목소리는 처음에는 느릿느릿하고 서글펐으나 이내 눈을 다시 뜸과 동시에 커져 나중에는 놀랄 만큼 힘찬 목소리를 내고 있었다.

"목사님께서 제 눈을 보이게 해주셨을 때 제 눈은 상상했던 것보다 더 아름다운 세상을 발견했어요. 그래요, 정말이지 저는 해가 이렇게도 밝고, 공기가 이렇게도 빛나고, 하늘이 이다지도 넓은 줄은 상상도 하지 못했거든요. 또 사람들의 얼굴에 이렇게 수심이 가득 차 있을 거라곤 상상도 하지 못했어요. 제가 목사님 집에 들어갔을 때, 맨 처음 제 눈에 들어온 게 무엇인지 아세요? 아아! 싫지만 말씀드려야 해요. 제가 맨 처음으로 본 것은 제 잘못이었어요. 제 죄였어요. 아니라고 말씀하시지 마세요. '너희가 만일 눈이 멀었더라면 죄가 없으련만' 이라는 그리스도의 말씀을 생각해 보세요. 그러나 저는 지금 모든 게 보이는걸요. 목사님, 일어나셔서 제 옆에 와 앉아 주세요. 제 말을 끊지 말고 들으세요. 병원에 있는 동안 저는 제가 아직 알지 못하고 목사님도 읽어 주신 적이 없는 성경 구절을 읽었어요. 아니, 읽어 달랬어요. 그리고 저는 하루 종일 속으로 거듭 되풀이했던 사도 바울의 말씀 한 구절을 생각했어요. '전에 법이 깨닫지 못할 때는 제가 살았더니 계명이 이르며 죄는 살아나고 나는 죽었노라'를……."

제르트뤼드는 너무 흥분한 나머지 마치 울부짖는 듯했다. 밖에서도 들리지나 않을까 걱정될 정도였다. 잠시 후 그 아이는 다시 눈을 감고 혼잣말처럼 그 마지막 말을 반복했다.

"죄가 살아났으므로 나는 죽었노라."

나는 일종의 공포로 가슴이 서늘해지며 몸서리쳤다. 나는 조심스럽게 물었다.

"누가 그 구절을 읽어 주었니?"

"자크예요—그 아인 눈을 다시 뜨고 나를 똑바로 바라보며 말했다—그가 가톨릭으로 개종한 걸 알고 계세요?"

차마 그 이상 더 들을 수가 없었다. 제발 이제 그만두라고 하려던 때, 그 아이는 다시 말을 이었다.

"저는 목사님의 마음을 괴롭혀 드릴 거예요. 우리 사이에 조금이라도 거짓이 남아서는 안 돼요. 제가 자크를 보았을 때, 곧 제가 사랑하던 것은 목사님이 아니고 그였다는 걸 깨달았어요. 그는 목사님하고 얼굴이 똑같았어요. 제가 상상하던 목사님의 얼굴과 같더란 말이에요. 아아! 목사님은 어째서 제게 그를 물리치게 하셨던가요? 그와 결혼할 수도 있었을 텐데……."

"하지만 제르트뤼드, 이제라도 결혼할 수 있지 않느냐?" 하고 나는 거의 미친 듯이 외쳤다.

"그는 성직에 들어간걸요—그 아인 격렬하게 말했다. 그리고 몸부림을 치며 흐느꼈다—아아! 저는 그에게 제 마음을 다 고백하고 싶어요—그아인 거의 정신없이 중얼거렸다—목사님이 제르트뤼드는 이제 죽는 길밖에 없어요. 아, 목 말라, 누굴 좀 불러 주세요. 숨이 막혀요. 저를 혼자 있게 해주세요. 아 아! 목사님께 이런 말씀을 드리면 마음이 좀 가벼워지리라고 생각했는데……. 나가 주세요. 나가세요. 목사님을 보는 건 더 이상 견딜 수가 없어요."

나는 제르트뤼드를 홀로 남겨 두고 방을 나왔다. 그리고 나 대신 그 아이의 곁에 있어 달라고 루이즈 양을 불렀다. 그 아이의 격렬한 흥분이 견딜 수 없이 걱정되었지만 내가 곁에 있으면 오히려 병세가 더 악화되리라는 것을 생각해야 했다. 나는 혹시 병세가 나빠지거든 알려 달라고 부탁의 말을 건넨 뒤 집으로 돌아왔다.

5월 30일

오오! 나는 제르트뤼드의 잠든 얼굴밖에는 다시 그 아이의 얼굴을 볼 수 없었다. 밤새도록 헛소리를 하고 괴로움을 겪고 나서 제르트뤼드가 죽은 것은 오늘 아침 해뜰 무렵이었다. 그 아이의 마지막 소원에 따라 루이즈 양이 전보로 알렸던 자크 는 임종이 지난 뒤 몇 시간 후에야 닿았다. 그는 시간적인 여 유가 있을 때 신부를 불러오지 않았다며 나를 몹시 꾸짖었다. 그러나 로잔의 병원에 입원하고 있는 동안―물론 자크의 강권 에 의해 그랬지만―제르트뤼드가 개종했다는 것을 아직도 모 르고 있던 내가 어떻게 그 일을 할 수 있었겠는가? 자크는 자기와 제르트뤼드가 가톨릭으로 개종한 것을 내게 알렸다. 이렇게 해서 두 사람은 동시에 내게서 떠나갔다. 그들은 살아 있는 동안 나로 인해 갈라졌기 때문에 나를 피해 신의 품에서 둘이 결합하기로 한 것 같았다. 그러나 자크의 개종에는 사랑보다도 이론이 더 많이 개입되어 있다고 나는 믿었다.

"아버지, 제가 아버지를 비난하는 것은 도리가 아니지만, 아버지의 그릇됨을 본보기로 제 길을 찾은 것입니다."

하고 그는 내게 말했다.

자크가 떠난 뒤에 나는 아멜리 곁에 무릎을 꿇고, 나를 위해 기도해 달라고 부탁했다. 나는 누군가의 도움을 받아야만 했다. 아멜리는 다만 '하늘에 계신 우리 아버지시여……'로 시작되는 기도문을, 그러나 구절과 구절 사이를 길게 끊어 그 침묵을 우리의 간절한 소원으로 채워 가며 읊조렸다.

나는 울고 싶었다. 그러나 내 가슴은 사막보다도 더 메말라 있음을 느꼈다.

작품 해설 및 작가 연보

작품 해설

"20세기가 동틀 무렵 인류는 또 하나의 '세계의 양심'을 갖게 되었다."

이렇게 지칭되는 프랑스의 앙드레 지드는 당대의 기라성 같은 문학 예술인들의 거봉들 가운데 가장 우뚝 솟은 봉우리로 솟아 있다.

1869년 11월 22일, 그는 파리에서 태어났다. 그의 일생을 크게 좌우했던 유별난 결벽증과 성실함은 양친에게서 물려받은 것이었다. 아버지는 남부 지방인 랑그 로크 출신으로, 조상 대대로 내려온 신교도이자 파리 법과 대학 교수였다. 어머니는 반대로 북부 지방인 노르망 태생으로, 윗대는 구교 집안이었으나 조부 때부터 신교로 개종한 독실하고 엄격한 기독교 가문이었다.

어린 지드는 양친이 철저한 기독교 신자였기 때문에 정갈한 종교적 분위기에 젖어 자랐다. 이러한 그의 환경은 일생 동안 그의 의식 구조에 영향을 미쳤다. 남다른 결벽증과 그것으로 말미암은 자아 추구의 버릇은 이때부터 그의 내부에 뿌리박히기 시작했다. 이 결벽증에서 이탈하려고 몸부림치는 그의 모습은 우리의 공감을 불러일으키는 그의 여러 작품 속에 재현되어 있다. 지드의 아버지는 지드가 인생의 초기를 맞는 감수성 예민한 11살 때 세상을 떠나고 말았다. 그래서 그 후로 그는 주로 여자들의 손에 의해, 즉 어머니와 백모와 전에 어머니의 가정교사였던 안나의 보호 속에서 교육을 받았다.

지드는 어렸을 때 병적으로 신체가 약한 편이었고, 소심한 성격에 학교에도 제대로 다니지 못했다. 소년 시대의 그의 세계는 폐쇄되어 있었고, 외부의 세계와는 별 접촉 없이 한정된 가정 환경에 묻혀서 그저 얌전하고 엄격하게만 자랐다. 그러는 가운데 감수성은 남달리 강하고 예민해져 갔다. 그는 이러한 가정의 분위기가 점점 답답하게만 여겨졌다. 그의 마음속에 깊이 자리잡고 있던 자유분방한 불길이 서서히 고개를 쳐들고 있었던 것이다. 지드의 겉모습은 싸

늘하지만 안은 뜨겁게 달아올랐다.

그의 마음의 불길은 맨 먼저 가장 가까이에 있었던 같은 또래 여성인 외사촌누이 마들레느 롱도를 향해 타올랐다. 이때 지드는 자기 외가에서 살고 있었다. 지드보다 2살 연상이었던 마들렌드를 흠모하여 그 동안 억압되었던 영혼의 문이 열리기 시작한 것이다. 《좁은 문》은 바로 이 경험을 토대로 해서 쓰여진 작품이다. 지드는 마들레느가 그녀 어머니의 탈선한 생활 때문에 실의에 빠진 것을 보고 청순한 마들레느를 사랑하고 도와주는 것이 자기 인생의 보람 있는 일임을 깨닫는다. 지금까지 억압되었던 은폐된 세계에서 한 발 바깥으로 발돋움하려는 것이었다.

그는 이때부터 독서에 열중했다. 하이네, 고티에, 희랍의 옛 시들을 탐독하고 성서도 열심히 읽었다. 이렇듯 그는 종교와 예술 속에서 기쁨을 느꼈다. 19세기에는 철학 서적에 몰두했다. 스피노자, 라이프니츠, 데카르트, 니체, 쇼펜하우어의 저서들이 그를 거쳐갔다. 그가 문학가가 되겠다는 결심을 한 것은 이때부터였다.

1891년 22살 때, 그는 고민하고 있던 마들레느에 대한 애정의 갈등을 엮은 이야기인 《앙드레 왈테르의 수첩》을 익명으로 세상에 내놓았다. 연이어 이듬해에는 《앙드레 왈테르의 시》를 역시 익명으로 발표했다. 24세가 되자 고뇌와 혼돈 상태에서 헤어나기 위해 멀리 알제리로 여행을 떠났다. 건강과 생명에의 충실을 얻기 위해서였다. 하루라도 빨리 그렇게 떠나는 것만이 자신을 위해 유익할 것이라고 그는 생각했다.

그해에 《위리앵의 여행》이 출판되었다. 이것은 사뭇 감동 어린 문장으로 엮은, 아름답고 꿈 같은 청춘의 방랑을 그린 작품이다. 어릴 때부터 몸에 밴 기독교적 자기 극복의 억제 정신이 인생에 대한 기본적인 도덕률이었으나 저절로 터져 나오는 청춘의 힘 앞에서 그것은 무력하기 짝이 없는 구두선에 불과했다. 그것은 송두리째 뒤집혀지고 세계는 달라졌다. 결벽에의 흠모는 자기 기만이며 자신에의 거역이었다. 따라서 지드는 자아의 분열을 체험했다. 영혼은 평정을 잃었다. 어느 쪽이 옳은가에 대하여 그는 결단을 내려야 했다. 그는 일시적으로 종교를 팽개쳤다.

이듬해 그는 신생의 기쁨을 안고 여행에서 돌아왔다. 그러나 그가 기대했던 파리는 그를 따뜻하게 포용하며 맞이해 주지 않았다. 그의 생각과는 달랐던 것이다. 파리는 활기를 잃고 있었다. 침체의 늪에 빠진 파리의 문단은 썩은 냄새만 풍겼다. 그는 답답했다. 사상은 한 군데에 맴돌고 새로운 바람을 일으키지 못했다. 모두 제자리걸음이었다. 그의 《팔뤼드》는 이러한 결과에서 탄생되었다. 이러한 답답함에서 뛰쳐나오고자 하는 지드의 절규가 정연한 논리의 질서 위에 메아리치는 작품이다. 이것은 지드 개인만의 경험이 아니다. 인생을 진실하고 성실하게 살기를 추구하는 청년이라면 반드시 겪을 정신의 위기를 보여 주며 독자의 공감을 일으킨다. 지드는 하마터면 육체적으로까지 번질 뻔했던 자살의 위기를 이 《팔뤼드》를 씀으로써 모면할 수 있었다고 스스로 고백하고 있다. 정신적 위기의 탈출구를 여기서 발견했다.

26세 때 어머니가 돌아가시자 그의 마들레느에 대한 의지는 더욱 강해졌다. 그는 일찍이 알제리로 여행을 떠나기 전 마들레느에게 청혼한 일이 있었지만 거절당했다. 그러나 이제 그녀와 결혼하겠다는 생각은 더욱 절실하고 집념으로 남아서 사라지지 않았다. 그의 끈질긴 노력과 헌신에 의해 두 사람은 마침내 그해 늦가을 결혼에 성공했다. 그러나 정작 결혼 생활은 기대했던 것만큼 행복하지 못했다. 거기에 대해 자세한 것은 그의 사후에 발표된 《이제 그 여자는 당신의 품에 있노라》에 토로되어 있다. 그러나 그의 모든 작품에 걸쳐 마들레느의 편모(片貌)가 엿보이는 것을 볼 때 그만큼 그에 대한 그녀의 영향력은 컸다고 할 수 있다.

《지상의 양식》은 알제리 여행에서 얻은 경험을 골자로 해서 쓰여진 작품이다. 삶의 흥겨움과 기쁨을 즐기고자 환상적인 것보다는 현실적인 것, 약한 것보다는 힘찬 것을 예찬하는 작자의 사상이 잘 담겨져 있다. 다음에 나온 《배덕자》역시 같은 생각의 계통에서 쓴 작품이다. 설교적인 나약한 금욕의 세계에서보다는 생명에 넘치는 자연스러운 삶이 더욱 더 보람 있다는 작자의 사상적 추이가 강하게 나타나 있는 작품이다. 지드는 이 작품으로 세상의 이목을 끌었으나 그다지 뚜렷한 존재로는 나타나지 못했다. 결국 거기서 10년이란 세월을 더 기다려야 했다.

이때 나온 작품이 바로 《좁은 문》이었다. 그의 나이 36세 때부터 쓰기 시작해 3년 후에나 완성을 본 소설이었다. 이것은 일반인에게는 물론 문단의 동료 및 선배들로부터 호평과 격찬을 받았다. 그는 한편 좁은 문을 집필하면서 《누벨 르뷔 프랑세즈》(NRF)라는 잡지의 편집을 돕고 있었다.

그는 여기서 당시의 많은 문학의 수재들을 발굴, 여러 방면으로 그들의 문단 진출을 도왔다. 그 후 발표된 작품은《교황청의 지하도》인데, 이것은 찬반이 엇갈린 평을 불러일으킨 문제의 작품이었다. 지드는 이 작품을 통해 당시 종교의 지나친 획일적인 풍토와 나태 속에서 안주하고 있는 동료 문인들을 풍자했다. 어쨌든 지금에 와서 본다면 이 작품은 19세기적 합리주의 만능 사상에 끝장을 내고 새 것을 제시해 주려는 20세기 문학의 복음서로 인정받고 있다. 작가는 이 속에 자유인 라프카디오를 등장시켜 몽매한 종교계를 야유하고 있다.

1919년, 50세 때에는《전원교향악》을 발표했다. 제목 그대로 달콤한 전원 생활이 배경이 된 이 작품은 지드의 독특하고 섬세한 문장으로 엮어지고, 연령과 신분을 초월한 남녀간의 애정을 다룬 작품이었다. 결국 비극으로 막을 내리는, 인간애에서 출발해서 사랑으로 승화한 한 편의 전원시라고 할 수 있는 작품이었다.

이듬해에는 자서전풍인《한 알의 밀알이 썩지 않는다면》의 제1부가 나왔다. 제2부는 그 다음해에 계속 나왔다. 이때 지드는 친구인 여류 화가의 딸 엘리자베스 반 리세베르

그와 사랑에 빠져 남부 지방으로 가 동거 생활을 시작한다. 그리고 그들 사이에서 딸을 출생한다. 지드는 이러한 사실을 부인인 마들레느가 생존해 있을 동안 끝내 비밀로 해 두었다.

　1925년, 56세 때 그는 《사전꾼들》을 탈고한 다음 아프리카 콩고로 여행을 떠났다. 식민지의 모습을 차분히 눈여겨보게 된 것이다. 커다란 전환이 그에게 닥쳐왔다. 이때부터 그의 눈은 예술에서 사회 문제로 초점이 옮겨진다. 관념의 세계에서 항거하던 그의 양심은 빈곤과 비참한 생활에 허덕이는 인간 군상에게로 향하면서 실제 행동에 의한 실천으로 바뀌진 것이다. 그는 부정을 규탄하고 이를 세상에 드러내어 양심의 동참을 호소했다. 그는 좌경 사상에 관심을 가지고 소련의 현실을 살펴보고자 했다. 죽음의 병상에 있던 고리키를 방문할 겸 그는 소련으로 떠났다. 소련의 사회를 몸소 다녀 본 지드에게는 공감되는 점도 있었지만 비판할 점이 더 많았다. 관료주의, 문화적 쇄국주의, 획일적 사회에 그가 반발한 탓이다. 인간주의가 바탕에 깔린 그의 양심의 조서는 전적인 공감을 할 수가 없었다. 그는 《소련 기행》을 썼다. 소련 구조적 모순을 비판한 이 글은 소련 당국의 비위를 거스르게 했다. 이에 대한 대답으로 그는 다시 《소련 기행에 대한 수정》을 썼다. 그는 여기서 자신의 입장을 정당화하려 했지만 성공하지 못했다.

1983년 69세 때, 지드는 아내 마들레느를 잃었다. 애처의 사망은 그에게 큰 충격이었다. 그리고 이듬해에는 제2차 세계 대전이 일어났다. 1940년 6월 파리가 독일군의 군화에 짓밟히면서 함락되었다. 그는 파리 함락 직전에 비시로 탈출해 있었다.

사회 운동에 기울어진 이후로 그의 창작 활동은 갑자기 뜸해졌다. 단편적인 것만 간간이 발표할 뿐 그는 과묵한 노년기로 들어갔다. 그러나 1943년 발표한 《가상 회견기》와 1946년의 《테제》는 철학적 유언장과 같은 가치를 가지고 있는 것으로 평가되고 있다. 이듬해 11월, 그는 노벨상을 탔다. 1949년에는 괴테 탄생 200주년을 맞이하여 괴테 협회로부터 기념상을 받았다. 1951년 2월 19일, 82세의 결코 짧지 않은 수명을 다하고 그는 영면했다.

《좁은 문》은 작가 앙드레 지드를 생각할 때 언뜻 머리에 떠오르는 그의 대표작이다. 앞에서도 언급했지만 이것은 그의 어떤 작품보다도 찬사를 받는 소설이다. 괴테의 《젊은

베르테르의 슬픔》은 뜨거운 열정이 안에서 밖으로 타오르는 연애의 사연이라고 한다.《좁은 문》은 밖에서 안으로 타 들어 가는, 뜨겁기는커녕 차라리 차가운 경지까지 이른 청순한 사랑의 기록이라고 할 수 있다. 어쨌든 이 두 작품은 우리가 소위 연애 소설의 걸작이라는 것을 말할 때 빼놓을 수 없는 세계적인 작품이다.

사랑하는 남녀의 감정이 얼마나 높은 경지에 다다를 수 있으며, 따라서 인간 정신이 얼마나 순수한 경지에, 즉 절대적인 세계에 달할 수 있는가를 보여 주는 것이《좁은 문》의 매력이다. 일상의 평범한 생활을 통해서는 느낄 수 없는 그런 새로운 삶을 이 소설을 통해서 느낄 수 있다는 것이 이 책이 주는 기쁨이다. 지드는 자기가 몸소 겪은 체험을 작품이란 여과기를 통해 승화시키고 있다. 육체적인 쾌락과 지상 위에서의 행복을 종교적인 차원으로 높임으로써 사랑을 한층 더 애절하고 절실한 '존재'로 창조해 내고 있다. 성경의 말을 빌리면 이것은 '좁은 문'으로 들어감으로써만 가능해진다.

《좁은 문》은 다른 여느 소설과는 달라서 이야기 줄거리만 훑어 가면 이해되는 그런 소설이 아니다. 줄거리보다는 주인공들의 심리의 추이에 특별히 세심한 주의를 기울이지 않는다면, 그리고 그들과 같은 심리에 도달하지 못하면서 이 책을 읽는다면 무의미한 시간 낭비에 그치고 말 것이다. 줄거리는 대충 이러하다.

제롬은 자기와 제일 가까운 곳에 있는 전혀 남도 아닌, 그러나 결혼할 수 있는 외사촌 누이 알리사에게 관심을 가지며 차츰 그녀의 순수하고 청순함에 매료되어 어느덧 사랑을 느낀다. 알리사의 여동생 줄리엣이 제롬을 가까이하려 하지만, 그는 활달한 성격의 그녀에게는 감동을 느끼지 못하고 사뭇 조용하고 차분한 알리사를 잊지 못한다. 알리사는 누이동생에게 제롬을 양보하려 하지만 알리사에 대한 제롬의 감정은 더욱 절실해지기만 한다. 알리사가 선뜻 제롬의 애정에 화합하지 못하는 데는 따지고 보면 현실적인 몇 가지 이유가 있었다. 첫째 자기가 제롬보다 나이가 2살 위라는 것, 그래서 자기는 그를 행복하게 해줄 수 없다는 것, 둘째는 자기 동생 줄리엣이 제롬을 사랑하고 있다는 배려심, 셋째는 자기가 결혼하면 혼자 남게 되는 아버지에 대한 염려, 넷째는 불륜에 빠진 자기 어머니에 대한 실망에서 오는 충격 등을 들 수 있다. 그러나 그것은 변명에 불과했다. 알리사는 근본적으로 지상의 행복을 믿지 않고 있었다. 그리하여 자신도 제롬을 마음속으로 사랑하지만 제롬의 청혼은 거절하고 만다. 그녀는 마침내 금욕적인 종교심에 자신을 맡기고 결국 아무도 모르게 요양원에 가서 죽게 된다. 제롬에게 남긴 알리사의 일기에는 '주께서 가르쳐 주시는 길은 좁은 길이옵니다. 그 길은 너무 좁아서 둘이서는 나란히 걸을 수도 없는 길이옵니다' 라고 쓰여져 있었다.

작가 연보

1869년 11월 22일 파리에서 출생함.

1891년 《앙드레 왈테르의 수첩》을 익명으로 출간함.《나르시스론》을 출간.

1892년 《앙드레 왈테르의 시》를 익명으로 출간.

1893년 《연인들의 시도》,《위리앵의 여행》을 출간함.

1895년 외사촌 누이인 마들레느 롱도와 결혼함.《팔뤼드》출간.

1899년 《필록테엣》,《사슬 풀린 프로메테》를 출간함.《일기, 1895~1896》를 익명으로 출간. 폴 클로델과 편지로 교제함.

1902년 《배덕자》를 출간.

1903년 바레스, 모라스 등 국수파에 대한 반박문 〈포프라 논쟁〉을 발표함. 희곡 《사울》과 《변명》을 출간함.

1906년 《아민타스》 출간.

1907년 《방탕아 돌아오다》를 발표함.

1909년 《좁은 문》을 발표함.

1910년 《오스카 와일드》를 출간함.

1914년 《교황청의 지하도》를 출간함.

1919년 《전원교향악》을 발표함.

1923년 《도스토예프스키론》을 출간.

1924년 《엥시당스》와 《코리동》 출간.

1926년 《사전꾼들》, 《한 알의 밀알의 썩지 않는다면》을 출간함.

1927년 《콩고 기행》을 출간함.

1928년 《챠드에서 돌아오다》를 출간함.

1929년 《여성 학교》, 《로베르》를 출간. 〈몽테뉴론〉을 발표함.

1932년 〈일기, 1929~1932〉를 《NRF》지에 연재함.

1935년 《새로운 양식》을 출간함.

1936년 《준비에브》, 《소련 기행》을 출간함.

1937년 《소련 기행에 대한 수정》을 발표함.

1938년 부인이 사망함.

1939년 그리스, 이집트 세네갈을 여행함. 《일기, 1899~1939》를 출간함.

1941년 〈앙리 미쇼 발견〉과 〈아르뒤르 랭보론〉을 발표함.

1943년 《가상 회견기》를 출간함.

1946년 《일기, 1939~1942》와 《테제》를 발표.

1947년 노벨 문학상을 수상함.

1948년 《교황청의 지하도》를 각색, 출간함.

1949년 《프랑스 시선》을 편집하고 이를 출간함.

1950 《일기, 1942~1949》와 《클로델과의 서한문》을 출간.

1951년 2월 19일, 파리에서 사망함. 사후에 《이제 그 여자는 당신의 품에 있노라》가 출간됨.

1952년 《프랑시스 잠과의 서한문》 및 《릴케와의 서한문》이 출간됨.

김 동 호

• 고려대학교 문과 대학 졸업
• 고려대학교 교수 역임
• 현 단국대학교 교수
• 역서 : 《세계 명언집》, 《성공의 지름길》(실러) 외 다수

판 권
본 사
소 유

(밀레니엄북스 22)

좁은 문

초판 1쇄 발행 | 2004년 3월 10일
초판 7쇄 발행 | 2015년 5월 30일

지은이 | 앙드레 지드
옮긴이 | 김 동 호
펴낸이 | 신 원 영
펴낸곳 | (주)신원문화사

주 소 | 서울시 영등포구 당산동 121-245 신원빌딩 3층
전 화 | 3664-2131~4
팩 스 | 3664-2130

출판등록 | 1976년 9월 16일 제5-68호

✽ 잘못된 책은 바꾸어 드립니다.

ISBN 89-359-1130-5 04860